馬圈灣

Horse Farm Bay

马圈湾

海燕出版社

新疆人民出版社
（新疆少数民族出版基地）

谢耀德——著

一

许多年以后，马圈湾草原上的牧人们闲聊时，还时常说起女阿肯[1]。每当人们说起她时，脸上总有一种异样的神色，心里有一种莫名的牵挂，抑或是追忆和惋惜，甚至不安。总之，人们的心情很复杂，也很纠结，那种感觉呀，实在是难以捉摸哦。

有时候啊，那些穿着奇形怪状 T 恤衫的小姑娘，白白细细的胳膊露在外面，微微鼓起的小酥胸像揣着一对儿软乎乎的小兔子，既不觉得别扭，也不觉得害羞；那粗布片儿似的牛仔裤把屁股腿儿包裹得紧巴巴的，也不觉得难受。还有，那脖子上裹着花里胡哨的围巾，也不挡风不遮雨的，也不觉得多余。

嗨！这些现代流行的玩意儿，老人们实在是看不惯，可是孩子们喜欢呐。

说来也是奇怪，这些花儿似的少男少女们，成群结队聚在一起，嘻嘻哈哈，说说笑笑，眉飞色舞，嘴里哼哼唧

---

1 ［编者注］阿肯是哈萨克族对优秀歌手的尊称。阿肯通常能即兴吟咏、弹奏民族乐器，是民间艺术家。本书如无特殊说明，注释均为编者注。

唧唱着些流行歌曲时，偶尔还会唱起她的歌。

　　每当这种时候，那些上了年岁的老人们就感叹起来，那一张张布满褶皱的脸庞仿佛被阳春三月煦暖的风儿吹拂了，一下子舒展了，散发出亮堂堂的光泽。那满头的白发也矍铄起来，整个人都精神了，仿佛又恢复了青春，回到了天真无忧、快快乐乐的少男少女时代，那是多么纯真美好的青春时光啊……

　　其实啊，女阿肯走后，好长一段时间，草原上总觉得少了些什么。具体缺的是啥，这些祖祖辈辈经年累月守着蓝天草地，守着牛羊毡房的牧民们，谁也言说不清。老人们给牛喂了草，给马添了料，关好羊圈，做完这些活计，不知不觉就聚在了南山坡的老松树下，这是老人们常聚会的地方。

　　那棵古老的松树又粗壮又高大，三两个壮小伙子也合抱不拢。树干挺拔，直插云霄，树枝像雄鹰展翅一般，枝叶繁茂，密密匝匝，像一把巨伞，又像一座天然的风雨亭，巍峨耸立在南山坡上，成为这片辽阔的大草原上一道醒目的景观。

　　老松树下有一块平整的空地，地上落满了密密麻麻的松针和其他落叶，那厚实的松针与其他落叶，经过几十年风雨沉积、牛羊踩踏，已经和泥土枯草紧紧粘连板结，变成一块天然的针毡草垫，顺手撂一块马垫，坐上去松松软软的，别提有多舒坦了。

老人们说，这棵老松树可不简单，那是马圈湾这座古老村落的标记。

关于这棵形状独特的老松树，还有一个传奇故事，具体有什么神秘，谁也言说不清。而所有这些传说和神秘的事情，都是老阿肯说的。

每当夏日太阳偏西时分，老人们提着毡子或者马垫来到树下乘凉。说是乘凉，其实就是在一起说说话儿，时间久了，老人们都有了自己的位置。大家围坐在一起，慢悠悠地抽一会儿烟，慢条斯理地说一会儿话，多是有关草场、季节和牛羊的事情。偶尔也会有人说起老松树的传说。

老阿肯说过两个故事，都跟这棵古树有关。

据说很久以前，老首领跟敌人打了一场恶仗，失败后带着部落残余人马迁移至此，老老少少几千口人又饥又渴，就在树下歇脚，树尖上的山鹰发现追来的敌兵，及时报了警，部落匆忙转移，躲过一难……

一次在战场上，老首领的小王子遇到了敌酋的小王子，仇人相见，分外眼红，两个人战得你死我活难分难解。后来，敌酋的小王子逃入密林，老首领的小王子紧追过去。敌酋的小王子不见了，却见一个美丽的公主。年轻的王子爱上了美丽的公主。

　　然而，那位美丽的公主就是敌酋的小王子，他们无法相爱，也无法分离，就在树下唱了一夜，后来就远走高飞了。他们具体去了哪里，没有人知道。而这个故事在部落里是有些忌讳的，人们不敢随意乱说。事情往往就是这样，越是忌讳越有吸引力，人们明面上不敢说，私下里免不了瞎猜瞎传，惹得许多年轻人好奇追问，直到现在也没有答案。而人们又因此事联想到了女阿肯。

　　老人们你一句我一句地说着，说完牧群草场的事情就突然陷入沉寂，仿佛一下子没有话题了，之前的热闹劲儿没有了。人们觉着心里空落落的，原本平平静静的日子，突然就少了些味道，就像生活里没了盐，清汤寡水似的，没滋没味的，真难受啊。

　　唉，他们在马圈湾草原生活了几十年了，放了几十年的牧，走了几十年的路，翻了无数的山梁，过了无数的沟坎，风霜雨雪、酸甜苦辣、沟沟坎坎、坑坑洼洼，啥样的苦难没吃过哦！啥样的日子没经历过啊！几十年风吹日晒，几十年霜剥雨蚀，几十年的生活磨砺，他们褐红的脸庞，布满岁月的痕迹，胸膛里原本简简单单、朴朴素素的心思，现在却像白云一样，悬悬浮浮、缥缥缈缈、空空荡荡。那空悬的滋味儿呀，没着没落的，实在不好受啊！就像沉甸甸的乌云压迫着草原，四野深锁，空气凝固，地狱一样密不透风，整个世界都被挤压着，让人胸膛沉闷，让人心里发慌，吃饭不香，睡觉不踏实，整日恍恍惚惚。

上年纪的老汉们坐在太阳底下，一个个闷着头，捏着烟斗，一个劲儿吧嗒、吧嗒地抽着烟，那褶皱的脸庞，那花白的胡须，那苍老的眼神，那凝滞的表情，没有一句话语，只是闷着个头，一口接一口地抽着烟，好像他们有啥沉闷的心思，憋在胸膛里吐不出来。

要是以前，大家伙儿见了面，互相问个好，就蹲在太阳底下，东一句西一句地聊上了：东家的枣红骒马得了牧区良种枣骝马的种，生下了个腿儿细长的红骝马驹子，要多稀罕有多稀罕。西家的黑母牛生下了一对儿花背小牛犊子，几十年不遇的稀奇事儿呀……他们一个个吧嗒、吧嗒吸着烟，高高兴兴地说着牛们羊们的事情，褐红的脸膛散发着亮堂堂的红光。他们一边说着话儿，一边将着灰白浓密的山羊胡子，仿佛阳光在他们粗壮而结实的手指间穿过，仿佛那浓密花白的胡须散发着阳光温暖幸福的味道。

而现在，他们偶尔抬头说上两句，脸上没有一丝表情，口不对心，含含糊糊，都是过去日子里那些不着边儿的事情，跟生活没有一点儿关系，都是模棱两可的话，有时候说着说着就突然止住了，仿佛那牛儿、羊儿不吃草了，抑或是找不着青草了……

围坐在南墙根下正在刺绣的妇女们，莫名其妙地停下了手里的活儿，仿佛那七彩丝线在她们眼前也黯然失色了，她们望着深埋天空里的月牙儿愣一阵神，仿佛那一片清辉里隐藏着什么秘密……

老天爷呀，这到底是怎么了？

虽然，草原上的花儿照样开，鸟儿照样飞，牛羊照样吃着青草，蓝天仍罩着广阔的大地，可是，人们为啥跟丢了魂似的，一个个脸上蒙着一层深深的忧郁……

人们在担心什么呢？

自从那年老阿肯离世后，这个情况就出现了。你想想，一年一度的赛马会，那可是草原上的大事情，是哈萨克族人世世代代的盛会啊！那可是四邻八乡的人们相约聚会的好机会，那骑手云集、万马奔腾的场景，那亲朋好友热热闹闹的气氛，没有了老阿肯激情高昂的琴声，没有了那精彩绝伦的弹唱，那还叫赛马会吗？那还叫热闹吗？手抓肉也不像以前那么香了，包尔沙克（哈萨克族的一种点心）也没有以前那么酥那么脆了，就连可口的奶茶，也不像以前那么浓香，那么有味道了……

其实，现在也不是没有歌舞弹唱活动，只是老人们接受不了年轻人唱的那种所谓的现代味道，总觉得他们的歌声飘浮，不像老阿肯的歌儿那么深沉，那么厚重，那么悠远，那么抓人的心，那么摄人的魂，也不像女阿肯那山泉般清澈的嗓音和优美的歌声那么动听，那么清爽，那么舒畅，那么细腻，那么感染人，让人如同沐浴在暖暖的春风里，那么痛快，那么快乐，那真是一种享受，是一种说不出的幸福和快乐啊。

老人们觉得，那是一种特别温馨的香，不是奶茶的那种奶汁味儿的清香，也不是手抓肉的那种油腻味儿的清香，也不是花儿草儿的那种草汁土腥味儿的清香，那是一种从内心深处散发出来的，充满了美好的深沉的缠绵的长久的回味的香，时刻缠绕人的心扉，撞击人的心灵，让人血脉偾张，让人充满激情，让人更加热爱美好生活，更加热爱蓝天白云，更加热爱这片辽阔的大草原……

那是一种无法比拟的清香，也是其他东西无法替代的回忆，只有老阿肯和女阿肯才能给人们带来。

可是现在，唉，现在的赛马会都变了味儿，姑娘小伙们照样充满青春活力，蹦蹦跳跳，谈情说爱。但是，明眼人一看就发现了问题，"姑娘追"[1]好像也不如从前那么激情四射了。甚至，连马儿好像也跑得不如从前那么欢实了。

唉，到底怎么了？

这时候，塔乌孜低唱的一首《燕子》，仿佛一下把人们拉回到以往。

---

[1] 哈萨克族的马上体育、娱乐项目，多在婚礼、节日里举行。

燕子啊，
听我唱个我心爱的燕子歌，
亲爱的听我对你说一说燕子。
燕子啊，
你的性情愉快亲切又活泼，
你的微笑好像星星在闪烁。
…………

人们惊喜不已，不知不觉跟着哼起来：

…………
啊，眉毛弯弯眼睛亮，
脖子匀匀头发长，
是我的姑娘燕子啊。

　　有人似乎回想起来，那是许多年前女阿肯唱的。那是
她第一次在赛马会上亮相，她是跟老阿肯一起出的场，那
一曲节奏明快、曲调激越的《燕子》，一下子就把全场的
人震惊了……

二

说起那次赛马会，人们记忆犹新，那是为庆祝自治县成立三十五周年赛马大会选拔参赛骑手专门举办的。

那次盛会对于马圈湾牧民来讲，重要性不言而喻。为了做好赛会选拔工作，老队长萨汗别克也是煞费苦心，他心里深深地明白，这次赛事的荣誉非同寻常。头一年，县里跟各牧场打过招呼，说要认认真真选拔，实打实地比赛，要把牧场最好的骑手选出来，在比赛中要力拔头筹。县里的领导还说，哎，要是比不过人家青河、富蕴、巴里坤来的选手，那你们马圈湾可就丢人现眼了，后面的话就不用说了……

萨汗别克队长跟许大爷聊了自己的想法。

许大爷在马圈湾是很有威望的老人，当了许多年党支部书记，前些年因为身体的原因退了下来。不过，人们只知道他是军人出身，打过仗，负过伤，其他情况一无所知，他也不曾对任何人提起过。虽然不当支书了，但村里人遇上难事了，也会来找他想想办法。

萨汗别克跟许大爷说了赛马会的事情，许大爷说："这是好事啊，牧场需要这么一次盛会，让大家热闹热闹……"

萨汗别克说："谁说不是呢。只是现在感觉有点乱，还没想出个头绪来。"

萨汗别克不是没有头绪，他已经有些想法了，就是想听听许大爷的指点，也是对许大爷的尊敬。

这一点，许大爷心里自然明白，他看着萨汗别克，笑了笑说："嗨，你小子，干队长这么些年了，这些事情还能没招儿？好好筹备，先做好方案，这方面嘛，塔乌孜可以帮你……"

萨汗别克说："那样最好，这方面那小子肯定行。"

许大爷又说："要全面动员起来，让小伙子都参与，让老骑手们多指点指点，早晚加强训练，争取拿个好成绩，借此机会提振一下这些年轻人的士气……"

萨汗别克挠了挠脑门子，笑了笑说："这些倒没啥问题，现在的关键是，怎么才能把气氛搞起来……"

许大爷吐了一口烟，想了想说："哦，那倒是，得有个吸引人的好节目……"

萨汗别克叹了口气说："唉，要是老阿肯在就好了！"

许大爷说："说得也是，老阿肯好些年没见了，前面听说他养病去了。"

萨汗别克说："也不知道他现在怎么样了。"

许大爷若有所思地说："唉，这麦赫苏提呀，最近病得可不轻，他跟老阿肯交情深厚……”

萨汗别克点点头。

跟许大爷聊过之后，萨汗别克回家仔细想了想，第二天又去找了麦赫苏提。

麦赫苏提是马圈湾牧场的老教师，是马圈湾最有学问的人，也是最受人尊敬的人。多年来，每每遇到大事难事，萨汗别克自然会找他合计，每每能够得到指点和启发。麦赫苏提分析问题很准确，这一点，萨汗别克十分信服。

萨汗别克来到麦赫苏提家，麦赫苏提家的牧犬雅克坐在院子门口看着他摇着尾巴，它也知道是朋友来了。

麦赫苏提正好在院子里晒毡子，萨汗别克打着招呼走进院门。

“哎呀呀，让你老人家晾起毡子了，可是难为咱马圈湾的大文化人啦！”

萨汗别克一边帮他扯毡，一边调侃道。

“嗨，哪里的话。今儿太阳好，晒一晒，防虫蛀。”麦赫苏提一边说，一边咳嗽了两声。

萨汗别克顺手把毡子捋了一把，弹了弹粘在上面的杂毛。

麦赫苏提看了看萨汗别克的表情，知道他心里有事，就说：“哎，不弄了，进房子里说吧。”

麦赫苏提一边说，一边让卡丽坦烧一壶茶。

萨汗别克急忙摆摆手说："哎呀，老哥哥，别忙活，我说句话就走。"

麦赫苏提已经拉开了屋门，伸手请他进屋，萨汗别克不好推辞，进了屋，坐在炕上，两人点上烟，拉了一会儿家常，之后就说起赛马会的事情。

萨汗别克说："老哥哥，这次赛马会阵势太大了，县里非常重视啊！"

麦赫苏提又咳了一下，笑着说："是啊，自治县三十五周年大庆，多大的事情，值得隆重庆贺！"

萨汗别克说："老哥哥，你可要注意身体啊！"

麦赫苏提笑了笑说："嗨，老毛病，不碍事。"

这时，卡丽坦端上热茶递给萨汗别克，笑着说："萨汗别克队长，这么大的事儿，你又要辛苦了，来，先喝碗热茶。"

萨汗别克接过茶碗，谢过卡丽坦，自嘲道："辛苦不怕，就怕白辛苦！"

"哎呀，队长，你的辛苦，村里人都知道，你做的那些好事善事，老天爷会记着的。"卡丽坦意味深长地说。

"但愿吧！就怕事不遂人愿啊。"萨汗别克摇了摇头，一脸苦笑道。

卡丽坦见麦赫苏提点着烟，埋怨道："唉，医生不让你抽烟，你就是不听。"

麦赫苏提笑了笑说："没事，少抽一点，不抽没有精神。"

卡丽坦无奈地摇了摇头，没有再说话。

麦赫苏提自然知道赛马会的事情，塔乌孜跟他说过。现在听萨汗别克说话的口吻，感觉到了他心里的压力和顾虑。他一边抽烟，一边在心里琢磨着。

萨汗别克深吸了一口烟，长长地吐了口气。烟锅里的烟已燃尽，他把烟锅往鞋底上磕了磕，从口袋里掏出烟袋又装上烟，擦着火柴点燃，抽了一口，一边吐烟一边说："哎，老哥哥，有个事情，想来想去还是觉得要跟你合计一下。"

麦赫苏提想续上烟，又停住了，想了想又续上了，一边说："你说吧。"

萨汗别克看着麦赫苏提慢慢把烟锅点燃，恳切地说："老哥哥，你看，我想请老阿肯前来参加我们的赛马会，合适吗？"

麦赫苏提听了，脸上顿时露出一份喜悦，他努力点了点头，非常肯定地说："那当然没问题，老阿肯是草原的歌者，他能给人们带来快乐，也能给赛马会助兴，关键是能给大家伙儿鼓劲儿……"

萨汗别克很是高兴，不过很快就忧郁起来。

"唉，听说老阿肯一直在外面养病，不知道现在怎样了。"萨汗别克看着窗外，茫茫然地说。

"是啊，他病了好些年了。听说最近好了。"

"好了！他老人家现在哪里？"萨汗别克急切地问道。

"应该在马场窝子一带。"麦赫苏提看着萨汗别克，若有所思地说。

"哎呀，太好了！太好了！"萨汗别克兴奋不已，激动地叫了起来。

草原上的人都知道，麦赫苏提和老阿肯是老交情，两人关系非常特别，老阿肯的消息，麦赫苏提肯定清楚，这一点毋庸置疑。

麦赫苏提明白了，萨汗别克前来找他，主要是为了打听老阿肯的消息。换了一般人，麦赫苏提是不会轻易告诉老阿肯的行踪的，他们有约定，老阿肯有自己的安排，他喜欢自由行走，无拘无束。不过，这次情况特别，又是老朋友萨汗别克来请求，他不能不说。他心里想着，这样的盛会，老阿肯肯定不能缺席；这样的盛会，不能没有老阿肯……

想到这里，老阿肯的歌声就在耳畔响起，麦赫苏提内心也有些激动了。

麦赫苏提看着萨汗别克，语气肯定地说："最近我们虽然没有联系过，但是，他应该在那一带……"

"老哥哥，太好了！太好了！你好好养着，我这就叫人去给他带话。"萨汗别克自然相信麦赫苏提的话，他非常高兴地说。

　　麦赫苏提见萨汗别克高兴的样子，仿佛一下子年轻了几十岁，好像看到了年轻时候的他。见老朋友这么开心，麦赫苏提心里也非常高兴，仿佛身上的病也轻了，他冲萨汗别克点点头，非常感慨地说："唉，萨汗别克老弟，说实在话，我也好久没有听老阿肯的弹唱了……"

　　麦赫苏提说着话儿，嗓音里带着一种难以言说的情感，他望着远处白雪皑皑的山峦，自言自语道："哦，老阿肯，最近怎么样了？要是你能过来，那可是给这次赛事注入精气神啦！"

　　此时，远处天际飞过的一只山鹰"嘎"地叫了一声，消失在茫茫空寂里。

　　萨汗别克并没有注意到这一细节，他高兴得合不拢嘴，咧着嘴笑道："是啊是啊，老阿肯来了我就更有信心了。"

　　麦赫苏提这才回了神，他冲萨汗别克微笑着点点头，没有再说话。

　　萨汗别克非常高兴，有了麦赫苏提的支持和认可，他就像吃了颗定心丸，心里踏实了许多。

三

　　那天一大清早，萨汗别克队长骑着他的白蹄子大黑马出了门，往各家房子跑了一圈，把各家各户的小伙子们都招呼在了一起，他要亲自通知这个好消息。

　　是啊，有了老阿肯的助阵，萨汗别克心里更有谱了，赛马会的事就成了。他信心大增，周身跟打了鸡血似的，走起路来大步流星，那脚步铿锵有力，就像他的白蹄子大黑马似的，整个人仿佛一下子年轻了二十岁。

　　你还别说，这萨汗别克队长啊，虽说现在上了年纪，可身体硬邦邦的，心态也很年轻，他喜欢跟这些年轻小伙子们开玩笑，年轻小伙子们也喜欢跟这个老队长说话，他们觉得，跟老队长说起话来轻松又畅快，不像跟自己的父亲说话那么别扭。有时候他们也没把他当作老队长，甚至老辈人，就跟自己的伙伴们一样，该说啥就说啥，该笑啥就笑啥，亲亲热热，自自然然，快快乐乐，无拘无束。

　　瞧瞧，这萨汗别克队长今天多精神，穿着崭新的黑褂子，端端正正坐在马背上。小伙子们骑着马站在他前面，整整齐齐列成一排，一个个精神抖擞，意气风发。

萨汗别克把小伙子们看了一遍，捋了一把络腮胡子，露出喜悦的笑容，他哈哈地笑着说："哎，小伙子们，这次你们可遇到好机会了，县上搞的这次赛马会嘛，意义大得很，周边的人海里麦斯[1]都来了，你们是马圈湾的男子汉，要拿出真正的本事比赛……"

萨汗别克队长说的意义重大，大概有三层意思：

第一层意思是说，这次盛会是自治县成立以来规模最大的一次赛马会，也算一次盛会，是规模空前的盛事。

第二层意思是说，今年参赛的选手多，范围广，不但本县区各牧场的赛手全部参加，还邀请了周边的几个县，北疆、东疆一带，青河、富蕴、奇台、巴里坤等县牧区的哈萨克族、蒙古族、维吾尔族、乌孜别克族、塔塔尔族，还有汉族、回族、满族骑手都来参加。到底有多少骑手参加，谁也说不清楚，反正很多很多，几个县几十个牧场的骑手，拿牧民们的话来说，就是人多海了去。

第三层意思是说，这次县里设了重奖，头等奖是一匹高头大驼，响当当的木垒长眉驼。稍有常识的人都知道，这种长毛骆驼是木垒县的特产，非常非常金贵，驼毛长，产绒高，质地好，擀毡绕线、制毡袜、制毡筒，织毛衣、毛裤、毛袜子、毛手套，都是上好的材料。那时候，一匹

---

1 哈萨克族语，"全部"的意思。

健壮的长毛骆驼可以换一匹好走马[1]，可值钱了。

这时候，身材矮小的小脸盘、黄头发的小伙子蹿上前来，挤弄着一双特别的黄眼睛，嬉皮笑脸地说："哎，萨汗别克队长，要是我们中间的谁得了第一，是不是也给我们都鼓励一下啊？"

说话的叫沙迪克，是牧人扎汗老头儿的孙子。

老扎汗留着一撮漂亮的山羊胡子，当年放牧着马圈湾最大的马群。他放牧经验非常丰富，还会兽医，对牧场尽心尽责，许多年来从来没有丢失过一匹马，甚至连一匹小马驹子都没折损过，他的故事在马圈湾草原上也是一个传奇。队上对他最放心，有人说他跟几代大儿马[2]关系都非常好。也有人开玩笑说他就是一匹大儿马，一脸山羊胡子的大儿马。

对于这种玩笑话，扎汗老头儿不但不生气，还很受用，好像他很喜欢人们这么说，好像他也认为自己就是一匹强壮的大儿马，一匹浑身筋骨强健、雄壮无比而又经验丰富的大儿马。对于放了一辈子马、跟马打了一辈子交道的老牧人来说，对马的感情绝非一般人可以理解，这是别人想也没法想的事情。在他心里，大儿马是马群的头领，是马

1　在哈萨克族等族牧民中，走马相对于"跑马"，是指能高速平稳快步骑乘的马。
2　公马，马群的首领。

群之魂，有时候他和大儿马充当着同一个职能，管理马群，保护马群。他最爱大儿马，人们说他是大儿马，他自然高兴，呵呵地笑着，好像是多大的荣誉似的。

每当人们这么说时，他的儿子孙子们都不乐意了，毕竟他们的老爷子不是儿马。可是，老扎汗喜欢呐，他听了这话就像得了啥特殊奖赏，乐得合不拢嘴。

老扎汗这一辈子，除了侍弄他心爱的马，要说最宠爱的，就是他的这个孙子。也难怪，小脸盘、黄眼睛的沙迪克非常机灵，伙伴们都喊他黄眼睛，他鬼精鬼精的，简直就是个人精。

现在，见沙迪克这么一说，另外几个小伙子也随声附和，笑呵呵地起哄："嗨嗨，就是，就是，不给骆驼，至少也该给只大尾巴羊吧！"

"嗨，给头牛犊儿也不错，呵呵！"

说话的这位是大个子胡尔曼，驯鹰人叶尔江唯一的孙子。这小子在镇上读过一年初中，现在已经退学了，整天无事可做，有些游手好闲。

"想得倒美，哈哈哈哈！"

萨汗别克朗声笑着，一边笑一边骂道："嘿，你们这群小马驹子，还没上场就先要上精饲料啦。好啊！等你们拿了头奖，我亲自宰一只最肥最壮的大尾巴羊，请你们这帮小兔崽子美美地大吃一顿，保你们吃饱喝足，让你们一个个吃得肚子发胀，腿肚子发软，走不动路，骑不上马，找不上媳妇，到时候别哭爹喊娘流鼻涕，哈哈哈哈！"

小伙子们也咧着嘴呵呵笑起来，那种兴奋劲儿，就像喝了一罐子蜂蜜，浑身的骨头缝儿都甜丝丝麻酥酥的，甜蜜又舒畅，美妙又向往，那种感觉真的太享受了。

塔乌孜也觉得非常满意，他会心一笑，点了点头，心里说："你还别说，这萨汗别克队长确实有一手。"

塔乌孜知道自己该怎么办了。

此时的萨汗别克非常兴奋，他将了将满脸的沙胡子，咧着大嘴，呵呵地笑着说："嗨，小伙子们，得了长眉驼就能换上一匹大走马呀！哎，那可是货真价实的高头大驼，换匹大走马绰绰有余。嗨，臭小子们，骑上大走马就可以娶个媳妇了，再也不用睡觉顶帐篷啦！哈哈哈哈……"

萨汗别克队长说完，向人群后面的塔乌孜挤了一下眼睛，又朝小伙子们做了个鬼脸，一阵大笑。

沙迪克揶揄道："哎，胡尔曼，你若得了第一，就不用半夜出去找小花牛啦！哈哈！"

胡尔曼举起鞭子骂道："你个臭小子，黄毛还没褪，懂个屁。"

小伙子们一下子炸开了锅："啊哈——哎呀——啊

哈——哎呀——"

小伙子们兴奋地叫着,一个个摇头晃脑,在马背上甩着手里的马鞭,咧着嘴哈哈地笑着。

萨汗别克知道自己没啥文化,他特意到学校把塔乌孜请了来,帮自己出主意想办法,提点建议,拿个方案。

塔乌孜虽然腿脚不便不能参加赛马,但是,他非常乐意为这个极具挑战的比赛出些力。说真的,马儿奔跑起来,他心里就痒痒,真想自己也冲上去,拼搏一番。

正如萨汗别克说的,现在不需要你冲上去,需要你的文化。那意思是说,需要你出点子,需要你的谋划和策略。

塔乌孜心里自然清清楚楚、明明白白。论养马,他自然比不上撒合买提;论骑术,就在一帮年轻人中他也排不进前三,更比不上老队长萨汗别克;论驯马,他也比不上老骑手扎汗,还有村里那些老牧人,他们个个都是好骑手,个个都有一身驯马的好本事。

不过他也很自信,因为他心里更加清楚,自己的长处别人没有。他的长处就是文化知识。文化可以凝聚力量,可以激励人心,可以锻炼队伍。是的,他要配合队长萨汗别克,发挥自己的优势,好好训练这支队伍,在比赛中取得好成绩。

这帮年轻小伙子,塔乌孜都熟悉,他们中的大部分人他都教过，所以他很自信。

萨汗别克止住了笑声，清了清嗓子，郑重其事地说："为了确保这次比赛胜利，我请了一个军师，就是塔乌孜老师。他的学问嘛你们都知道，地上的事情嘛，他都知道，天上的事情嘛，他也知道一半，哎，厉害得很！就说赛马的事情，他也知道许多哩，他的厉害嘛，往后你们就知道了。"

萨汗别克说完，冲塔乌孜努努嘴，意思是该你说话了。

塔乌孜往前走了几步，他走得很慢，脸上有一丝微笑，看上去非常自信。这时候，人们倒是没有注意到他瘸着腿了。他看了看众人，镇定了一下说："非常高兴能和大家一起参加这次赛马大会。你们都是精挑细选出来的选手，是我们马圈湾草原的雄鹰，一定能够跑出好成绩。"

早有人按捺不住内心的激动，仰着头大笑了起来："哈哈哈，那是当然，那是当然。"

塔乌孜顿了顿又说："但是，这次赛马会，选手众多，正如队长所说，高手如云，我们必须认真对待，否则，就会打败仗。"

听塔乌孜这么一说，人群里顿时鸦雀无声了，大家伙儿你看看我，我看看你，有人唏嘘："呀，看来确实有高手！"

"高手如云不假，但是，我们要相信自己的实力。"塔乌孜自信地说。

人们不由自主地看着塔乌孜，捉摸不清他这话的意思。

塔乌孜轻轻咳了一下接着说："这些天，我详细了解了赛马场的地形、跑道的距离等情况，结合我们每个选手和赛马的情况，制订了一个详细的训练计划，包括选手的训练和赛马的训练。选手除了骑行训练，还要训练应急和防护，赛马主要是速度和力量的提升，分阶段推进，逐步提升我们的比赛水平。当然了，也要了解其他参赛队伍的情况，只有做到心中有数，才能争取好的成绩。"

　　塔乌孜一番话，让小伙子们惊奇不已，大家不约而同鼓起掌来，就连萨汗别克也是吃惊不小，真没想到这书生娃娃还真有两下子，他满意地点点头。

四

赛马会那天一大清早，人们就身穿盛装，骑着马，赶着车，从草原四处赶来，远亲近邻，拖家带口，老老少少，一路上马队嘚嘚，车轮滚滚，人们骑着马互相追逐，坐在车上说说笑笑，别提有多开心了，别提有多热闹了。

是啊，对哈萨克族人来说，这一年一度的赛马会，既是一场赛马竞赛，也是一种传统骑术的展示，更是一次聚会，是亲朋好友联络感情的大聚会。那些情窦初开的青年男女，借此机会谈情说爱、唱情歌、"姑娘追"。这自然不能少的。或许，这才是他们最热衷的心思。

那天经萨汗别克队长这么一番动员，小伙子们都兴奋了，一个个都像打了鸡血似的，浑身热血沸腾，看那架势，好像个个都要争夺第一。

当然了，对于这帮小伙子们来说，参加这次比赛对牧场来讲是件大事情，对他们个人也是大事情，奖品之外，荣誉更重要。

哈萨克族是马背上的雄鹰。千百年来，他们就与马为伴，过着逐水草而居的游牧生活。哈萨克族人天生爱马，用"嗜马如命"来形容也不为过。这也是他们引以为傲的。

小伙子们可不愿意轻易认输，一个个起早贪黑做着参赛的准备。按照塔乌孜做好的方案，每天先是骑马奔跑训练，之后进行遛马训练，每天早晚给马补充营养好的青草，还要选发酵的豆瓣子等精饲料给马增加体力。拿塔乌孜的话说，就是马和人都要练好，才能做到人马合一，取得佳绩。他们每天都这么训练着，做了最充足的准备，争取在赛场上取得胜利。

经过这一段时间训练，他们每个人都觉得长了功夫，提高了技艺，一个个摩拳擦掌，等待着冲锋陷阵的那一刻了，现在有点迫不及待。

头一天夜里，天空下了一阵小雨，天亮时分就停了。

到了早晨，太阳金灿灿的光芒一照，草原上就绿油油的，一派繁盛景象，仿佛一夜小雨是为老阿肯接风洗尘的，是对赛马会的隆重欢迎和祝贺，草原处处洋溢着喜气洋洋的气氛，这是人们期盼已久的盛事啊。

而白胡子老阿肯麻木提的到来，让草原上的老老少少更加兴奋，一个个满面笑容里铺满温暖的春光，人们在心里默默祈祷，默默祝福，倍感幸福和满足。这美好的气氛在这个美好的节日里更加美好而又和谐。

那一年，老阿肯已经八十多岁了。其实老阿肯的具体岁数，连他自己也说不清。

有人曾经问他："哎，老人家，您是哪年哪月生的呀？"

老阿肯纵一纵布满沟壑的眼角，灰白的眉毛下，那双苍老的眼睛依然闪烁着矍铄的光芒，他将了将皓若白雪的山羊胡子，看了看众人，眨巴眨巴眼睛，然后晃了晃脑袋，笑呵呵地说："哎嗨，我嘛，杨督军主政新疆的那一年，我就跟着师父学弹唱了。"

人又问："那又是哪一年啊？"

老阿肯认真地说："杨增新当新疆都督，就是袁大头做临时大总统的那年。"

人又问："袁大头当临时大总统又是哪一年？"

老阿肯微微笑了笑说："民国元年。"

"民国元年！"

听了这话，在场的人都瞪大了眼睛，惊呼起来，人们似乎在怀疑老阿肯的话，也似乎在感慨老阿肯沧桑的经历，眼睛里充满了感叹和折服。

老阿肯环视一下众人，点点头，笑呵呵地说："是啊！那时候嘛，哦，我还是个没变声的巴郎子[1]，呵呵呵……"

说完，老阿肯故意噘了一下雪白的长胡子，眨巴了一下眼睛，那两行灰白眉毛下棕黄的眼仁，依然亮晶晶的，

---

1 意为"孩子"，长辈对晚辈的称呼。

闪烁着真诚又智慧的光芒。

掐指算来，老阿肯足有八十好几了。虽然他头发胡子都白了，精神头却非常好，孩子们亲切地喊他老阿肯爷爷，也有人喊他白胡子老阿肯，他只是微微点点头笑一笑。他脸上那神秘的笑容让人难忘，甚至敬畏，就像他的弹唱一样，悠扬，激越，绵长，深深地扎进人们的心灵。

老阿肯的弹唱为啥能深入人们的心灵，这个问题实在难以回答，或许，这也是现在的人们困惑的原因之一。

赛场那边，一切准备停当。

一会儿，披红挂彩的骑手们陆续入场，一个个都非常年轻，最小的十岁出头，最大的也就二十来岁，大多是十五六岁、十七八岁的毛头小伙子，一个个满面红光，兴致高昂，精神抖擞地骑在高头大马上。那披着红毯子、绿毯子、白毯子的枣红马、黄骠马、黑骏马、雪青马、白龙马、五花马，一匹匹体格健硕，精壮无比，浑身发着油亮亮的光泽。它们高举着头，不时甩一下尾巴，显得更加威武雄壮。马队最前面，那个骑枣红马的高个子小伙子是参赛选手中年龄最大的胡尔曼，他骑在马背上得意扬扬，好像今天的冠军非他莫属似的。

大个子胡尔曼是驯鹰人叶尔江老汉唯一的孙子。叶尔江是草原上远近闻名的驯鹰人，他年轻时是个出色的猎手，他有两个好帮手：一只金头猎鹰，一只黑斑猎狗。

他的那只金头猎鹰是他从雪山上捕获的幼鹰从小养大训练出来的，非常听他的话，一双金色眼球射出灼灼的金光，体形虽然不大，却异常机警又迅捷，只要他一声令下，就会勇敢地扑向猎物，无论狐狸还是野狼，均逃不过它的利爪。他的猎狗也有一番来历，据说是山上的牧羊人遭遇头狼袭击，恰好他家的黑母狗正在发情，与头狼纠缠在一起，之后就生下一窝双耳直立的狼种猎狗。叶尔江用一只肥羊换了一只小猎狗，细心养大，加以训练，变成一只体格健壮的黑斑猎狗，成为他打猎的好帮手。

那时候的叶尔江，骑着一匹浑身铁黑、膘肥体壮的黑走马，肩上站着一只目光如炬的金头猎鹰，身后跟着一条身材高大的黑斑猎狗，可神气了。他的黑斑猎狗能轻松抓住一只狐狸，抓只兔子更不在话下。而他的金头猎鹰能抓狐狸能抓野狼，还能抓住黄羊、盘羊这些大家伙，真让人羡慕……

大个子胡尔曼的右边，是骑黑骏马的德里达西，他是萨汗别克的孙子，今年十四岁，骑术非常好，正左右顾盼。骑黄骠马的沙迪克，站在队伍最里侧，像只鹌鹑似的杵在那里，安安静静，不露声色。最显眼的，是那骑白马的红脸小伙子，他是老骑手撒合买提的孙子玉山别克，他手里握着一把金黄色鞭杆的马鞭，据说那鞭杆是用黄金丝绕成的，是他爷爷几十年前参加赛马会得的大奖。大白马脖子上辫起麻花似的辫儿，一层摞一层盘成结，像姑娘们的发辫，非常漂亮。高高隆起的鬃毛上系着红丝带，绾起的马尾巴也扎了红丝带，特别醒目。

正如人们期望的那样，赛马会进展得非常顺利。选手们准备停当，萨汗别克看了看远处的老阿肯，又看了看身边的塔乌孜，冲他点点头。只见萨汗别克队长高高举起马鞭，一声令下，几十匹骏马箭一般冲了出去，伴随着一阵阵口哨声和呐喊声，小伙子们纵马扬鞭在草原上驰骋。

刚开始，是大个子胡尔曼骑着枣红马一路领先，他骄傲地扬着马鞭挥舞着、怪叫着，那种兴奋劲儿，仿佛他已经是冠军了。紧随其后的，是小脸盘黄眼仁的沙迪克，他骑着那匹通体油黄一身是劲的黄骠马正在努力追赶，那意思很明显，冠军未必是你的。老骑手撒合买提的孙子玉山别克落在队伍中间，他骑的那匹体格硕壮的大白马非常显眼，放眼望去，就像一片雪花在红黄黑绿连成一片的绸缎上漂移。

到了第二圈，萨汗别克的孙子德里达西骑着黑骏马一路闪电似的追上来，跟在了沙迪克的黄骠马后面，萨汗别克脸上笑容灿烂。

第三圈的时候，小脸沙迪克开始发威了，这个喜欢跟萨汗别克队长说俏皮话的小伙子，看上去白白净净，内心却是一团烈火，他驾驭着他的黄骠马不断加速，眨眼工夫就冲到了队伍的最前列，而且，他把这种优势一直保持到了最后。

好像中间有那么几次，大个子胡尔曼快马加鞭想超过沙迪克，可是，任凭他把马屁股打得红肿，最终也没撵上。玉山别克骑着漂亮的大白马猛追了一阵，只见大白马像一艘帆船，从队伍中央一路冲到靠前的位置，然后就慢了下来。德里达西的黑骏马也刮起一阵黑旋风，一度超越了玉山别克的大白马和胡尔曼的枣红马，眼看就要追上沙迪克的黄骠马了。

而沙迪克此时却不急不躁，并不紧张。嘿，你还别说，这个老牧人的孙子，心里鬼着哩，他好像知道德里达西不过是三分钟的热度，他更知道，那黑骏马的耐力，不过是一阵风而已。他非常了解自己的黄骠马，了解它持久的耐力和速度，他信任它，就像相信自己一样，所以，他表现得非常自信。

嗨，这个黄眼睛的家伙真是平稳，他不慌不乱的样子，似乎胜过了老骑手撒合买提当年的雄姿。

这个黄眼睛的沙迪克，骑着黄骠马稳步地往前冲，就像一道金黄的闪电，哗哗哗把所有人都甩开了，第一个冲到终点。

哦嗬，他取得了头名，他成功了。

这时候，早有人给他披红戴花。沙迪克抖擞精神，昂着小脑袋，兴奋地绕场一周，接受人们的欢呼和祝贺。他的伙伴们也紧随其后，既是给他助威，也是共同感受这种欢乐，分享成功的喜悦。

　　人群里，要说最高兴的，还应该是萨汗别克。对于今天小伙子们的出色表现，他看在眼里，喜在心里，他很满意，不住地点头称赞。他跟几个老骑手商量一会儿，根据比赛名次和赛手们的现场表现，确定了作为马圈湾种子的选手，就是本次比赛的前五名，他们将代表马圈湾牧场参赛。

　　为了保险起见，选第六、第七两名骑手作为备选，一方面陪练，另一方面也是以防万一，比如，根据赛事需要可以增加赛手就及时补进去，如果种子选手或者马匹临时出问题可以及时替换等，总之有备无患。

　　最后该萨汗别克队长发话了，他非常兴奋，站在人群最前列，清了清嗓子，公布了参加县上赛马会的名单，第一名自然是冠军沙迪克，毋庸置疑。接下来是玉山别克和德里达西，他们一个是第二名，一个是第三名。

　　大家有些议论，有的说德里达西的黑骏马第二，玉山别克的大白马第三，也有人说是大白马在前黑骏马在后。

　　现在，到底谁是第二？谁是第三？人们一时说不清了。

　　其实他们两个人几乎是齐头并进的，一会儿玉山别克的大白马在前，一会儿德里达西的黑骏马在前，一黑一白靠在一起，倒把观众的眼睛看糊涂了。

最终是谁在先，远处的人看不清，裁判席上的裁判说是玉山别克的大白马领先一头。

呵呵，仅仅领先一头，也真够精确的了！

其实，他们谁第二谁第三也无关紧要，反正不是第一，反正都可以入选，大家议论了一下也就罢了。说实话，这三个人连同他们的赛马都是好样的，在马圈湾也是人人皆知，都是好骑手，都是厉害角色，这一点没的说。

要说这个第四名哈那提，却是突然冒出来的，他以前不吭不哈的，没有一点显山露水的样子，包括他骑的那匹紫红马，也是名不见经传。

嗨，这匹紫红马今天的表现太突出了，紫红紫红的身子，就像一颗硕大的重枣，越跑越快，冲劲儿十足，尤其是在关键的最后一圈突然发力超过了胡尔曼的枣红马，可把大个子胡尔曼气得够呛。

哈哈，也没有办法，谁叫他个子高体重大呢！负重太大也影响赛马冲刺，这是事实。

萨汗别克点完五个骑手的名字，全场一阵欢呼，选手们互相祝福。在场的老骑手们一个个非常振奋，也非常激动，满是褶皱的脸上布满了笑容，闪烁着亮光，内心充满了喜悦，仿佛时间一下子拉回童年，仿佛他们也上了赛马场驰骋了一回，那股子兴奋劲儿，真是无以言表。

五

　　选拔出了骑手，接下来就是摔跤选手上场了，这是草原汉子力量的展现。虽然摔跤只是这次庆祝大会的表演项目，不设重奖，但那也是荣誉，要参加比赛还要争取获得名次，那是马圈湾的脸面。

　　哈萨克式摔跤也叫"四把搂腰"。八个壮汉两两对阵，猫下身子，两手抓住对方的裤腰，就叫作四把搂腰，然后开始用力，直到把一方摔倒背部先着地算输。获胜的四个壮汉继续两两对阵，再决一次。再次获胜的两个壮汉进行最后的对决，就是最精彩最刺激的决赛。经过一番激烈的角逐，最终是来自山下马莲沟的选手获胜。

　　摔跤之后的刁羊，这是另一场好戏，是草原汉子展示雄风的大好机会。比赛一开始，德里达西就一溜烟冲过去抓到了青山羊，他兴冲冲地跑着，还把小山羊举过头顶炫耀着，那副得意样儿，惹得众人大笑起来。胡尔曼不甘示弱，快马加鞭追上去，小伙子们紧随其后，经过一番争夺，胡尔曼抢到了青山羊，直接跑过去献给了老扎汗，说是感谢爷爷教他马术。嗬，老扎汗可惊讶了，他感觉非常意外，乐呵呵地笑着，还说要宰一只肥羊请大家吃一顿……

接下来的"姑娘追"是最喜庆最热闹的，这是年轻人的节目，也是欢快的节目，男女老少都喜欢看。小伙子们骑着骏马首先入场，在场地上你来我往炫耀骑术显身手，打着响亮的口哨，穿红戴绿的姑娘们这边一入场，小伙子们就策马围拢过来，跟心仪的姑娘说俏皮话，姑娘们生气了，一个个挥舞着鞭子纵马追上去，对准那些耍贫嘴说俏皮话的小伙子们一顿抽打，场面一下子热闹起来。

虽说打是亲骂是爱，可是，"姑娘追"是有说法的，打得最狠的，肯定没戏，要是皮鞭高高举起轻轻落下的，那就是柔情蜜意了。

这时候，几个说俏皮话没有落着好的小伙子被惹恼了的姑娘们追打得一路狂逃，小伙子们一边逃，一边惨叫，求饶哀号，想让姑娘们手下留情，姑娘们却不依不饶，猛追猛打。小伙子们不敢再惹姑娘们了，用手护着脑袋加速逃走，惹得众人发笑。

这次"姑娘追"，最有收获的是胡尔曼，他可是有备而来的，经过一番努力果然获得了萨玛力汗的好感，她的鞭子不轻不重抽在胡尔曼结实的背上，那重的一鞭子是对他平时经常故意讨好她爷爷的惩罚，那轻的一鞭子自然是内心的喜欢了。胡尔曼非常开心，在场的人们也为他叫起好来。

比赛性节目结束后，随着音乐响起，一些中年妇女早已按捺不住，精神抖擞走上场扭动起来，她们跳的是哈萨克族妇女最最喜欢的"挤奶舞"。她们满脸微笑，跳得非常自如，脸上充满了自信、自豪，充满了幸福，浑身充满了力量。

中年妇女的出场是一个良好的开场。随后，一群年轻姑娘也跃跃欲试，她们笑盈盈地走上场来，跳起了"绣花舞"。几个老年妇女也不甘寂寞，笑哈哈地上场，跳起了"擀毡舞"。大家越跳越高兴，越跳越兴奋，随着音乐节奏轻轻哼唱着，舞动着，享受着。

盛会缓缓进入高潮，萨汗别克宣布："有请老阿肯出场——"

这时候，老阿肯缓缓走进赛场中央，人们好久没有看见老阿肯了，一下子围拢过来，他向人群挥了挥手，坐在毡毯上，微笑着看着众人。

老阿肯一脸的兴奋，他将了将白胡子，调整呼吸，弹起冬不拉[1]高唱起来。

老阿肯唱的是他最拿手的"铁尔麦"[2]，这是马圈湾一带的哈萨克族牧民世代流传的一种古老曲调。

老人们后来说，老阿肯祖上在阿勒泰，从小就跟着师

1　哈萨克族传统乐器。
2　铁尔麦是哈萨克族曲艺的典型代表，为国家级非物质文化遗产。

父学弹唱，师父是个喜欢四处流浪的人，他跟着师父四处流浪，一学就是十几年，走遍草原各处的阿吾勒（哈萨克人的牧村）。后来留在马圈湾……

冬不拉响起，老阿肯开始弹唱：

我来自富饶的南山牧场，
你来自美丽的木垒河畔，
有缘相逢在马圈湾牧场，
你我坐在一起歌唱生活。

老阿肯唱到这里，人们心里暖洋洋的，互相望了望，互相祝福，互相问好，祝福美好的生活，祝福幸福安康……

老阿肯接着唱道：

空旷的大地上，
如果只有一棵小草，
怎能够称得上辽阔草原。
广阔的草原，
如果只有一匹马驹子，
怎能够繁衍出成群的马儿。

这时候，老人们想起了过去的岁月，内心非常激动，一个个老泪纵横。年轻人一个个默不作声地听着，他们早已被老阿肯的歌声感染，内心澎湃，想象着草原上成群的马群壮观的场景，小伙子们想起了他们赛马时的场景，姑娘们则回忆着"姑娘追"的情景，或许老人们想起了年轻时候的快乐，人们沉浸在幸福的回忆里……

老阿肯接着唱道：

辽远的天边，
一块块青色的石头，
堆起巍峨的天山。
游牧的哈萨克人，
一个个雪白的毡房，
连接成我们的阿吾勒。
…………

牛羊吃了肥美的青草，
会流下热泪，
因为它们懂得感恩。
大雁秋天飞到南方，
春天又飞回来，
因为这里是故乡。
…………

老阿肯唱得非常动听，仿佛天空飞翔的鸟儿，自由、轻缓、悠扬、深情，伴随着冬不拉的节奏。他的歌声像一股心灵的清泉，打动了在场的每一个人，许多人都流下了热泪。

老阿肯唱过之后，上来一个女阿肯——一位漂亮的姑娘，她穿一身白裙，披着红纱巾，轻飘飘地走上来，跟大家鞠了一躬，唱了一首《燕子》。

燕子啊，
听我唱个我心爱的燕子歌，
亲爱的听我对你说一说燕子。
燕子啊，
燕子啊，
你的性情愉快亲切又活泼，
你的微笑好像星星在闪烁，
啊——
眉毛弯弯眼睛亮，
脖子匀匀头发长，
是我的姑娘燕子啊，
…………

女阿肯唱到这里，人们的心已经深深地陷入冬不拉缠绵柔软的旋律里，所有人的心跳都随着琴弦的拨动而起伏。

女阿肯接着唱起来，当她唱到最后两句时，人们早已控制不住自己的情绪，所有人都流下了热泪。几个老太太哭得直摇头，一些中年妇女已经泣不成声，年轻姑娘们一个个都低下了头抹眼泪，那些骑马的小伙子揉红了眼睛，跳舞的壮汉们一个个眼里也噙着泪，几个老爷子老泪纵横，不断地摇头叹息。

啊，这歌声怎么这么抓人的心啊，一曲一调，一字一句，都是那么的完美，都是那么的揪心、那么的疼痛，这是怎样的感动啊！许久了，人们耳际依然回荡着女阿肯的歌声。

燕子啊，
不要忘了你的诺言变了心，
我是你的你是我的燕子啊！
…………

女阿肯这首歌唱得实在是好，她那响亮的歌喉，那时而舒缓时而激越的曲调、明快的节奏，一下子把人们从刚才听老阿肯弹唱的那种深沉中解脱了出来，人们不知不觉跟着节拍唱起来，整个草原充满了轻松和谐的气氛。

后来有人私下里议论：这位漂亮的女阿肯，其实不是老阿肯的亲生女儿，虽说她喊老阿肯爸爸，但也只是跟随他学习弹唱的徒弟而已……

令人奇怪的是，老阿肯是草原上最出名的阿肯，却一辈子没有收过一个徒弟，眼看着一天天老去，一身的才艺也要随他而去了。幸亏有这么个徒弟，尽管是个姑娘家，只要能够把老阿肯的歌儿学会，把铁尔麦传下去就行。这么说来，这姑娘将要成为老阿肯唯一的衣钵传人了，有人庆幸，有人惋惜，更多的人却不知道说什么。

毕竟是个年纪轻轻的姑娘，她真能把老阿肯的歌儿传下去吗？

这话谁也拿不准。可是她确实是老阿肯的弟子，一直跟着老阿肯学弹唱，这是大家亲眼看见的事情，人们的议论总归是议论而已。

六

后来有人说，那次赛马会上，那个漂亮的女阿肯精彩绝伦的演出是为了一个人……

也有人私下里说，那女阿肯有一些不为人知的秘密，她好像一直在寻找什么……

她寻找的那个人到底是谁呢？

草原上的人们隐隐约约听说了一些，但都不确切。

这到底是怎么一回事儿呢？

要说这事儿呀，话可就长了。这女阿肯的身世还确实不一样，甚至有点奇怪。单单听一听她的名字就不一样。她的名字叫巴合提古丽·麻木提，是个非常好听的哈萨克族姑娘的名字。

谁能想到，她跟老阿肯麻木提竟然是特殊的父女关系，具体怎么个特殊法，没有谁仔仔细细地说明白……

说起来，那还是许多年前的事儿了。

那年秋天，连续下了两场秋雨之后，天气渐渐变凉了，草木开始枯黄，冬天不远了。山上的牧民们正忙着准备转场，牛马过冬的草料夏天已经打好，每家每户都搭起几座高高的草垛，够它们吃上一个冬天了。落雪之前，大部分的羊群要转到冬牧场去过冬。

转场是牧民的大事，尤其到冬牧场，路途遥远，时间漫长，更是要认真筹备，女人们仔仔细细做好转场的各项准备，吃的用的穿的住的，就连马料也得准备充足，一样也不能少，一丝一毫也不能马虎。经验丰富的牧人们要提前把过不了冬的"淘汰羊"从羊群里挑出来，处理掉，免得成为累赘，要是转场的路上得了病，那就只有死了，瘦得皮包骨头的，牧羊犬都懒得吃。与其那样，还不如提前处理了，让山下的人们收进家里慢慢养着，调理调理，也许就缓过劲来了。只要过了冬天，春暖花开，羊儿吃上一口鲜嫩的青草，一个个都长精神了，就像吃到仙药一般。

从某种意义上说，处理"淘汰羊"也是牧人们的"善举"，这也是羊的一种归宿吧。

一天上午，老阿肯在博斯坦草原参加完聚会活动，路过大石头草滩时，隐隐约约感觉到身后有什么东西一直跟着他。

老阿肯天生有一副好耳朵，有非常敏锐的听力，凭借几十年来的行走经验，他已经初步判断出了跟踪他的，是一匹独狼。

多年来，老阿肯踏遍了东天山一带的山山水水，北边的北塔山、大哈甫提克山、小哈甫提克山，东边的蒙鲁克山、青驹驴山，以及鸡心梁、大浪沙、平顶山、大南沟，从霍景涅里辛大沙漠到古尔班通古特大沙漠边缘，穿过二道沙梁到叶勒森大沙漠，山地、丘陵、河谷、沙漠，草原处处都留下他的脚步，也留下了他的歌声。看到漫山遍野的山花，他心花怒放而放声歌唱；看到苍郁的白桦林，他心里忧郁而放声歌唱；看到肥美的酥油草，他心里痛快而放声歌唱；看到白云一样的牧群，他内心激动而放声歌唱。他高兴时也唱，悲伤时也唱，幸福快乐时刻更要唱。他的歌声唱给天空，唱给大地，唱给草原，唱给河流，唱给山花，唱给青草，唱给白桦树，唱给牛羊，唱给马群，唱给林间飞翔的鸟儿，唱给山野里奔跑的野物……

哦，他用歌声诉说内心的话儿，他用歌声向天地万物表达一份问候和敬意。这是他的情感，阿肯的情感；这是他的心境，阿肯的心境；这是他的方式，阿肯的方式……

几十年来，老阿肯真见过许许多多的野物，戈壁上成群结队的黄羊、山沟里一窝一窝出没的野猪，他经常遇到，山谷丘陵地里随处可见的狐狸就不用说了。

他曾经近距离地碰到过红背白腹的灰嘴野驴，那是一大群落，由一头体格高大、浑身赤红的公野驴率领着。见到了他，野驴群立即停止吃草，一只只非常警惕地观察着，公野驴忽然怪叫一声，率领一大群野驴呼呼逃去，戈壁荒漠上卷起一阵烟尘，留下一阵嘚嘚的蹄音。

山崖上游走的举着一对螺旋状粗壮大角的大头羊，山坡上奔跑的长着两根明晃晃长角的野山羊，林间出没的体格高大长着一双开枝杈大角的马鹿，他也经常看见。他还遭遇过青面獠牙的草原狼，前肢立起来高过一个壮汉的哈熊[1]，甚至还看到过有雪山精灵之称的雪豹，那东西真的太灵巧了，在悬崖峭壁上追逐野羊奔跑如飞，如履平地。

他遇到过这么多野物，不过都没有遇到大的危险，说实话，他从来也没怕过，跟往常一样唱着歌儿，无论凶恶的草原狼、凶悍的野猪、一人高的哈熊，还是头高个大的马鹿，都没伤害过他。

这一次，老阿肯也没当回事，他抬头看了看天空，蓝天白云间有一只山鹰在盘旋。

就在这时候，他听到不远处隐约有婴儿的啼哭声，那声音很细弱，很轻微，几乎听不清。

老阿肯紧张起来，他寻思着：荒郊野外，哪来婴儿的哭声？

难道……

---

1 即灰熊。

老阿肯心里咯噔一下，有一种不祥的预感，虽然不知道是什么，但他估计前面一定有什么事情发生。

老阿肯循着那微弱的哭声找了过去，果然看到河沟里有个深蓝色包袱。那微弱的哭啼声就是从深蓝色布包里发出的。

老阿肯快步走过去，到了跟前，似乎感觉到了里面包着个东西，他迟疑了一下，果断地打开包袱，老阿肯一下傻眼了：

呀，一个婴儿！

老阿肯吃惊不小。在打开包裹之前，他脑子里乱乱的，猜想着可能是个小猫小狗之类。可他怎么也没有想到会是个婴儿，而且是一个病恹恹的女婴。看那包裹的布料和样式，应该是汉族人家的，抑或是回族人家的，肯定不是哈萨克族人家的。那孩子看上去又瘦又小，应该还没满月，一双小眼睛紧紧地闭着，小鼻子小脸儿青得发紫，非常的可怜。

老阿肯看了看四周，没有一个人影，顿时明白过来。老阿肯心里非常难受。他突然想起自己的女儿，难道是天意……

老阿肯年轻时候也有过家庭，有个漂亮的妻子和可爱的女儿，因为喜欢弹唱，他跟随师父学艺，四处游走，顾不上家里，几年后，女儿生病夭折，妻子精神受到刺激也病死了……

想起往事心里就难受，老阿肯摇了摇头，把孩子轻轻抱起来，慢慢贴在自己的胸脯上，给她暖一暖。没想到那孩子小脸儿刚贴到老阿肯的胸脯，竟然使尽全身力气哭了一声。

这一声啼哭，把远处的苍狼吓了一跳，转身逃走。天上的苍鹰忽然一闪，远远飞去。

老阿肯惊喜不已，心里说："苍狼为之恐惧，苍鹰为之守护，这孩子不简单呐！"

老阿肯抱着孩子来到马圈湾，想给孩子找口奶吃，恰好遇到了老朋友麦赫苏提。

老阿肯说："唉，这孩子命苦啊！估计是得了不治之症，昏睡过去了，家人以为已经没了，丢到了荒郊野外。没想到，这小生命又被旷野之风吹醒了……"

听说了这孩子的一番经历，麦赫苏提叹了口气说："唉，这么小，怪可怜的。"

老阿肯说："是的，老天爷护佑着呢！"

麦赫苏提看了看孩子的小脸儿，见那小鼻子小眼儿玲珑可爱又可怜，惊喜地说："巴合提古丽[1]！"

"巴合提古丽，巴合提古丽！"

老阿肯一边念叨，一边点头说："嗯，就给她取名叫巴合提古丽吧！"

"嗯，巴合提古丽·麻木提，这个名字好听。"麦赫苏提也笑了。

这样，巴合提古丽就有了一个标准的哈萨克族名字：巴合提古丽·麻木提。

很显然，从名字里已经确认，她就是老阿肯麻木提的女儿，也符合哈萨克族的传统。

这小巴合提古丽呀，还真有福分。

麦赫苏提的妻子卡丽坦头天晚上生了小儿子塔乌孜，奶子饱饱的，麦赫苏提就把孩子交给卡丽坦喂奶。

卡丽坦抱着她，小巴合提古丽一口咬住她的乳头就香甜地吸起来。她吸奶的时候，眨巴着小眼睛看着卡丽坦，小嘴轻轻一咧，笑了。

卡丽坦高兴极了，心疼地说："哦，这小心疼儿，真是可爱！"

见小巴合提古丽吃饱了奶，老阿肯想带着她离开，他

---

1 哈萨克族语，"幸运之花"的意思。

不想太麻烦人家。

卡丽坦愣怔了一下说："你，带走她？"

老阿肯说："是的。"

卡丽坦："哎呀，你先别忙，孩子这么小，身子骨又弱，你怎么养活？还是让她在我家养一段时间再说吧。"

麦赫苏提也在一旁说："老哥哥，就把她放在我家，让卡丽坦养一养，说不定就好了。再说了，我们也好久没在一起聊聊了。"

老阿肯也觉得他们说得对，就在麦赫苏提家住了下来。

小巴合提古丽吃了卡丽坦的奶水，一天天好起来了，也看不出有啥病症了。卡丽坦喜欢上了这个可爱又可怜的孩子，每天给她喂奶水，就跟自己的亲生女儿一样。

几天后，老阿肯见孩子没啥问题了，想带着她离开。

卡丽坦却非常担忧，她的担忧不无道理。现在的小巴合提古丽毕竟是个月娃娃，身体很虚弱，就是有娘亲喂养着也得加倍小心，更何况老阿肯一个大男人了，没好好带过孩子，也没有经验，怎么能行。

卡丽坦着急地看着麦赫苏提，她的神情已经告诉了丈夫，麦赫苏提明白妻子的心思，卡丽坦已经把小巴合提古丽当作自己的亲生女儿了，她舍不得撒手。

麦赫苏提冲卡丽坦点了点头，也表明了自己的心意。

他转过身来跟老阿肯说："老哥哥，你放心去吧，孩子就先放在我家里，由卡丽坦喂养着，等将来她长大了你再带走。"

老阿肯见麦赫苏提说得真切，卡丽坦对孩子这么心疼，自然放心了。毕竟是这么多年交情，他当然信得过他们了。

就这样，老阿肯把小巴合提古丽寄养在麦赫苏提家，自己又到草原四处游走唱歌去了……

七

老阿肯一直四处游走，草原上到处都留下了他的身影，传播着他精彩绝伦的弹唱。老阿肯弹唱的歌曲，都是哈萨克族人世世代代流传的古歌。这些年来，老阿肯心事重重，自己一天天老了，他时常想着怎么把这些古老的歌曲传唱下去，他太热爱这些古歌了。他喜欢弹唱，何止是喜欢，简直是痴迷。因为他是阿肯，弹唱是他的天职。

许多年以前，他还是个毛头小伙子，就跟随师父学会了这些古老的歌曲。因为弹唱，他结识了许多弹唱艺人，跟他们交流弹唱技艺，也跟他们学了许多古歌，他发觉很多艺人对古歌都有自己的理解，有自己的演化和发展，他们根据不同场合改编的唱词，非常受欢迎，这使他很受启发。

他的师父却是一位循规蹈矩的阿肯，始终保持原汁原味的弹唱。后来，他也试着改变了一些唱词，感觉很不错，却受到了师父的严厉呵斥。

师父教训他说，弹唱是哈萨克族人最经典的文化，必须保持它的完整性，不能随意更改……

师父说，弹唱就像一棵参天大树，是独特的，要是你随意改编了，就坏了它的形式，伤了它的根脉，就不再是哈萨克族人的弹唱了……

师父说，要是你内心没有了坚守，人云亦云，瞎编乱造，那些乱七八糟的唱词，就会毁了阿肯弹唱，这一点，你一定要记住。

对于师父的教诲，他始终铭记于心。有一点他坚信不疑，他认为自己的想法是对的，弹唱就是要不断完善，不断发展。现实生活的好素材是可以加进去的，可以丰富弹唱的内容，也可以创新弹唱的形式。多年来，他一直坚持这么做着。不过无论如何改编，他也一定记得古歌的原词原曲原调，保持弹唱的原味。

几十年来，在不断的传唱过程中，他慢慢领悟到了古歌里蕴含的深刻哲思，感受到古老先民的智慧。他深深地明白，阿肯弹唱是哈萨克族人古老的史诗，一首古歌就是一部哈萨克族人的古老历史，一首古曲就是一部哈萨克族人的文化经典，古歌传颂的是哈萨克族人的情感、精神和智慧。

某种程度上，古歌也是沟通草原人情感的纽带……

这些年来，随着年岁越来越大，老阿肯心里也是非常着急，他心急的事儿没有人真正明白。

优美的诗歌能给人以美的享受，优美的歌声能化解人们心中的悲苦，让人们从苦难中得到解脱，这是歌曲的作用。

"老阿肯的歌如同神曲，能让人心旷神怡，如痴如醉，也能化解人与人之间的矛盾，彼此消除隔阂，和睦相处。"

这是麦赫苏提说的，也是他对老阿肯的认可，是中肯的评价。

麦赫苏提常给牧民们讲老阿肯的事情，他们有几十年的老交情，虽然日常见面的次数并不多，却是心心相印的知己。

其实，老阿肯心里清楚，尽管人们非常喜欢他的歌声，弹唱也为他赢得了无数的赞誉，尤其是麦赫苏提对他由衷的肯定，他非常感激，也非常感慨。

然而，他心里也非常明白，自己的歌声远没有那么大的魔力，这是肯定的。因为他游走草原几十年，见过的世面比谁都多，他对阿肯弹唱的理解比谁都通透，这一点他心里跟明镜似的。他心里最最想不通的，是现在的年轻人的心思，他不明白，这些年轻人为啥喜欢赶时髦，就不喜欢这些古老的东西呢？

唉，现在呀，社会上一些乱七八糟的东西正在影响着他们，这是他心里不痛快的事情。

这也是无能为力的事情啊，又能怎么样呢？

其实不光老阿肯无能为力，麦赫苏提也一样无能为力。自从自治县成立三十五周年赛马会后，马圈湾的年轻人就慢慢地变了。

说起来那次比赛，真是窝囊极了，人们都不愿意提说。赫赫有名的马圈湾大草原，声势浩大地海选出的比赛选手，有塔乌孜老师仔细研究的训练方案，有萨汗别克队长精心组织的强化训练，有草原上一帮老骑手们每日不断的专门指导，有马圈湾成百上千牧民的热切期盼，结果呢？精心挑选的五名骑手，在赛场上一败涂地，真是丢人，别说第一第二名了，连前五名都没进去。

黄眼睛沙迪克那小子原本可以冲进前五，谁料到他的黄骠马跑到关键的冲刺阶段开始拉稀，非常难看，把在场的老骑手扎汗老头儿气得半死。后来有人说，可能是他让马饮了城里的自来水，据说那自来水喝上去甜丝丝的，实际上加了什么药粉，说杀什么菌，灭什么虫，既安全又清洁卫生。谁知，那黄骠马喝惯了淙淙流淌的山泉，却适应不了城里的卫生水，结果闹了肚子。

德里达西和玉山别克也是表现平平，没有一点起色，被人家甩到后面一直撵不上。冠军被巴里坤的骑手得了去，亚军和季军分别被马场窝子和江布拉克牧场的骑手得了，玉山别克的名次最好，才是第七名。他们回来之后，也没有人找萨汗别克要肉吃了，一个个蔫头耷脑的，半句话也没有，也没有人过问。只有麦赫苏提跟小伙子们说了句安慰话，小伙子们一个个惭愧不已，败就败了，也没有啥好说的。

再后来，这帮家伙居然聚在一起喝起酒来，以酒解愁。

但有人说，他们在喝酒取乐，他们是在城里学会喝酒玩乐的，他们提前到城里适应场地那天晚上，因为好奇就上了街，那县城街上的夜市好热闹啊，到处都是卖烧烤的，他们看着眼馋，就在夜市上吃烤肉并喝了酒。后来，他们每天夜里都去夜市逛，他们觉得城里的生活非常热闹非常诱惑人，或许也是因为这些分散了他们的精力。

其实也不完全是这样。据老骑手们现场观察分析，他们输在马上，不在骑术上。巴里坤骑手的马匹都是改良后的良马，那马匹浑身跟锻造的一样，长腰细腿，肌肉发达，是天生的赛马，跑起来步伐均匀，节奏有力，看上去特别舒展，它获冠军是应该的，它不得第一才是不正常的。

萨汗别克对比赛结果自然是非常的不满意。他非常生气，但他并不糊涂，他能看明白，也能想明白。回来之后，他并没有责怪年轻的骑手们，因为他想着今后，想着更长远的事情，毕竟他是队长啊！

但是，见这帮小子一个个没精打采的样子，他就来气。现在可好，他们居然喝上了酒，他气不打一处来，上去狠狠地教训了他们一顿。可是，这帮小子好像并不买账。毕竟啊，这帮小子现在已经大了，再说你队长虽然德高望重，可你的权限也是有限的，你也管不了人家的自由，人家各自有爹有娘，说轻了没人听，说重了人家也不愿听，甚至还抵触、反感。现在不比过去，时代不一样啦！

萨汗别克心里难受啊！没有办法，没有办法啊！

现在可好了，这帮臭小子，家里管不了，队长管不了，开始一天天学坏了，抽烟喝酒，打架闹事，投机倒把。他们学坏了不说，还带坏了小的一帮孩子，这也是麦赫苏提最最忧心的事情。

八

最近一段时间，牧区许多孩子陆续辍学的事，让麦赫苏提忧心忡忡。

事情的起因或许跟解散帐篷学校有关，或许有其他原因。

说起帐篷小学，草原上人人皆知。帐篷小学是马圈湾牧场最早的学校，常年随着牧群的转场而迁移，是马背上的流动学校。

马圈湾的帐篷小学是啥时候开办的？没有确切的说法，应该是哈萨克族人到这里游牧时就开始了。那也是两百多年前了，也许更早。

据说新疆和平解放以后，马圈湾的帐篷学校依然在办，那时候孩子们基本上都在帐篷小学读书。后来，随着村镇建设的发展，各个村镇都有了小学。有那么一段时间，县上把牧区的帐篷小学全部撤销，办起寄宿学校。说是上级的要求，目的是规范乡村教育，优化办学资源，提高教学质量。这原本是草原上的一件大好事。

可是，牧区跟山下的城镇、乡村情况都不一样。牧区的孩子们到镇上村里上学，想家啊！

再说了，学校的食宿条件孩子们也不能适应，许多孩子上不了多久就退学了，有的在家喂牲口，有的跟着大人去放牧。大一些的，或者去贩羊皮，或者去倒羊毛，也有的到外面打零工去了。也有一些无所事事的半大小子，整日在镇上村里瞎转悠，跟上那些游手好闲不三不四的人，抽烟，喝酒，赌博。喝醉了，胡说八道，打群架，瞎闹腾。赌输了，又干些坑蒙拐骗偷盗的事情，让人既愤怒又惋惜。

　　这些情况，牧区的老人们很是担忧，麦赫苏提也是无能为力。他跟许大爷合计了，萨汗别克也想不出好办法来。

　　这事儿怪谁呢？

　　还是老阿肯说得好："这事儿呀，还得从根上抓起，怨天怨地都没有用。"

　　这话儿，是老阿肯对麦赫苏提说的，他也是看着这些孩子一天天长大的，眼见他们一个个不成器，心里不舒服啊，他真的心疼啊！

　　那次麦赫苏提跟老阿肯聊天，麦赫苏提说起近些年来牧场上的年轻人的状况，内心非常忧虑。麦赫苏提长叹一口气说："唉，老骑手扎汗是个多么倔强又自尊的老头儿，他对几个儿子要求都很严，可惜早些年没那个条件，儿子们都没上几天学。他曾说非常羡慕我，把孩子们都培养成了有文化的人。唉，现在……"

"嗯！"老阿肯点了点头，他看着麦赫苏提，非常理解他的心情。

老阿肯非常肯定地说："这些年你确实做得好啊！"

麦赫苏提叹了口气说："唉，老骑手扎汗气得不得了，说现在条件慢慢好了，几个孙子都不好好上学，到底是咋回事儿，真搞不明白。"

麦赫苏提顿了顿，继续说道："唉，前些年，他找过我，希望我能帮着教育一下这些孩子，唉，难哪！"

对于麦赫苏提的难处，老阿肯当然非常理解，那不是他想怎么样就能怎么样的，没有办法啊。

后来，麦赫苏提又跟老阿肯说了撒合买提两个不争气的孙子的事情。

撒合买提的大孙子玉山别克，多聪明的孩子，唉，小学刚上完就不上了，居然跟着不良青年瞎混，整日抽烟喝酒。

更可气的是，他的弟弟贾来曼也跟着学坏了，还跟着那帮坏小子偷了别人家的羊卖了钱喝酒，被警察抓了去，后来还是麦赫苏提帮忙才放回来，可把撒合买提气坏了。

唉，为了这事儿，这位草原上威名远扬的老骑手，竟一病不起，差点要了老命。他儿子气急了，抡起马鞭把贾来曼一顿好打，打得他屁股都肿了，后来又把玉山别克绑到学校去，希望老师好好管教一番。

可是，马圈湾只有小学，玉山别克已经毕业了，再跟五年级的孩子一起上学，他也不乐意，再说也没那个必要，他不愿去镇上上中学，就跟着他爸爸放马去了。

第二年，玉山别克的弟弟贾来曼小学毕业，家里要让他去镇上上中学。上中学就得住校，住了校，家长就管不上，他难免跟镇上的不良青年学坏。再说他曾经的劣迹也让镇上中学很头疼，也怕他带坏了其他学生。一来二去，贾来曼就不上学了，他啥也不愿干，开始四处晃荡。说起这些事情，撒合买提直摇头。

其实，也不仅仅是老扎汗、撒合买提家的孩子是这样，老羊倌叶尔肯江的两个孙子也早早辍了学，连小学都没有上完就学会了贩卖羊皮，咋咋呼呼地跑来跑去，谁知道有没有挣到钱，反正经常下馆子。老牛倌斯拉木的两个孙子，在学校也是三天打鱼，两天晒网，整天瞎捣蛋。

就连老队长萨汗别克的孙子德里达西也辍了学，跟着这帮坏小子瞎混，抽烟喝酒，投机倒把，反正都没干啥好事情，也没做啥好营生。

说起此事，萨汗别克队长也是一肚子的气。

要说最可惜的，还是胡尔曼，这位马圈湾最后一位驯鹰人叶尔江唯一的孙子，也是没学好。他们可是驯鹰世家，因为儿子死得早，叶尔江老人想把一身绝学、祖上传下来的驯鹰术，全部传给唯一的孙子。

这可是他们家族百年传承的技艺啊，凝聚了几代先人的智慧和心血，也可以说是先人们用命换来的生存经验和技艺，一百多年传下来可是不容易。这是祖传的技艺，不能丢啊！

　　可是，这个胡尔曼，起初只对骑马感兴趣，他倒是练了一身好骑术，也获得过马圈湾的赛马冠军，曾经也让叶尔江老汉高兴了一阵。可对于驯鹰，这小子只有一分钟的好感、三分钟的热度，缺乏耐性，更没有常性。

　　哈萨克族人把驯鹰也称作熬鹰，这个"熬"字说得透彻，就是用时间熬掉鹰的野性，让它听命于人。

　　这种煎熬也是相对的，对鹰是一种煎熬，对驯鹰人是另一种煎熬，谁都得熬过去，谁熬不过去都是输。

　　哈萨克族人驯的猎鹰不是普通的山鹰，是一种脖颈长满金色羽毛的金头山鹰。一只金头山鹰从被抓获到真正驯服，需要两三年时间，最初抓获给它戴上面罩，让它站在一根棍子上不断摇晃，不让它吃，不让它喝，不让它睡，最终把它折磨得筋疲力尽。然后用食物一次一次驯它，让它一步步按照人的指令去执行，直到它完全受控于人的指令，才会解去腿脚上的绳索，成为一只真正的猎鹰，威风凛凛地站在驯鹰人的肩头。

　　这时候的猎鹰就像猎犬一样，就像骑乘的骏马一样，成为哈萨克族人的猎手。

眼看着自己一天天老去，而不肖子孙胡尔曼却对祖传的驯鹰术没一点儿兴趣。叶尔江非常伤感，他知道，要当一名出色的驯鹰人，必须喜欢这门技艺，性格要稳重，还要有坚忍不拔的意志力，此三样缺一不可。

胡尔曼这浑小子身上一样也不具备，强求也是无济于事，叶尔江只能独自落泪。

叶尔江向萨汗别克诉说了内心的苦恼。可萨汗别克也是有苦难言，该怎么办呀？

麦赫苏提就这些令人痛心的事情跟老阿肯聊了一个上午，两个人都在摇头，老阿肯长长地叹了口气，目光定定地望着远方。

午后的天空光线明亮，博格达雪峰巍峨矗立在天山群峰之巅，宛如一朵盛开的雪莲。这时，云层突然飘移起来，美丽的雪峰很快陷入云霭之中，若隐若现，一切跟梦一般。

老阿肯以为自己走神了，他闭了一下眼睛让自己清醒过来。天蓝如洗，四野寂静，一切如常，一只山鹰在空中缓缓飞翔……

老阿肯默默点点头，非常镇定地说："山鹰是从幼小的时候开始练习飞的，良马是从马驹子时候开始驯的，人也是一样啊！"

"老哥哥，你说得对呀，就是要从小抓教育。"麦赫苏提说。

"老天爷把每一个孩子降到世间都是一样的，都有一颗善良的心。"

老阿肯说完，目光凝视远方。

绿色如毯的大草原边缘，黛色山峦之上，是皑皑的雪山，远天的白云和雪山连接在一起，无法分辨。

过了一会儿，老阿肯忧心地说："哦，需要时间哪！"

他内心沉重，满脸忧思，微风轻拂他的一头花发，他的胡子已经斑白，跟雪一样苍白，在微风中微微抖动……

麦赫苏提看着老阿肯苍老的脸，难过地点了点头。

老阿肯接着说："唉，这些孩子，只是后来受了邪恶的侵蚀和坏人的蛊惑，心里就着了魔，才会做出那些糊涂的事儿。"

"是啊，老哥哥，天风可以拂去衣服上的灰尘，雨雪可以洗去花草上的污垢，优美的歌声可以驱除人们心里的魔障，精彩的诗句可以净化人们的心灵，人心向善，心存敬畏和感恩，这也是上天的教诲。"麦赫苏提说。

老阿肯看着麦赫苏提，摇了摇头，没有再说话。

九

在马圈湾草原，麦赫苏提是家喻户晓的人物，是马圈湾牧区最早的老师，他懂汉语、维吾尔语，会教数学、语文、地理、历史，还有音乐，从事山区教育几十年，他获得了省市县乡各级的优秀教师、先进工作者称号。他曾经到北京参加过全国优秀教师表彰大会，他也是整个马圈湾牧区唯一上过北京的人。

从某种意义上讲，他也是马圈湾草原的骄傲。麦赫苏提为人谦和，又很低调，无数的荣誉对于他也算不上什么。

有人曾经对他说："哎，麦赫苏提，你为牧区教育奉献了一辈子了，也该享享清福了！你向上面申请一下，调到城里不是一句话的事情吗？城里有楼房，楼房里有暖气，冬天冷不着，夏天热不着，春天没湿气，秋天不吹风，多舒坦呀，毕竟岁数大了，山上的条件还是艰苦……"

麦赫苏提淡淡地笑了笑，轻轻地摇摇头说："唉，我可没有那种享福的命呐！"

又有人说："啥命不命的，你应该享受了。"

麦赫苏提顿了顿，接着说："教学一辈子了，习惯了，要是突然看不到教室，看不到孩子们，我还有些不习惯呢。唉，我还是喜欢马圈湾，我离不开牧场啊……"

其实，麦赫苏提年轻时候就有这样的机会，可他就是舍不下山里的孩子们。据说也有其他原因。

麦赫苏提常年在外教学，几十年风里来雨里去，家里的事情他根本顾不上，全靠妻子卡丽坦一个人支撑。一个女人，既要照顾几个年幼的孩子，还要照看一群牛羊，白天黑夜忙前忙后忙里忙外，一年忙到头，生活非常艰辛，日子过得非常清苦。全家人靠麦赫苏提那点微薄的工资根本过不下去，就这样，麦赫苏提还经常拿钱接济那些上不起学买不起作业本和铅笔的学生，一个月下来他只能剩几个钱交给卡丽坦养家糊口。

尽管如此，卡丽坦从来没有埋怨过，也没有因为钱的事怪罪过他，她知道丈夫的工资去了哪里。她是个心地善良的人，非常理解丈夫，懂他的心思，对于丈夫资助那些家庭困难的孩子的事情，她是默许的，这么多年了，她一直这么支持着，从不抱怨。

可是，日子还要过呀，孩子们要吃饭要穿衣，丈夫忙着教学的事情顾不上，她只能自己想办法，她必须养些牛羊，剪羊毛补贴生活，挤牛奶解决一家人早晚的饭食，只有这样，日子才勉强度过。

那年夏天的一个下午，卡丽坦去山上放牧了，留下两个孩子在家里。小巴合提古丽突然生病，发起高烧，哥哥们都在外地上学，家里没有别人。塔乌孜那时才六岁，他独自一人上山去找妈妈。

那是个阴天，没过多久天就慢慢黑了，塔乌孜循着上山的方向，走着走着就迷失了方向。

卡丽坦回来时，见小巴合提古丽躺在炕上，她摸了摸小巴合提古丽的额头，确实热得厉害，她赶紧湿了一块毛巾敷在小巴合提古丽的额头上。

她正准备做饭时，小巴合提古丽却哭了起来，她说："妈妈，塔乌孜出去找你了，好一阵了还没回来……"

卡丽坦大吃一惊，这才发现塔乌孜不在家，她急得快要哭了，急急忙忙出去寻找塔乌孜。天已经黑透了，卡丽坦提着马灯，在山上转了好长时间，连塔乌孜的影子都没见到。她又急又怕，山上野兽出没，要是孩子遇上狼怎么办？还有野猪。她真不敢多想。因为紧张，山野的冷风吹打着，她不觉得冷，身体却一直在颤抖着。她一边走一边喊，黑魆魆的山野里阴森恐怖，除了时断时续的虫鸣、怪异的鸟叫，远处还偶尔传来一声瘆人的狼嚎，让人毛骨悚然。卡丽坦怕极了，真怕孩子出啥意外。她顾不上多想，径直往山野深处而去。

月亮慢慢升起来了，借着月光，卡丽坦渐渐辨明了方向。她想起来了，塔乌孜曾经跟着她到西山坡一带放过羊，他是不是去了西山坡？卡丽坦隐隐约约感觉到，孩子应该在西山坡一带，她急急忙忙向西山坡赶去，一边走一边大声喊着塔乌孜的名字。

　　来到西山坡，卡丽坦走着走着，突然听到了孩子的哭声，她心里一喜，是塔乌孜的声音，这是做母亲的本能，她熟悉孩子的气息，熟悉他们的声音。卡丽坦循着声音急急忙忙赶了过去，果然是塔乌孜，他小小的身子蜷缩在一棵大树下，冻得瑟瑟发抖。

　　塔乌孜见到妈妈，放声哭了起来。卡丽坦的眼泪止不住流了下来，她又心疼又生气，见塔乌孜浑身周全，她放心了许多，也顾不上责备，领着塔乌孜赶紧往回走。

　　就在他们下山的时候，天空下起了雨。塔乌孜不小心滑了一跤，骨碌碌向山坡下滚去，卡丽坦急忙跑过去一把拉住了塔乌孜，自己却滑倒了。

　　山坡上原本土质松软，雨水淋湿了青草，踩上去很滑。卡丽坦只觉得自己的脚不断往下滑，却没有办法停住，她生怕把塔乌孜带下去，她用尽全身力气努力往上推了一把塔乌孜，自己却滑下山坡，又从断崖上掉了下去。卡丽坦眼前一黑，什么也不知道了。

　　过了一会儿，卡丽坦清醒过来，只感觉腿脚有些不听使唤，隐隐作痛。此时，她心里想的是塔乌孜，她呼喊着塔乌孜，塔乌孜哭着应答着。为了不让塔乌孜害怕，她强忍疼痛手脚并用爬上山坡，见到塔乌孜就昏倒了。

塔乌孜努力呼喊着妈妈，但卡丽坦一直昏迷不醒，塔乌孜害怕极了，大声地哭了起来。

雨越下越大，转眼就是暴雨倾盆，寒风刺骨，黑沉沉的夜雾已经将母子俩吞噬，现在是叫天天不应，叫地地不灵。塔乌孜怕极了，紧紧搂着妈妈，用自己的小身板给妈妈挡风取暖，他能感觉到妈妈的呼吸和心跳，冷飕飕的风刺得他直打哆嗦，他的小牙关嗒嗒直响，他必须坚持着，坚持到雨停，坚持到天亮。

塔乌孜在大雨中一直守护着妈妈，他又冷又困又怕，也不知过了多久，他也睡着了。

卡丽坦醒来的时候，天已经麻麻亮了，她急忙叫醒塔乌孜，拉起他的手准备往回走，可是她却站不起来。经过几番努力，她才挣扎着站了起来，她的腿脚却不听使唤，她迈不动步，好像腿脚已经不是她自己的了。她勉强躬下身子捡起一根木棍，强忍住疼痛一瘸一拐往回走，塔乌孜扶着妈妈一步一步地走着，生怕妈妈再摔倒。

到了山下，看到了村里许多人在那里等候他们，母子俩激动不已。

昨天夜里，卡丽坦出门寻找塔乌孜的呼喊声，惊醒了老牧人扎汗，他知道一定是出事儿了。他出来的时候，因为天黑，他也看不清楚，凭借着对声音的方向判断，好像是麦赫苏提家这边。他拄着拐杖赶过来，听小巴合提古丽说是卡丽坦出去寻找塔乌孜了，他觉得情况不对，立即回家叫来自己的老婆子巴努汗照顾小巴合提古丽，自己回村里喊人，并通知萨汗别克队长，帮忙寻找卡丽坦母子。大家伙儿在周边寻找了一遍，也没有发现卡丽坦母子。

　　夜已深了，许多人出门没有带马灯，萨汗别克让老人和妇女回去等消息，自己带着几个年轻人进山了，他们去了南山谷那边，与卡丽坦恰好是反方向。他们寻了大半夜没有结果，又遇上大雨，无法行动，只好在山崖下避雨，雨停以后寻找了一阵没有找到，只好返回村里。

　　现在，卡丽坦母子平安归来，大家都非常高兴，迎上去嘘寒问暖。见卡丽坦腿受伤了，萨汗别克叫两个妇女把她搀回家。

　　卡丽坦回到家里，见巴努汗妈妈正在照顾熟睡的小巴合提古丽，感动不已。小巴合提古丽身上的烧已经退了，她放下心来，强撑着身子准备烧饭，巴努汗妈妈立即阻止了她。

　　巴努汗妈妈说："哎呀，卡丽坦，你受伤了，一夜没睡，赶快在炕上躺一会儿，我来帮你做饭。"

卡丽坦忙说："巴努汗妈妈，谢谢您！您照顾孩子一个晚上了，您回家休息吧，我能行。"

巴努汗妈妈说："哎，孩子，你说啥客气话呢！麦赫苏提老师一直在外面教孩子们上学，你们家经常帮助困难人家，大家都念你们的好。我照顾你是应该的，否则我就生气了。"

此时，卡丽坦不知道说什么好了，一股暖流涌向心头，她的眼泪止不住地流了下来，她什么话也没有再说，向巴努汗妈妈深深地鞠了一躬。

"看你这孩子。"巴努汗妈妈开心地笑了。

看着巴努汗妈妈生火做饭忙忙碌碌的身影，卡丽坦的内心充满了感激，为巴努汗妈妈，为村里这些善良的人们，也为丈夫麦赫苏提。

是的，这些年来，他确实在努力做自己的教育事业。此时，她觉得，丈夫的事业是那么的神圣，那么的光荣，那么的自豪。

卡丽坦帮塔乌孜脱去衣服，让他先睡下。

萨汗别克让老扎汗给卡丽坦检查一下腿上的伤势情况。老扎汗看了卡丽坦的腿伤，皱起眉头来。

老扎汗跟父亲学过兽医，但不是很精通，懂些救急跌伤接骨之类的治疗，平常时候，他治牲口的病没啥问题，可是给人治病，就是凭经验。牧场地处偏远，缺医少药，平常人们有了头疼脑热的，就找他要一些草药吃两次也就好了，人们比较信他。可他自己心里清楚，哪些病能看，哪些病不能看，人命关天，不能有丝毫马虎。

老扎汗看着萨汗别克，有些为难地说："队长，卡丽坦的腿伤得比较重，我只能给她敷点草药，也没其他好办法。最好还是到城里的医院看一下，免得留下病根……"

萨汗别克说："那就先敷点药吧。"

老扎汗急忙回家去拿药，萨汗别克让卡丽坦先休息一下，他出门蹲在院子里，一边抽烟，一边等老扎汗。

卡丽坦给小巴合提古丽盖了一下被子，侧躺在塔乌孜身边，看着巴努汗妈妈忙碌的身影，她含着热泪，迷迷糊糊睡了一会儿。

她确实太累了。

过了没多长时间，巴努汗妈妈做好了饭，叫醒了卡丽坦，照顾她和孩子们吃了饭。

老扎汗熬制好了药也过来了，他给卡丽坦的腿敷了药，又留下两包药，临走时再三叮嘱："卡丽坦，一定要去城里看一看啊！"

卡丽坦说："扎汗大叔，没事的，谢谢你！"

萨汗别克对卡丽坦说："你先休息一下，好一点了还是去城里看看。"

　　卡丽坦说："萨汗别克队长，敷了药看看效果。过两天再说吧。"

　　萨汗别克说："要不，我想办法通知麦赫苏提，让他回来陪你去城里？"

　　卡丽坦急忙摇了摇头说："先不要跟他讲，他太忙了，他走了孩子们就上不了课了，那样不好。"

　　萨汗别克说："卡丽坦，现在你的腿伤要紧，孩子们的课晚两天也可以上。"

　　卡丽坦再次摇摇头说："不行，不能影响他，待两天要是感觉不好，再通知他也不迟。"

　　萨汗别克见卡丽坦如此坚定，只好作罢，心里却是非常的感慨："哦，多好的人啊！不愧是麦赫苏提老师的妻子。"

　　萨汗别克走后，卡丽坦开始操持家务了，她觉得没有什么大碍，就这么敷草药治疗着，慢慢觉得好多了，后来就没有再管。

　　卡丽坦这次伤得实在是不轻，伤着了腿上的筋，膝关节也损伤了，因为没有得到及时治疗，也没有彻底治好，她平常走路不便不说，还落下了病根，天阴下雨就犯，疼痛难忍。为此，麦赫苏提非常自责，看到妻子走路不便的样子就心疼。或许这也是他不愿意离开马圈湾牧场的原因之一。

家里的生活确实艰难，可是麦赫苏提从来没有因为这些而耽误了上课，总是风里来雨里去的。

平常时候，麦赫苏提在外教学，每星期最多回一趟家，有时候天气不好了，也只能两三周才回来一次。每次回家，看看妻子和孩子们，匆匆忙忙帮妻子收拾一下羊圈，修理一下篱笆，上山拉一些干枯的原木加固一下墙围，拉一些烧柴回来，抡起斧头劈上一大堆，整整齐齐地码好垛。有时候去村里磨上一袋面粉，其他也就帮不上啥了。

每次回家，麦赫苏提把剩下的工资交给卡丽坦，他就有些不好意思，低声说道："有点少了。"卡丽坦接过工资，点一点数字，也不多说啥。她知道丈夫一个月工资多少钱，见少了一些，她明白丈夫帮助困难孩子多了，见少了许多，她知道丈夫帮助困难孩子更多了，就冲他笑一下，也不责备他。麦赫苏提也不多解释，他在家住上一天，第二天下午又匆匆忙忙赶到学校去上课了。

这些年来，麦赫苏提除了教学，也经常参加乡里县里的会议，他利用各种会议跟上面反映牧区教育的实际困难。

麦赫苏提说，现在搞集中教育的设想是好的，可以充分利用现有的教育资源，可是有些时候对一些实际问题考虑不足，也就是说，现在有些地方的时机还不太成熟，有些地方的条件也不具备。牧区生产落后，经济条件不好，牧民生活很困难，让孩子们出来上学困难较多，压力也很大，生活负担重，心理负担也很重。孩子们到了镇上，因为各方面困难，不习惯、不安稳，许多孩子都退学回家了。镇上教学条件好，反而造成牧区孩子入学率低，辍学率高，这是非常不好的事情，也是有违我们的初衷的……

麦赫苏提这番话在县上引起了震动，搞集中教育是州上的决定，是自治区的决定，是国家的决定，一个乡村教师竟然如此质疑，这是啥道理？大家议论纷纷，有人说这个问题反映得好，也有人说是胡说八道，也有一些人根本不了解实际情况，在那里说风凉话。

有个领导怕矛盾激化，就对麦赫苏提说："哎，麦赫苏提老师，你从事教育几十年了，应该明白循序渐进的道理，学习需要循序渐进，教育也要循序渐进，任何好的措施和办法都不是万能的，需要一个逐步推进的过程，你不能看到眼前暂时存在的问题就否定州的决定，否定自治区的决定，否定国家的决定，这是片面地看问题，是不对的。你应该向领导做出说明，否则，领导们会怎么样看我们马圈湾，以后还会重视我们吗？这样下去会影响我们马圈湾的教育事业，影响全体师生的将来，那问题就严重了。"

麦赫苏提想和他争辩，人家却不允许他争辩，说他是强词夺理，喜欢出风头，以自我为中心，个人英雄主义，不考虑大局。麦赫苏提无话可说，心里非常郁闷。

人们的议论并没有影响麦赫苏提，他也不怕人们的冷嘲热讽，他还是坚持自己的观点。

后来，一位副县长找到了麦赫苏提，亲自询问了详细情况，麦赫苏提如实地反映了近些年来牧区学生的流失情况，分析了具体的原因，他还结合自己的教学经验提出了加强和改进牧区孩子文化教育的普及、改善牧场小学的教学设施等建议，受到了这位副县长的高度重视和认可。之后，这位副县长带着一位教育局的领导到马圈湾牧区实地考察了解，走访了学校和部分牧民，最后写了一份调研报告给县委做了正式反映，县党委会进行专题研究后决定向州上申报，保留马圈湾等牧区的学校，以便于牧民子弟读书。

最终，州教育局采纳了他们的意见，根据县上的申请，州教育局结合实际情况，因地制宜地恢复了马圈湾等牧区的流动小学，就是所谓的马背小学、帐篷小学。

帐篷小学的恢复受到了广大牧民的欢迎，也让麦赫苏提名声大振，全县人都知道了马圈湾有个麦赫苏提，马圈湾的帐篷小学也受到了广泛的关注，这是后话。

十

许多年来，老阿肯四处游走，经历的事情实在太多了，他忧心的事情实在太多，他思考的问题实在太多。但是，他心里非常清楚，作为一个普普通通的阿肯，他只能想自己能想明白的事情，只能做自己能做到的事情。他唯一的心愿，就是想尽自己最大的努力把古歌传承下去。对于人们对他的夸赞，他只当作是人们的礼敬，从不敢当真，也不敢自满，他还是一如既往地做自己的事情。

事实上也并非如此，他做了许多好事，比如：南山西沟和东沟两个村子争夺牧场的纠纷，就是他化解的，避免了一场械斗。而最让人津津乐道的，是他用一个精彩的传说故事巧妙地化解了桦树沟两家纠纷的事迹，在草原上广为流传。

有一年秋天，正值羊群打羔季节，桦树沟松树窝子的塔哈尔和乌兰两家，因为红毛羊和细毛羊混种的事儿闹得不可开交。

事情是这样的。一天夜里，塔哈尔家的阿勒泰红毛公羊偷偷跳出了羊圈，一路跑到乌兰家的绵羊圈里，十几只野蛮强壮的红毛公羊一夜之间把乌兰家的细毛母绵羊都给爬了，打上了羔。天亮时分，乌兰一进羊圈，看到那情景，气不打一处来，一家人把十几只红毛公羊全部绑起来，准备宰掉。

塔哈尔一大清早发现自家少了十几只红毛公羊，知道坏事了，一家人匆匆忙忙到处找，自然是找到了乌兰家。乌兰要把犯事的红毛公羊全部宰掉，塔哈尔不让，两家人争吵起来。

塔哈尔说："哎，乌兰，你也讲讲道理，红毛公羊是夜里偷偷跑出来的，又不是我们放出来的。"

乌兰说："哎，我可不管它们是自己跑出来的还是你放的，反正它们干下了坏事，就要挨收拾，要么你给我赔偿。"

塔哈尔笑着说："哎，那事儿呀，是红毛公羊自己干的，为什么要我给你赔偿？再说了，你的羊圈那么矮，你的母羊也是自愿的，否则，那事儿也干不成啊。"

众人听了哈哈大笑。

乌兰生气了，骂道："哎，塔哈尔，你不要胡搅蛮缠，讲讲道理好不好。你没有管好羊圈，还赖别人。"

塔哈尔搓了搓手，装出一副无可奈何的样子说："唉，那好吧，羊的事情让羊来解决。现在，把羊放开，让你的所有母羊一起打我的公羊，报个仇算了，哈哈哈哈！"

乌兰气愤至极，骂道："塔哈尔，你简直无赖，红毛公羊那么强壮又那么野蛮，哪个母羊能打过它。再说了，这哪里是报仇那么简单，你那骚公羊打进母羊肚子里的尿尿要混种，明年春天下的都是杂毛羊羔，我亏大了。"

塔哈尔嘿嘿一笑，两手一摊说："打又打不过，你说怎么办？"

乌兰的态度非常坚决："赔偿损失，还有什么好说的。"

"赔什么赔，找公羊赔去。"塔哈尔反驳道。

"哎，你要是不赔，我就把它们的腿都打断。"

乌兰气哼哼地说。

"哎呀，就算你把它们都宰掉，能改变你母羊肚子里的事情吗？"

塔哈尔冷笑一声道。

这时候，两家女人吵吵嚷嚷撕扯在一起，乌兰和塔哈尔也各自掏出家伙，两家人老老少少举着铁锹、木锨、棒子、棍子，准备拼命。眼看一场生死搏杀就要发生，老阿肯出现了。

老阿肯麻木提慢慢走过来，询问了事情的缘由，众人东一句西一句地说笑着，有说塔哈尔的不是，也有说乌兰的不是，也有说牲口的事情怪不得人，更多的是嘻嘻哈哈看热闹。

这真是件好笑又棘手的事情，到底该怎么办？谁也想不出好主意，人们也想看看白胡子老阿肯最终会有什么好办法处置这破事儿。

老阿肯呢，一直低头听着，并不着急说话，他要塔哈尔和乌兰各自把情况说了一遍。听完了他们各自的叙述，老阿肯非常认真又非常严肃地看了看塔哈尔，又看了看乌兰，见他们怒气冲冲的样子，他又看了看众人，摇了摇头，慢吞吞地说："你们也别着急上火，听我讲一个故事。"

众人顿时安静下来，原本塔哈尔和乌兰讲述时，人们七嘴八舌地插话，有给塔哈尔帮腔的，也有帮乌兰的，也有瞎出主意的，现在听老阿肯一说话，一下子鸦雀无声了。

老阿肯麻木提顿了顿，环视了一圈，把男男女女老老少少的人都看了一遍。平常时候，他的目光慈祥而温暖，此时此刻，他的目光像清泉一样照射着人们。老阿肯看过众人，轻轻抬起了头，把目光投向远方，然后缓缓地说："很早以前，太阳汗王子到另一个部落去迎娶自己的新娘，回来的路上遭了仇家的伏击，新娘被抢走了。"

人们顺着老阿肯的目光向远处眺望，仿佛要看到那遥远的汗国，看到太阳汗王子被抢走的新娘。

老阿肯顿了顿，不急不慢地说："后来呀，太阳汗王子率兵几次讨伐，终于在第二年打败了仇家，抢回了自己的新娘。这时候，他的新娘已经怀有身孕，不久生下一个男婴。谁都知道事情的真相，有人建议已经登上汗位的太阳汗王子杀掉这个外族孽种。"

此时，老阿肯突然停顿了下来，不再往下说了，目光久久地望着远处。

只听有人私下议论说，应该杀了这个孽障。人群中大约有许多人持这种观点，互相点头认同。也有人有不同意见，说孩子是无辜的。因为这事，人们观点不一，争持不下……

老阿肯并没有看任何人，他目视远方，任凭人们争争吵吵。

"可是，英雄的太阳汗却没有那么做，他抱着那个孩子对众人说，这是我的长子。他还给这个小王子取了一个很好听的名字。许多年后，这位小王子又继承了汗位……"

老阿肯说完，迈开步伐走出人群，头也没回就离开了。

在场所有的人都怔住了，一个个都低下了头。

看着白胡子老阿肯远去的背影，塔哈尔深深地叹口气，惭愧地说："哎，乌兰，实在对不起呀，我家的红毛公羊跳出羊圈，是我没管好，我给你赔偿损失。"

"塔哈尔，也不能这么说，我的羊圈太矮，也是有责任的，不用赔了。"乌兰真诚地说。

"不不不，我们有错在先，应该赔。你说吧，该赔多少我都答应你。"塔哈尔认真地说。

"不不不，大家都有错，啥也不用赔了，真的不用赔了。"乌兰非常和气地说。

　　一番客气之后，两家人握手言和，塔哈尔回家就宰了一只肥羊，请乌兰全家一起吃手抓肉。过了几天，乌兰也宰了一只肥羊，请塔哈尔全家一起吃饭。

　　后来，两家人还结成了儿女亲家，在草原上传为一段佳话。

十一

时间过得真快，一晃就是十多年。

小巴合提古丽已经长大了，出落成亭亭玉立的姑娘了。她聪明伶俐，能言善语，非常讨人喜欢。

老阿肯心里早有了把她接走的想法，他想尽快教她学习阿肯弹唱，可他却说不出口。

这些年来，老阿肯每次来到麦赫苏提家，几次想说都没有说，他心里一直很矛盾，也很纠结，他心里有许多说不出的苦衷啊。

就这样又过了两年，他终于憋不住了，就跟麦赫苏提说了自己的想法。

麦赫苏提当然也舍不得了，他还想着让小巴合提古丽跟塔乌孜一起上学，将来做个教师，继续给马圈湾的孩子们教书。

可是，老阿肯一天天老了，身边不能没有人照顾。再说，阿肯弹唱不能后继无人啊。对于这一点，他心里也很清楚。

其实老阿肯也很苦恼，心里也很乱，不知道该怎么办。

谁也没有想到最终帮他下定决心的是小巴合提古丽。

    自从小巴合提古丽来到麦赫苏提家，一家人就把她当作自家的孩子。小巴合提古丽牙牙学话时就学会了叫卡丽坦妈妈，叫麦赫苏提爸爸，一家人和和美美的。

    打记事那天起，小巴合提古丽就知道老阿肯，知道他是爸爸的好朋友，是草原上受人尊敬的阿肯。也不知道怎么回事，小巴合提古丽打小就喜欢他，或许是因为老阿肯每年都来草原，都要到麦赫苏提家待两天，比较熟悉。

    老阿肯非常慈祥，特别喜欢给孩子们讲故事，他的故事从古到今天南海北的，非常丰富。他讲故事绘声绘色惟妙惟肖，非常吸引人。孩子们都喜欢听他讲故事，小巴合提古丽更是喜欢了，一见面就缠着他没完没了地讲个不停。

    看着小巴合提古丽跟老阿肯亲热的劲儿，麦赫苏提有些于心不忍，就跟卡丽坦商量了一下，想把真相告诉孩子。

    卡丽坦担心小巴合提古丽还小，接受不了这件事。但是，毕竟这是事实，她早晚都得知道，早晚都得面对。

    后来，两人经过一番商量，觉得这是一件大事，还是应该告诉她。

    该怎么告诉她呢？两个人又犯愁了。

    卡丽坦想了想说："要么只跟她说是老阿肯的女儿，不说别的，免得孩子太伤心。"

麦赫苏提点了点头说："这样最好，免得孩子无法承受。"

　　卡丽坦说："这可不是小事儿，要么你找机会跟老阿肯先说一声，听听他的意见。"

　　麦赫苏提说："这样也好，或许老阿肯会有更好的想法。"

　　那次与老阿肯见面，麦赫苏提就说了告诉小巴合提古丽身世的想法，老阿肯又喜又忧。喜的是，女儿就要回到自己身边了；忧的是，他怕小巴合提古丽接受不了这个事实，怕孩子受不了，怕孩子受苦。

　　说实话，这些年来，因为这事，老阿肯心里一直纠结着，苦恼着，他经常一个人长吁短叹，不知道该怎么办才好。现在，麦赫苏提这一番话，让他深感欣慰。

　　麦赫苏提说："看得出来，小巴合提古丽很喜欢听你的弹唱，似乎她有这方面的天分。"

　　"是吗？"

　　老阿肯非常高兴，他也有这方面的感觉，他更加坚定了自己的想法。

　　老阿肯同意麦赫苏提告诉小巴合提古丽自己的身世，还说最好让卡丽坦去说，找个合适的机会，不要让孩子太难过，免得孩子难以承受。

麦赫苏提把老阿肯的话跟卡丽坦说了，卡丽坦又犯难了，该怎么说才好呢？

　　这样犹豫了一段时间，直到有一天，小巴合提古丽跟着卡丽坦去山坡上捡柴火，两个人聊着草原上的事情，聊到了老阿肯，她实在忍不住了，就郑重其事地将事情告诉了小巴合提古丽。

　　卡丽坦说："巴合提古丽，我的孩子，有一件事一直没有告诉你。现在你长大了，应该告诉你了。"

　　小巴合提古丽吃惊地看着母亲，不知道她今天怎么了，这么认真地对她说话。她冲卡丽坦点点头，疑惑地说："妈妈，你说吧。"

　　卡丽坦心里有些紧张，忐忑地说："孩子，其实，我们是你的养父母，老阿肯才是你的父亲，你是老阿肯的女儿……"

　　"什么呀？妈妈，你说什么呀……"

　　小巴合提古丽瞪大了眼睛，她有些不知所措了，失声痛哭起来。她不明白了，自己喜欢老阿肯是真的，可是，他怎么突然就成了自己的父亲……

　　"孩子，这是真的！"卡丽坦点点头，认真地说。

　　"什么呀？什么呀……"

　　小巴合提古丽哭着说。看着妈妈认真的样子，不像是骗她，她不明白，这到底是怎么回事啊？

她突然想起小时候的一件事。一次偶然的机会，她在外面听到了一些风言风语，说她不是卡丽坦亲生的女儿，是路上捡的。她曾经问过妈妈，妈妈很生气，说别人都是胡说的，你是妈妈亲生的女儿。从那以后，她也就没有当回事。

啊，现在看来，这是真的……

卡丽坦担心小巴合提古丽受不住，连忙搂着她劝说道："巴合提古丽，我的孩子，这是真的……老阿肯是个好人，是草原上让人敬重的好人。他是你的好父亲。"

小巴合提古丽抱着妈妈呜呜地哭着，一边哭，一边说："怎么会这样，我要去问爸爸……"

卡丽坦轻轻拍着她，缓缓地说："巴合提古丽，我的孩子，这么长时间，我和爸爸一直没有告诉你，是因为你还小，怕你承受不了。现在你长大了，该知道这一切了。"

听完这些话，小巴合提古丽哭得更伤心了。

卡丽坦轻轻抚摸着她的头，心疼地说："孩子，你放心，我和爸爸永远是你的爸爸妈妈，这一点是改变不了的……"

说着，卡丽坦也失声痛哭起来，她内心十分伤感，为可怜的小巴合提古丽伤感，也为自己伤感，仿佛小巴合提古丽就要离开了，她将永远失去这个孩子了。

母女俩抱头痛哭了好一阵儿，慢慢止住了。

小巴合提古丽看着母亲痛苦的样子，心里明白过来：这一切都是真的，爸爸妈妈都是为了自己好，他们是爱自己的，都是自己的亲人啊。

此时，小巴合提古丽内心倍感温暖，她哭了一会儿，慢慢安静下来。她擦了擦妈妈脸上的眼泪说："妈妈，我懂了，没事的。"

她满含热泪地笑了，一副很自豪的样子。

这让卡丽坦有些意外，甚至是吃惊，她担心这孩子是不是接受不了，故意说的气话。

小巴合提古丽认真地说："妈妈，我很喜欢老阿肯，喜欢听他弹唱……"

卡丽坦见她一字一句说得真真切切，不像是假话，稍稍放心了些。而她内心深处还是有些隐忧，具体是什么，她一时也说不清楚，也没想明白。此时，她心里非常清楚，这孩子以后的路是艰辛的。这也是她最心疼、最难受的事。

自从小巴合提古丽知道了自己的身世后，她在家里多多少少跟以前有些不一样了，这让卡丽坦和麦赫苏提心里很不安，他们比往常更加关心她、疼爱她，让小巴合提古丽感动不已，她理解爸爸妈妈的一片苦心，她更知道该怎么做了。

小巴合提古丽又跟往常一样撒娇，跟往常一样调皮，跟往常一样逗爸爸妈妈开心。

这下，卡丽坦和麦赫苏提放心了。

麦赫苏提托人给老阿肯捎话，老阿肯似乎知道有重要的事，急匆匆地赶了来。

那天，小巴合提古丽见到老阿肯，激动不已，一时不知道该怎样。自从妈妈告诉了她真相，她就想着尽快见到父亲，现在见到了父亲，她却有些不安，还有些害羞，不像之前一见到老阿肯就去缠着他讲故事。或许她还没有做好心理准备，不知道怎么面对自己的父亲。

小巴合提古丽看着老阿肯慈祥的脸庞，微笑着走了过去，轻轻喊了一声："爸爸！"

说着，她一下扑在老阿肯怀里哭起来。

老阿肯一时不知所措，十多年来，他每天盼着认女儿，女儿就在自己的怀里，他却激动得不知该说什么好了。

老阿肯轻轻地拍了拍小巴合提古丽的背，和蔼地说："孩子，让你难受了，都是爸爸不好……"

小巴合提古丽轻轻地喊着："爸爸，爸爸……"

过了一会儿，两个人就在一起聊了起来，好像跟往常一样。老阿肯跟她谈了她小时候听阿肯弹唱的事，谈了他游走多年的趣事。小巴合提古丽非常开心。看得出来，她非常喜欢阿肯弹唱，她还给老阿肯唱了一段，这让老阿肯非常高兴，他似乎发现小巴合提古丽在弹唱方面果然有天分，按捺不住内心的喜悦。

老阿肯默默点点头，心里说："嗯，这下好了，这下好了！"

老阿肯与小巴合提古丽父女相认，原本就是人间大喜之事，小巴合提古丽做梦也没有想到，自己的父亲是草原上受人尊敬爱戴的老阿肯，她内心欢喜。

老阿肯的高兴劲儿就不用说了，他与女儿正式相认，非常激动，心满意足。

这段时间，老阿肯先后去了博斯坦、大石头、白杨河、天生圈等牧场，每次老阿肯回到马圈湾，小巴合提古丽都非常开心。尽管麦赫苏提一家人对她非常好，麦赫苏提爸爸和卡丽坦妈妈对她非常疼爱。可是，每当老阿肯到来，小巴合提古丽就会一下子扑到他怀里，就像地窖里憋了一天的小羊羔突然见到了母羊，就像木桩上拴了大半天的小牛犊等到了母牛回来，那种亲热劲儿让卡丽坦心里都有些小嫉妒。

看到小巴合提古丽对老阿肯的那种依恋劲儿，卡丽坦也非常感动。是啊，她可是老阿肯从鹰爪下捡来的宝贝儿，是老阿肯从狼嘴边夺来的心肝儿，要是那年老阿肯晚到一会儿，或许就那么一小会儿，这个可爱的小生命就没了，或许她就是一堆落入荒原的狼粪抑或是鹰粪了。

哦，这就是他们的父女缘分，是命啊！

哦，这就是命，难怪她的名字叫巴合提古丽呢！

巴合提古丽！巴合提古丽！真的巴合提古丽！！

想到这里，卡丽坦满意地笑了。

老阿肯待了一段时间，告别女儿，告别麦赫苏提一家，继续他的四方行走。

十二

又过了两年，老阿肯很想跟麦赫苏提谈谈自己的想法，他想带走小巴合提古丽，他觉得到了该教她阿肯弹唱的时候了。

可是，当他看到小巴合提古丽在麦赫苏提家生活得幸福快乐的样子，他就有些犹豫了。他心里琢磨着，要是小巴合提古丽跟着自己，只能四处游走，风里来雨里去，风餐露宿。她是个女孩，还那么小，怎么受得了那个苦，他于心不忍啊。再看看卡丽坦，多心疼小巴合提古丽呀，她能舍得吗？要是他真的说了，卡丽坦能同意吗？

这件事，老阿肯一直在犹豫。其实他已经犹豫了好长时间了，他反反复复想过，可是没有办法啊，自己年事已高，却一个徒弟也没有带出来，一生积累的弹唱艺术，该怎么办？

思前想后，他觉得应该下决心了。是的，必须下决心了，他在心里对自己说。

可是现在，面对小巴合提古丽，面对麦赫苏提和卡丽坦夫妇，他却开不了口，确实不好说啊。

之前，老阿肯来的时候，小巴合提古丽也曾说起过想跟他回家之事，老阿肯没有同意。他心里清楚，他哪里有家呀！

　　再说了，小巴合提古丽年龄太小，身子骨还不够结实，他也舍不得她跟着自己四处颠簸。

　　眼下，不好说也得说了，必须说了，没有时间了。老阿肯硬着头皮跟麦赫苏提说出了这件事。

　　谁知，老阿肯这么一说，麦赫苏提和卡丽坦面有难色，而小巴合提古丽却高兴得不得了。见此情景，老阿肯心里五味杂陈，不知道是喜是忧，心里很不是滋味儿。让他高兴的是，小巴合提古丽欣然同意跟他走。而面对麦赫苏提和卡丽坦，他心里有些愧疚。尤其是卡丽坦，小巴合提古丽是她一手拉扯大的。她虽然脸上笑着同意了，但是，眼泪却不住地流着，不言而喻，她心里难受，她舍不得啊。毕竟小巴合提古丽是她一口奶一口奶喂养大的，小巴合提古丽就是她的女儿呀。现在突然要把她带走，她怎么能舍得，怎么忍心啊！

　　但是，现在必须这样做了。而小巴合提古丽却并没有注意到大人们的心情，她只顾得高兴，还飞快地跑出去，把这个喜讯告诉了塔乌孜，那时候塔乌孜还有些依依不舍呢。

　　是啊，他们已经相处得跟亲兄妹一样了。不，他们就是亲兄妹，一奶同胞的手足。

　　尽管有些不舍，可谁也不能阻止亲人团聚啊！这一点，麦赫苏提和卡丽坦心里非常清楚。

　　可是，真正面临分别之时，一切都不那么容易了。

　　那天早晨，天还没亮，卡丽坦就早早起来烧奶茶，小巴合提古丽也跟着妈妈起来了，她要帮妈妈做早饭。

　　昨天晚上，娘儿俩跟往常一样睡在一起，卡丽坦握着小巴合提古丽细嫩的小手，仔细交代了生活上的细节，做饭、烧茶、烧面饼等，尤其是女儿家应该注意的事情，小巴合提古丽一一答应着，说了许多宽心的话，请妈妈放心。整整一个晚上，母女俩手拉在一起就没有分开过，小巴合提古丽偎依在母亲怀里，无比温暖，不知不觉睡着了。卡丽坦轻轻抚摸着女儿的头发，想着女儿就要离开了，内心无比伤感，后来她也迷迷糊糊睡着了。

　　也许是过于伤感，累着心了，也许是说了一夜的话，身子实在累了，卡丽坦一直迷迷糊糊地躺着，鸡叫头遍才醒。

　　卡丽坦醒来，轻轻抚摸了一下女儿，小巴合提古丽睡得正香，她又斜着身子迷糊了一会儿，想多跟女儿待一阵儿。

　　鸡叫第二遍时，卡丽坦刚要起身，小巴合提古丽的小手突然攥紧了她，她心里咯噔一下，眼泪哗一下就流下来了。见女儿香甜地睡着，心里非常不舍，她没有吭声，默默地擦去眼泪，她舍不得现在起床，更舍不得女儿离开自己。她心里实在舍不得啊！

卡丽坦安静地躺了一会儿，默默流着眼泪，心里刀绞似的难受。

鸡叫第三遍时，天已经麻麻亮了，她狠下心起身，把女儿的小手掰开。此时，小巴合提古丽却突然醒了，她似乎也明白了就要跟母亲分开了，紧紧地握着母亲的手，轻声说："妈妈，别离开我！"

卡丽坦再也抑制不住了，她真想大哭一声。可是，当着孩子的面，她必须忍着。卡丽坦转过身去，努力忍着不让眼泪流出来，随即笑了笑说："傻孩子，天亮了，我该烧奶茶了。"

小巴合提古丽揉了揉惺忪的眼睛，慢吞吞地说："妈妈，天永远不亮该多好啊！"

卡丽坦笑道："傻孩子，说什么傻话呀，天要是永远不亮，小草儿怎么长绿？天要是永远不亮，花儿怎么开放？天要是永远不亮，小牛犊怎么找到自己的妈妈？……"

说到这儿，卡丽坦突然止住了，生怕女儿伤感。

小巴合提古丽顿了顿，心领神会似的开心地笑了。母女俩一边轻声说着话，一边穿好衣服准备做饭。小巴合提古丽穿上妈妈做的一身新衣服，特意戴上妈妈送的那顶花帽。这顶花帽对于她有特别的意义。小巴合提古丽穿戴整齐，给妈妈转了一个圈，可爱极了。

这时候，麦赫苏提和老阿肯也起来了。最后起床的是塔乌孜，他一起床就找巴合提古丽，两个人一起去屋后捡蘑菇了。

他们来到山坡上，这是他们常去的地方。昨天夜里下了一阵小雨，树林里就有蘑菇冒出来。其实他们也并不全是为了捡蘑菇，就是在一起说说话儿。

塔乌孜看着巴合提古丽头上的花帽，笑嘻嘻地说："巴合提古丽，你戴着花帽真漂亮！"

巴合提古丽笑道："难道我不戴花帽就不好看了？"

塔乌孜急忙说："我不是那个意思。"

巴合提古丽笑道："那你说的什么意思？"

塔乌孜急得抓了抓脑门，憨憨地笑着说："我的意思是说，你怎么穿都好看！"

巴合提古丽咯咯咯地笑了。

塔乌孜也咧着嘴笑了。

一会儿，塔乌孜发现前面有个大蘑菇，他跑过去把大蘑菇捡起来，走到巴合提古丽跟前说："巴合提古丽，你看，这个鹿茸菇真大！"

巴合提古丽一看，惊讶地说："哦呀，多漂亮的大蘑菇呀！"

塔乌孜兴奋不已，笑着说："哎，送给你吧！"

巴合提古丽笑道："哼，人家都是送漂亮的花，你倒是好，送我一个蘑菇。"

塔乌孜憨笑道："哦，我看着喜欢，就送给你嘛。"

巴合提古丽接过鹿茸菇，端详了一会儿，若有所思："前些日子跟妈妈上山，也捡到了一个这么大个儿的鹿茸菇……"

塔乌孜并没有注意巴合提古丽在想什么，他看见不远处有一朵鲜艳的红花，高兴地说："看，那边有一朵漂亮的红花！"

塔乌孜匆忙过去，小心翼翼摘下花朵，一边往回走一边喊道："巴合提古丽，你看，这朵红花多漂亮！"

巴合提古丽回头看见塔乌孜手里举着的鲜花，高兴地说："哦，真好看！真漂亮！"

看着巴合提古丽兴奋的样子，塔乌孜也非常高兴。兴奋之余，塔乌孜慢吞吞地说："巴合提古丽，你，真的要跟着老阿肯走吗？"

巴合提古丽点点头说："是啊。"

塔乌孜说："我知道你喜欢弹唱，你将来一定能成为一个阿肯的。"

巴合提古丽笑了笑说："我就喜欢弹唱。"

说着，她想起妈妈教她的阿吾勒之歌，亮开嗓子唱起来："什么地方的青松最高大？"

　　塔乌孜接着唱："我们的阿吾勒。"

　　小巴合提古丽又唱："什么地方的花儿最鲜艳？"

　　塔乌孜又接着唱："我们的阿吾勒。"

　　接着，他们一起唱起来：

　　什么地方的歌声最嘹亮？

　　我们的阿吾勒；

　　什么地方的姑娘最美丽？

　　我们的阿吾勒。

　　高大的青松，

　　能经得住暴雨狂风；

　　鲜艳的花儿，

　　庆贺马圈湾的繁荣；

　　…………

　　唱完之后，两个人又一起回味着，幸福地笑了起来。

　　后来，塔乌孜看着巴合提古丽，慢吞吞地说："巴合提古丽，你走了，以后还会回来吗？"

　　看着塔乌孜可怜巴巴的样儿，巴合提古丽开心地笑了，笑嘻嘻地说："那可说不上。"

"怎么，你以后不回来了？"

塔乌孜急得心都快揪出来了，心里有一种说不出来的无奈。

见塔乌孜那副着急的样儿，巴合提古丽咯咯地笑了，一边笑一边说："那，得看你，欢迎不欢迎啦！"

"我当然欢迎啦！"塔乌孜看着巴合提古丽，一脸认真地说。

巴合提古丽转过身去，看着远处的草原，嘿嘿一笑，一脸调皮地说道："你欢迎，我就回来。"

"你说的是真的？"塔乌孜有些激动了，急切地说。

"那是当然。"

巴合提古丽努着小嘴儿，轻声说道。

塔乌孜叹了口气说："唉，这次你跟老阿肯走了，只有等到来年秋天才回来。"

巴合提古丽轻轻嗯了一声说："是的。"

塔乌孜感慨地说："哎呀，要是你每年都回来两次，那该多好啊！"

巴合提古丽笑道："这个嘛，也许，有可能。"

塔乌孜也笑了，又说："哎，最好，每月能回来一次。"

"嗬，那我就不走了，天天回家，那样行不？"巴合提古丽笑道。

塔乌孜也笑了起来。顿了顿又说："那样的话，老阿肯该怎么办？"

巴合提古丽没有作声，心想："是啊，老阿肯爸爸老了，他一个人，以后该怎么办呀？"

塔乌孜见巴合提古丽面色难看，沉思不语，自知说到了巴合提古丽内心的痛处，开导她说："其实，老阿肯身子骨挺好，不用担心的。"

巴合提古丽知道塔乌孜为自己宽心，笑了笑说："我会尽到一个做女儿的责任，好好照顾他老人家的。"

塔乌孜说："要是在外有人欺负你了，你就告诉我，我去收拾他。"

巴合提古丽笑了笑说："好。没有谁敢欺负我。"

"那你也要照顾好自己呀！"塔乌孜说。

"这个嘛，就不用你操心了。你呀，还是操心操心你自己吧。"巴合提古丽笑道。

塔乌孜有些不好意思地说："那你走后，会不会想我？"

巴合提古丽咯咯地笑了，她一边笑一边说："塔乌孜呀，塔乌孜呀，那你……会不会想我呀？"

塔乌孜也放声大笑起来，一字一句地说："我，当然会想你的。因为，你是我的最好的妹妹。"

巴合提古丽止住笑，非常认真地说："塔乌孜，我会想爸爸，想妈妈，也会想你的，这里也是我的家。"

塔乌孜点点头，真切地说："是的，这里永远是你的家。"

两个人收拾了一下捡的半袋子蘑菇，一路说说笑笑往回走。

早饭时候，麦赫苏提招呼大家吃饭，大家没有多说话，突然沉默起来，仿佛一说话就要告别了，谁都不愿意轻易开口。

吃过饭，老阿肯站起来，他看着麦赫苏提和卡丽坦，缓缓地说："哦，老兄弟，我们也该出发了，谢谢你们这些年来对巴合提古丽的悉心照顾，我们以后会常来看你们的……"

老阿肯说话时，声音断断续续，显得很激动，完全不像他游走草原放声歌唱的畅快。他的心情既高兴又沉重，他的心情太复杂了，他真不知道该怎么感谢。他知道，他们是多少年的交情，此时说啥感谢的话都是多余的。不过，他必须要说。

麦赫苏提见状，笑着说："老哥哥啊，我们是一家人，你别那么客气。"

小巴合提古丽早已忍不住了，她一下扑进卡丽坦怀里，紧紧搂着妈妈，眼泪像断线的珠子似的唰唰地掉着，她努力忍着没有哭出声来。小巴合提古丽嘶哑着喉咙对卡丽坦说："妈妈，我会想你的……"

卡丽坦的眼泪哗哗地流着，她不住地点着头应答着："孩子，妈妈爱你，孩子，妈妈永远爱你……"

一家人哭成一片，难舍难分。老阿肯也是老泪纵横，不断地摇着头。

麦赫苏提轻轻抹了一把眼泪，拉着小巴合提古丽的手说："孩子，照顾好老阿肯爸爸，常回家来……"

小巴合提古丽泪流不止，跟麦赫苏提拥抱在一起："爸爸，我会的，我会的……"

之后，小巴合提古丽看着塔乌孜，向他摆摆手。

塔乌孜看着巴合提古丽，看着她花帽上的鹰翎，他努力摆摆手，脸上始终挂着微笑。

巴合提古丽也笑了，满眼晶莹的泪花……

十三

一段时间，有人传起了萨汗别克的闲话，这事儿让他很闹心。

要说沙胡子萨汗别克，在马圈湾也是响当当的，当了二十多年队长，很有威望。他年轻时候就是草原上出了名的好骑手，他曾骑着马追过野狼。草原狼多狡猾啊，他却用套马绳活捉了一匹凶恶的大黑狼。

提起这匹大黑狼，草原上人人愤怒。它是一匹头狼，经常带着狼群袭击牧群，队里的羊被咬死了几十只，大部分羊都是被吸了血，掏空了内脏，横七竖八躺了一地，那场景别提有多惨了，牧民们一个个气得直跺脚，你说你饿了咬死两只羊吃了也就罢了，非要糟践，这不是明摆着威胁我们吗？他们恨不得把狼群一个个都消灭了。

后来有人说，这些年牧群多起来，牧群占据了狼的领地，赶跑了野猪和野山羊，小狼崽子没有了食物，狼群面临着分解的危机，头狼带着狼群袭击羊群，是一种冒险求生，也可能是一种报复。

为了避免狼群袭击，只有对狼群采取行动，敲打敲打它们，最有效的办法，就是惩治头狼。这件事谈何容易，狼群多狡猾，头狼多凶狠，几天过去了也没有结果。

喜欢逞能的撒合买提夸下海口，出去了一趟，空手而归。有人说他就没敢进山，在山下晃了一圈就回来。他却说没碰上运气，那狼是怕了他了，没敢来。到底是谁怕了谁，大家心里清楚，反正他被人们一顿唏嘘。

萨汗别克自告奋勇站出来要完成这次任务，他是一个人去的，早上出发，傍晚就把那头大黑狼驮了回来。人们问他一个人怎么把头狼逮住的，他笑呵呵地说："头狼在狼群最前列，我甩出套绳就把它套住了，然后纵马跑起来，狼群顿时傻眼了，反应过来后就跟在我后面跑。头狼见群狼紧追不舍也来了精神，直接冲过来跳上马背，被我狠狠地推了下去，教训了两鞭子，头狼被拖了好一段路就蔫了，狼群也不见了踪影……"

关于萨汗别克与狼搏斗的具体细节，他从来没有跟别人细说过，他身上确实有几条血糊糊的伤痕，肯定是与狼打斗时留下的，事情肯定没有他说的那么简单。他确实非常勇敢，草原上的人们每每提起此事，个个都跷大拇指，人们打心眼里佩服，那是真心的佩服。

也有人不服气，说了些怪话。说这话的就是撒合买提，他说萨汗别克只是运气好，碰上了，没啥了不起。而人们对此嗤之以鼻，逗他说，那你怎么没有碰上呢？撒合买提说，那也是瞎猫碰上了死耗子。

撒合买提这个人，要说骑术那也是顶呱呱的，就是心眼有点小，打心眼里就对萨汗别克不服气，但也没有办法。

萨汗别克虽然没读过啥书，大字也不识几个，但他为人正直，做事公平。他对每一户牧民都很好，不管谁家有了困难，无论远近，无论刮风下雨，就算刮白毛风下冰雹子，他也去帮助。尤其对那些年纪大的老人，需要照应了，他尽力照应；那些娃娃小的人家，他及时给予帮助；那些生活拮据日月艰难的人家，揭不开锅了，他就从自家面袋子里抓[1]上几碗面端过去，救救急；谁家遇到丧事了，他就招呼队上的人去给帮忙埋葬；困难户老人娃娃病了，他安排人去找医生，很多时候都是他自己掏腰包买药给人家治病。就算是谁家的大牲口病得厉害了，他也会关心关心。

哎，这些年，受他帮助的人家遍及了整个马圈湾，就连附近的几个牧场的人都羡慕，他们都跷起大拇指称赞说："哎呀，你们的萨汗别克队长嘛，真是好样的！"

老话说得好，日久见人心呐！

这些年来，世道变化真大，许多人都迷失了自我。但

1　音 wǎ，方言，意为"舀"。

是，任凭世道怎么变化，社会上的风风雨雨也没影响到他，大家都说他还是他，还是个众人称道的好队长。

不过也有人说他不是的，还说得有鼻子有眼的。唉，人无百事好啊！

这话主要是针对萨汗别克和乌布楞的白媳妇的，那些风言风语私底下流传着，有的人学说得很是蝎蜒，有的人是揶揄他，也有的人当作乐子，就像是看到了发情的骒马遇到了儿马，那是正常的事儿。

不过，这事儿到底是怎么回事儿呢？没有谁说得清，也不知道确切。

说起来，乌布楞真是没福气，娶了个漂亮媳妇没几年就出了意外，上山拉柴不小心滚下山洼摔死了，留下生病的母亲和年轻的媳妇带着两个碎娃娃[1]。

乌布楞是马圈湾最老实的小伙子，长得人高马大非常壮实，就是有些憨头憨脑，人人喊他傻大个、憨木头。可他媳妇古丽仙却是出了名的美人儿。

古丽仙脸儿白皙，眼睛水灵，腰肢丰满，奶子饱饱，屁股翘翘，可招男人的眼睛了，人们都喊她胖古丽，其实她一点都不胖，就是显身材。每当古丽仙经过的时候，男

1　"碎"在方言中有"小而宝贵"之意。碎娃娃即如碎金美玉般的小孩子。

人们就飘飘欲仙，无论老少都会多看两眼。老人们私下里说，古丽仙天生一双招魂眼，她的一双眼睛笑起来非常迷人，就像那马莲沟山底下汪汪流淌的泉水一样清澈明亮。她魔鬼般的身材着实招人喜欢，但凡路过她家的人都要驻足，莫不惊讶于她的白嫩的脸儿、丰满的腰肢，似乎人们在她身上寻找哪儿月儿圆了，哪儿月儿弯了，哪儿河水流淌到迷人的地方了。总之，她的身子就像天上的月牙一样，神秘莫测。

许多光棍汉都在打她的主意。也难怪呀，胖古丽真的太美了，哪个男人不做美人梦。

胖古丽的婆婆知道儿媳妇要改嫁，心里很难受，其实她心里也非常清楚，没有理由不允许儿媳妇再结婚呀。可是，要是儿媳妇真的嫁了人，她一个老太婆孤苦伶仃的该怎么活啊。她想着想着就伤感起来，她去了队长萨汗别克家，主要是想跟萨汗别克夫妇说说心里话。

胖古丽的婆婆慢慢吞吞来到萨汗别克家，萨汗别克的老婆汗漫古丽给她端了碗热茶。胖古丽的婆婆接过茶碗，又放在桌子上，看了看萨汗别克，又看了看汗漫古丽，叹了口气说："唉，老队长，我真苦命。老头子走了，小儿子夭折了，我含辛茹苦把乌布楞拉扯大，娶了媳妇，没想到他也走了，留下我和儿媳妇，还有两个小孙子……"

胖古丽的婆婆看着汗漫古丽，无助地摇了摇头，说：
"唉，现在儿媳妇要是走了，我该咋办呢？"

　　说到这儿，胖古丽的婆婆失声痛哭起来。汗漫古丽忙
上前来安慰她。她们是老邻居了，她们家的情况自然清楚，
平日里也没少帮衬她们。

　　汗漫古丽心地善良，她非常同情胖古丽的婆婆，劝她
别太伤心。可她却是个不善言辞的人，她心里的难受和想
法说不出来，她回过头来默默地看着萨汗别克，那意思很
明显，是要萨汗别克替人家拿个主意。

　　其实，他们家里里外外的事情，一般都是萨汗别克一
人说了算，或许也是一种习惯，或许她也知道，这事儿自
然该萨汗别克出面，毕竟他是老队长，他有那个威望，也
有经验。

　　萨汗别克轻轻叹了口气，也没多说啥，就说了一句：
"哎，乌布楞他娘，你先回去，放心吧，一切会好的。"

　　胖古丽的婆婆听了老队长的这句话，心里踏实多了，
也着实欣慰了许多。许多年来，队长萨汗别克说话是有把
握的，这一点她心里自然清楚，她坐了一会儿就回家了。

　　胖古丽的婆婆走后，汗漫古丽对萨汗别克说："哎，老
头子，她一个人确实怪可怜的，可要想个两全的好办法，
千万不能把她落下啊。"

　　萨汗别克默默点点头，心里说："年轻小伙子不娶个媳

妇不行，年轻女人没有个男人不行，孤身老太太没有个人
照顾也不行啊。"

　　萨汗别克看着妻子，微笑着说："放心吧，我知道该怎
么做。"

　　第二天下午，萨汗别克就去了胖古丽家，后来又去了
几次，他们具体谈了些啥，没有人清楚。不过最终的结果
是令人满意的，经过几次说合，终于达成一致，胖古丽不
嫁出去，而是招了个女婿回来。女婿是大石头那边的一个
光棍小伙子，家里兄弟多，生活困难，讨不上媳妇，跟胖
古丽一起生活也不亏。

　　胖古丽再婚后还跟婆婆生活在一起，还跟从前一样，
拿亡夫乌布楞的妈妈当自己的婆婆，对新丈夫的妈妈也就
是自己的新婆婆，也是照顾得很周到。原本两家人都不富
裕，关系又这么复杂，胖古丽却是真诚相待，里里外外处
理得都很恰当，大家都很满意，真是不容易啊，这让许多
人刮目相看，也成为草原上的一段佳话。

　　这件事可以说处理得圆圆满满。可是有人却说了萨汗
别克和胖古丽的闲话，说萨汗别克到胖古丽家去说合，两
个人说着说着就到炕上那个了，还有人说他们偷偷钻进了
树林里……

据说这些事儿最早还是胖古丽失口说出去的，说萨汗别克队长虽然老了，可身子骨结实，壮实得跟公牛似的。

有人就开始多想了，那憨木头乌布楞壮实得跟牛似的，马圈湾人人皆知，萨汗别克毕竟老了，怎么可能跟乌布楞一样呢？再说了，她怎么知道萨汗别克壮实的，难道……

后来有人说是胖古丽主动的，也有人说胖古丽想男人了，萨汗别克趁机……

这事儿呀，真难说清。自从丈夫乌布楞走后，前前后后提亲的人就不少，年轻小伙子主动找胖古丽的也不少。胖古丽年轻美貌，青春旺盛，能守得住吗？

当然了，还有一些人纯粹是捕风捉影，说什么亲眼看见萨汗别克跟胖古丽在一起搂搂抱抱亲亲热热，等等，等等。

据说这话也是撒合买提私下里说的。他说别看萨汗别克队长整天人模人样的，背地里却做些不地道的事情，说他打着给人家帮忙说合的幌子，对乌布楞的白媳妇，白天怎么了，晚上怎么了……

他们两人到底咋样了，没有人说得清，反正留下了话柄。不过这件事儿，说归说，传归传，流言毕竟是流言，人们并没有当真，自然也没怎么影响萨汗别克的名声，毕竟是别人私下里瞎传的，胖古丽没有说啥，萨汗别克的老婆也没说啥。

萨汗别克呢，自然也听到了一些闲话。出乎人们意料的是，萨汗别克听到了也当啥也没听到，他大概是不想计较那些闲言碎语，爱说说去，爱传传去，他懒得搭理，没那闲工夫。他还是那么开朗，该说就说，该笑就笑，该干啥还干啥。

其实啊，事情远没有那么简单，萨汗别克也不是铁打的，他也有脆弱的时候。这件事就让他闹心了，他没法跟妻子解释清楚，内心的不痛快也没法说。那天晚上，他就去找许大爷说说心里话。

萨汗别克跟许大爷说了心里的憋屈，许大爷一听就笑了。

许大爷也知道，这些浑话是撒合买提在那里瞎叨叨的。那年推选队长，撒合买提也想当队长，可他没啥人缘，许大爷站出来支持萨汗别克，自然就没有撒合买提的事儿了。他嫉妒萨汗别克，对许大爷也是记恨的，只是现在许大爷不当权了。

许大爷咂了一口烟，把烟锅往鞋底上磕了磕，拿烟锅轻轻指着萨汗别克说："嗨，身正不怕影子歪。只要心里没事，别人爱咋说就咋说呗，还能咋样。你只要踏踏实实做好自己的事就行了，时间久了，大家都明白了。"

萨汗别克默默点点头。

许大爷说："其实啊，村里一些人就是喜欢在这些事情上过过嘴瘾，找点乐子，也不一定是坏心眼，也当不得真。你是队长，做头头的，平常都是你指点江山，威风八面，别人都得听你的。有闲工夫了，别人私底下传点闲话，拿你逗逗乐子，揶揄一下你，就得有这肚量，宽容，大气，不要太计较……"

　　许大爷的话点醒了萨汗别克，他心里豁然明了了，更加坚定了自己的想法，他也更加开朗了，经常跟大家一起说说笑笑。时间久了，那些风言风语就自然消失了。

　　许大爷还说了一件大事，是关于孩子们上学的事情，他希望萨汗别克多想想办法。

十四

那年，老阿肯带着小巴合提古丽离开麦赫苏提一家，开始了漫长的行走。他们要到草原四处去弹唱，与各地的阿肯交流，参加各地各种各样的聚会活动……

父女俩离开马圈湾的那天早晨，天气晴朗，他们骑着马沿着山谷一路向西而去。

老阿肯骑着大黑马走在前面，小巴合提古丽骑着小白马跟在后面。

小白马是麦赫苏提爸爸家的大白马生的，小巴合提古丽打小就喜欢它，经常拉着它们母子饮水、喂草料，跟它们母子俩非常熟悉。小白马三岁的时候，麦赫苏提想让老驯马手扎汗老爷子给调驯一下，以便于骑乘，小巴合提古丽却不让，她要自己驯。麦赫苏提担心小白马会伤着她，没想到小白马见到小巴合提古丽那么乖顺，非常听话，她轻松就骑上了。不过，训练走步和跑步的事，麦赫苏提可没少操心。麦赫苏提知道小巴合提古丽喜欢小白马，临行前就将小白马作为礼物送给了她，小巴合提古丽非常高兴。

昨天晚上，萨汗别克队长和许大爷过来看老阿肯和小巴合提古丽，他们两位是马圈湾草原上除了麦赫苏提夫妇之外唯一知道小巴合提古丽身世的人，是麦赫苏提告诉他们的，他们都很疼爱小巴合提古丽。

萨汗别克队长过来时就牵着这匹大黑马，要把它送给老阿肯。老阿肯的老黄马实在是太老了，几年前萨汗别克队长就要给老阿肯送一匹马。

萨汗别克说："老哥哥，你的老黄马现在眼盂凹陷，毛色干燥，牙口已经不好了，该换一匹健壮的马了。你看看这匹黑马怎么样？刚满七岁，是老扎汗指导他的孙子沙迪克亲手驯出来的。"

麦赫苏提说："你还别说，沙迪克这小子还真得了老扎汗的真传，驯马还真有一手。瞧，这大黑马多精神，走起路来嘚嘚有力，是匹好马！"

老阿肯点点头说："不错，体格强壮，确实是匹好马。"

萨汗别克高兴地说："那好，我就把它送给你，也算我们马圈湾的一片心意。"

老阿肯看着老黄马，缓缓地说："唉，我常年骑着它，熟悉了，也有了感情，它很通灵性，知道我在什么地方驻足，在什么地方饮水，在什么地方休息，就跟我的伙伴一样。"

老黄马真的有灵性，见主人说它，咴儿咴儿地打着响鼻，甩了甩尾巴，似乎在说什么。具体说了什么，也只有老阿肯明白。

麦赫苏提说："队长说得没错，你长年累月跋山涉水，脚力不足会很辛苦，就不要客气了。"

老阿肯知道，老黄马跟自己一样，风烛残年了，随后就答应了，把老黄马放归草原，让它在马圈湾自在地度过余生了。

小巴合提古丽不时地回头，看着远去的麦赫苏提爸爸家的房子，心里很难受。

又走了一会儿，小白马和大黑马突然停住脚步，站在那里，举目回望马圈湾，发出长长的嘶鸣，仿佛在呼唤远去的故乡。

看到远去的马圈湾草原，看着草原上的山坡，小巴合提古丽眼里噙满了泪水，她是多么的不舍啊！

老阿肯怕小巴合提古丽伤心，又怕她一时分心从马背上掉下来，并没有打扰她，父女俩骑着马默默地走着。

走了好一会儿，小巴合提古丽对老阿肯说："爸爸，马圈湾真是个好地方，我真舍不得离开这里。"

老阿肯听了，心里很不是个滋味儿，他点点头说："是啊，美丽的马圈湾，多好的地方啊！"

小巴合提古丽轻轻磕了一下马肚子，小白马嗒嗒嗒跟上前去。她又回过头来，看着远去的马圈湾说："爸爸，我和塔乌孜哥哥把附近的地方都跑遍了，好玩的地方我们都知道。"

"是吗？你说说看，跟我看到的是不是一样。"老阿肯笑呵呵地说。

小巴合提古丽高兴地说："南山坡的那片松树林，坡度不大，下雨后能采到野蘑菇。北山坡上夏天长满红红的地瓢儿[1]，可好吃了。"

老阿肯听了，乐呵呵地笑起来，说："嗯，真不错！真不错！"

小巴合提古丽也嘿嘿笑起来，接着又说："还有，塔乌孜哥哥爬到山崖高处拔的大黄杆子[2]，鲜鲜嫩嫩，咬一口酸死人了……"

见小巴合提古丽这么开心，老阿肯非常高兴，顿了一会儿，他问小巴合提古丽："你们平常能采到哪些蘑菇？"

"哦，马圈湾山野里的野蘑菇真多，什么鹿茸菇、羊肚菇、牛肝菌菇，还有大白菇，小红帽子似的铆钉菇、盖盖菇，好多的蘑菇……"

"你真见过这么多野蘑菇？"

见老阿肯一脸的疑问，小巴合提古丽笑嘻嘻地说："据

---

1 即野草莓。

2 即大黄茎，一种中草药。

说呀，这些野蘑菇是一些城里人发现的，他们说，这是大山赐予人间的珍品，非常好吃，用来炒菜、炖汤、煮肉，味道非常香……"

老阿肯点了点头说："是的。"

老阿肯一生四处游走，见识过的远不止这些。他知道，这些东西，山下的汉族人，尤其是城里人特别喜欢，价格比羊肉贵许多。他不知道它好在哪里，不过他知道，大山里天然长出来的东西，一定很珍贵。

老阿肯说："你吃过那些蘑菇吗？"

"当然吃过。"

小巴合提古丽一脸自豪地说："妈妈用鹿茸菇炖牛骨头，肉味道香，骨头汤的味道更香。用牛肝菌菇做的汤饭有一种特别的香味。最好吃的是羊肚菇，虽然只有指头蛋大小的一点，炖汤味道鲜美，实在是太好了……"

老阿肯看着小巴合提古丽不住地点头，一边笑一边认真地说："小巴合提古丽，我们要感谢大山赐予的珍品啊！"

小巴合提古丽笑着说："是哩，爸爸。"

老阿肯非常激动，他捋了捋白胡子，眼里早已沁出了泪花，他不敢让小巴合提古丽看到，转过头去，看着远处，博格达雪峰巍峨耸立，仿佛传说中的先知，正向人间叙说着神秘的故事。

父女俩说了一会儿话，继续前行……

他们来到了鸡心梁牧场，赶上了一次草原聚会，那里正在进行摔跤比赛，两个壮汉正在较着劲。

听旁边的人说，场上的两名决赛选手，一个是南山的"壮牛"阿曼别克，一个是山下人称"铁塔"的乌尔德克，他们两个都是鸡心梁一带响当当的大力士。这个阿曼别克身体强壮，宽脸大眼，一看就是个好摔跤手，曾经摔倒过草原上最强壮的犍牛，人们送了个外号叫"壮牛"。

小巴合提古丽想起塔乌孜小时候也喜欢摔跤，小伙伴们没有一个是他的对手，那时候就连她也觉得非常得意，她想着想着，自己也笑了。

这个叫乌尔德克的汉子，身材矮壮敦实，浑身黑黝黝的腱子肉，活像一座铁塔。旁边的人说，他在山下一片也是赫赫有名，是个出了名的大力士，曾经跟四个壮汉打过车轮战，没有一人能够胜他。去年还去巴里坤参加过比赛，也获得了好成绩，据说是路上闹了肚子，否则会拿下第一。也有人说是他不熟悉人家的规则，犯了规被扣了分。不过，他的实力得到了认可。

据说，刚才两个壮汉已经各自都连摔了几跤，一路得胜，脸上得意扬扬。现在，他们隆起粗壮的臂膀向人群招呼，显示各自的实力，也向他们的亲友团招呼。

一会儿，有个小伙子说，前些年他们两个人在草原赛马大会上比试过，胜负各半，可以说不相上下，他们是老相识，不过谁也不服谁。另一个说，这次谁会赢，都不确定，这次机会难得，那就要争个输赢，谁也不敢马虎，互相打打招呼，亮一亮膀子，那意思很明显。

两个壮汉都做好了准备，他们四目相对，屏住呼吸，各自打着算盘，是盘算着如何先发制人抢得先手，也或者防着对手的突然袭击，心里却是沉着的、冷静的，毕竟他们都很熟悉，知道彼此的路数和长处，知道如何应对。阿曼别克故意挤一挤圆鼓鼓的大眼睛，用他那犀利的目光威慑对手，想先扰乱对方的心思。乌尔德克则冲他做个鬼脸戏弄他，意思是说，别来这一套，亮出真本事来。

就在这时，只听得裁判一声令下，两个人就扯在一起，你来我往，难分难解。毕竟他们已经摔了几跤了，体力透支很大，不过他们谁也不输谁，摔得脸红脖子粗，顶牛似的摔了好一阵子，也没摔出个结果。这时候，"壮牛"阿曼别克仗着人高马大，逮着机会率先发力，来了一招别腿侧摔，用足力气一个猛推想将对方撂倒，不过没有得手。他这一摔重心前移，"铁塔"乌尔德克也抓住了机会反击，他乘阿曼别克发力之机来了一招反别腿，顺势将对手往前狠拽，这一次反攻让阿曼别克摔了个趔趄差点倒地，好险哪。人们都屏住气息，大家不知道谁会赢，也许大家不希望阿曼别克这么一下就被撂倒。是啊，这样的好摔跤手，要是这么一下就摔倒了，那还有啥好看的。不过，人们倒是被刚才这一个来回的对抗吸引了。人群里喝彩起来，有人吹起口哨，也有人呼喊两个人的名字。

　　来来往往几番较量，两个人都不敢轻易使招了，又顶起牛来，来来回回试探，从中寻找机会。这一次是"铁塔"乌尔德克发现了机会，他利用自己身体矮壮的优势，突然一个下蹲，让阿曼别克不得不俯下身子应对。乌尔德克见时机来了，使了个内勾腿，他用右腿死死缠住对手，阿曼别克不得已，只能将整个身子压着他，防止他继续使招。两个人僵持起来，很明显是大个子阿曼别克占优势，他死死压着乌尔德克，让他动弹不得，这下完了，大家都以为乌尔德克要输。就在阿曼别克得意之时，乌尔德克却突然发力，他使出浑身力气将阿曼别克往外用力一甩，随即转了一个大圈，阿曼别克措手不及，急忙挪脚应对，稍稍站稳，乌尔德克又连续旋转，阿曼别克在转圈的过程中身体早已经失去重心，重重摔倒在地，他无奈地苦笑一下，乌尔德克获得最终的胜利。人群里爆发出热烈的掌声。

　　人们并没有看明白乌尔德克使了个啥招法，而老阿肯却是看得清清楚楚，他年轻时候就是个好摔跤手，对于小伙子们的这些伎俩，他再熟悉不过了。

　　小巴合提古丽笑着对老阿肯说："爸爸，这汉子摔跤会动脑子，善于发挥自身的优势，还会抓机会。"

老阿肯非常惊讶，看着小巴合提古丽，点点头说："是啊，孩子，说得好。凡事就是要有悟性，要有毅力，要有勇气，还要善于把握机会。"

　　小巴合提古丽若有所思，她想起塔乌孜之前说过的话，摔跤也是一门学问。她心里盘算着，这到底是个什么样的学问。

　　小巴合提古丽问道："爸爸，摔跤是一门学问吗？"

　　老阿肯笑着说："当然是啊。摔跤有许多种，不同地域不同民族的人，摔跤的形式都不一样。就跟阿肯弹唱一样，这是我们哈萨克族的歌唱艺术，其他民族也有他们歌唱的艺术。孩子，我们遇到的每一件事都是有学问的，需要处处留心。"

　　小巴合提古丽点点头，她似乎明白了，但也不全明白……

　　随后，老阿肯和小巴合提古丽一起听了他们的阿肯弹唱，是一个中年阿肯和一个年轻小伙子即兴发挥的对唱。很明显，那位年轻小伙子唱得虽然诙谐，但比较随意，水平很一般，一看就是初学者，学习时间不长，还没有出师。那位中年阿肯冬不拉弹得不错，唱得比较好。老阿肯走上前去，与两人进行交谈，中年阿肯说年轻小伙子是他侄子，喜欢唱歌就跟着学习。两人知道老阿肯的大名，立即邀请他现场表演一段以助兴。

老阿肯也不推辞，向众人施礼后，操起冬不拉唱了阿依特斯古曲中的一段。它主要反映古代哈萨克族游牧生活的场景，唱词悲壮豪迈，赢得在场人们的一片喝彩。

那中年阿肯很受震动，要求侄子虚心向老阿肯求教。老阿肯说："我们哈萨克族人的阿肯弹唱，从内容上分颂歌、哀怨歌、情歌、习俗歌、诙谐歌五大类，每一类型又包含不同的分支，每一分支都有自己的特点，还有马歌、山歌、水歌、地歌等民歌，包罗万象。无论学习哪种类型，都要把握弹唱本来的韵味。学习弹唱的要旨，就是要勤于学习弹唱知识，要把唱词琢磨透彻，把握好其内含的意义和诗句中的韵味，才能够化于心融于情，表达出内心深处的感情。要勤于练习弹唱技艺，既要练弹琴也要练唱功，做到琴韵与声韵合一，才能展现出最佳的弹唱艺术。"

老阿肯的这番话让叔侄俩起了由衷的敬意，他们一再表示感谢。叔侄俩一再邀请老阿肯父女一起用餐，请老阿肯喝他们酿制的马奶酒。老阿肯也不推辞，喝了一口，夸赞道："不错，味道非常地道。"

中年阿肯见老阿肯肯定他的酿造手艺好，非常高兴，乐呵呵地说："这也是我祖传的，有些讲究。我选用早晨挤的奶，倒进当年生的小牛皮囊里发酵，每日搅拌，挂在向阳处晒上七天，味道很美……"

小巴合提古丽好奇地问："大叔，为啥选用早晨的马奶？"

中年阿肯笑了笑说："青草在马肚子里消化了一夜，早晨的奶水，营养最丰富……"

老阿肯点点头说："你说得很对。"

小巴合提古丽若有所悟，对这位中年阿肯说的方法很是赞赏。

中年阿肯拿了一块馕递给小巴合提古丽说："拿着吃，孩子。"

小巴合提古丽接过馕，微笑着说："谢谢大叔！"

中年阿肯跟老阿肯说："这孩子聪明，有出息。"

小巴合提古丽不好意思地笑了。

大家开开心心地吃着，席间，老阿肯夸奖中年阿肯的琴弹得不错。中年阿肯得到老阿肯的肯定，非常高兴，向老阿肯一再表示感谢。

老阿肯说："我们哈萨克族人是马背上的民族，先民在千百年的游牧生活中领略生活真谛，产生了无数的民歌，演化成独具特色的弹唱艺术。对于我们阿肯来讲，歌唱、唱词、冬不拉，是三件宝，一样也不能少。"

中年阿肯不断地点头说："是的，是的。"

老阿肯看着年轻小伙子，微笑着说："不会弹冬不拉的阿肯就不是真正的阿肯。"

年轻小伙子不好意思地搓了搓手，向老阿肯请教说："老人家，现在人们都喜欢听流行的唱词，为啥还要学习古老的唱词？"

老阿肯笑了笑说："草原上有句老话，骑骆驼的人也会唱几句民歌。"

年轻小伙子听了忍不住笑起来，随口说："那都是小调调，称不上歌唱。"

老阿肯点点头说："是的。我们阿肯唱的是歌，唱的也是心。我们是用嗓子唱的，其实也是用心唱的。用嗓子唱出来的是声音，用心唱出来的是情感。唱词是祖祖辈辈流传下来的古老诗句，是祖先用心感受的生活经典，我们一代代阿肯学习那些优美的诗句，传唱古老的经典，从中吸收精华，不断演化，用心创作新的诗句，呈现我们的生活经典，这就是我们阿肯的职责……"

"哦，我明白了。"年轻小伙子恍然大悟，满眼深情地看着老阿肯，内心充满了钦佩，看得出来，他是有些悟性的。

老阿肯笑了笑，鼓励他说："要好好跟着叔叔学习，勤加练习，将来会有出息的。"

年轻小伙子感激地说："谢谢老人家的教诲，我记住了。"

老阿肯点点头，心里很是满意。父女俩再次向中年阿肯表达了谢意，告别叔侄俩继续前行。

十五

老人们说，培养一个阿肯比培养一个将军还难。民间流传这样一句古话，说哈萨克族人可以没有国王，但是不能没有阿肯。当然，这两句话都不正确。但这恰恰说明，培养一个阿肯是多么不容易……

当年，老阿肯为了培养小巴合提古丽，带着她沿着草原牧道行走着，一边走着，一边给小巴合提古丽介绍周边的山脉、河谷、荒漠。他经常给小巴合提古丽讲述历史故事，那些千百年来在草原上流传的古老经典、诙谐幽默的故事，还有那些神奇的传说。这些草原上流传千年的故事，每次讲来都觉得新鲜，都是那么吸引人。

老阿肯知道，这些千古流传的故事贯穿着哈萨克族的历史和文化习俗，也是阿肯弹唱的重要资源和营养母本，弥足珍贵。

在这条行走四方学习弹唱艺术的漫漫长路上，老阿肯给小巴合提古丽讲述这些故事，可谓用心良苦。他不但给小巴合提古丽讲述草原上的故事，讲那些遥远时代的传说，还将多年来的沿途见闻也讲给小巴合提古丽听，目的就是丰富她的知识。他讲述历史文化，就是为了小巴合提古丽更好地吸收先哲们的思想精华。他在讲述自己的弹唱生涯中的见闻时，非常自然地把木垒的山川河流、戈壁沙漠介绍了一遍，石人子沟奇异的风光、鸣沙山奇妙的轰鸣、胡杨林千年不倒的古木等雄奇壮美的自然景观，以丰富她的想象力，启发她的创造力，增强她发现美塑造美的能力。

老阿肯不动声色的传教，确实起到了作用，他绘声绘色的描述，让小巴合提古丽听得入迷，陷入美好的憧憬、想象和回忆里，那一幅幅美景在她眼前一一浮现。

老阿肯曾跟麦赫苏提说："小巴合提古丽似乎天生就是个故事迷，并且有一个好记性，听过的故事她都能记下，还不断地发问，这让我非常欣慰。"

小巴合提古丽曾跟塔乌孜说："老阿肯爸爸讲得真是太好了，我真想一口气把所有的美景都欣赏一遍。老阿肯爸爸说，不急，不急，会看到的，会看到的……"

一次，老阿肯讲了《叶尔图斯特克勇士》的故事。他说，叶尔图斯特克的聪明和勇敢令人佩服，他历经千辛万苦，战胜了女妖，斗败了汗王，草原恢复了安宁……

小巴合提古丽非常佩服，为勇敢的叶尔图斯特克鼓掌，也为叶尔图斯特克聪明智慧的妻子叫好。

小巴合提古丽说："爸爸，叶尔图斯特克的妻子真是好样的，要是没有她，没有他的兄弟们，叶尔图斯特克一个人不可能最终打败女妖，让汗王服气。"

　　老阿肯说："是啊，最关键的是，他们九兄弟一条心，父子同心，夫妻同心，一家人团结在一起，同仇敌忾，斗败妖魔，战胜汗王，赢得了最终的胜利。"

　　小巴合提古丽若有所悟，她努力点点头，感慨地说："嗯，这就是众人的力量，这就是团结的力量！"

　　"是的，孩子，你说得非常好。"

　　听到父亲的褒奖，小巴合提古丽幸福地笑了。

　　老阿肯说："一个好篱笆需要三个桩才稳固。要干成一件大事，必须团结同道中人，各尽其力，各展其才，各显神通，最终才能成功。"

　　小巴合提古丽点点头说："是的，爸爸。"

　　老阿肯想到现在一些地方的阿肯弹唱，总觉得缺乏一种味儿，就好像缺了一样东西，具体缺什么，一时也没想明白……

　　父女俩一路行走，老阿肯一路上都给小巴合提古丽讲故事。小巴合提古丽非常喜欢听故事，总是缠着老阿肯一遍一遍地讲述，每一次讲述后她总能有一番感悟，这也让他们解除了一路的劳困。

他们来到一道山梁，大黑马突然驻足，紧张地张望着。小白马也停了下来，神色紧张地看着山坡。

小巴合提古丽看见不远处的山坡上，有一匹青狼正竖着耳朵看着他们，她紧张地喊了一声："爸爸，有狼！"

其实，在大黑马驻足之时，老阿肯已经发现了狼，他没有吭声，怕吓着小巴合提古丽，也怕马儿受惊把孩子摔下去。他示意小巴合提古丽不要出声，拉紧缰绳坐稳当。

老阿肯对着山谷，不动声色放开嗓子唱了起来：

上天赐予万物生命啊，
我们为它歌唱；
太阳无私的光芒啊，
照亮每一座山梁；
天地万物啊，
各自守好自己的本分；
顺从天意啊，
各自走好自己的路途；
各安其道啊，
天地祥和，万物安详；
…………

也不知道怎么回事，那青狼听着老阿肯的歌，愣了一会儿神，转身就走了，一会儿消失在山梁那边。大黑马和小白马也安静下来。

小巴合提古丽非常惊奇，问道："爸爸，狼真听懂了你的歌？"

老阿肯认真地说："孩子，万物有灵。狼是个聪明的动物，它不会轻易袭击人。不过，它会袭击马匹。"

小巴合提古丽又问道："爸爸，刚才你唱的歌，怎么从来没听过。好像在哪里听到过一些，但也不全是。是你现编的？"

老阿肯笑着说："是也不全是。这些歌就在我心里，可以唱给山上的青狼听，也可以唱给天上的鹰雕听，也可以唱给草原上的人们听……"

老阿肯说完，陷入沉默。

小巴合提古丽听着有些糊涂了，仔细一琢磨，好像爸爸说的是对的。具体对在哪里，一时也想不明白，感觉爸爸刚才唱的歌，内容很丰富，意义很深刻，仿佛揭示了生命生活更深远的道理，这些东西实在太深奥了，她懵懵懂懂，但觉得非常好。此时，她对老阿肯爸爸的敬意也油然而生。

后来，他们来到马场窝子附近，准备在这里休息几天。这里有一户牧民，是老阿肯的老朋友，他们一家人去远处放牧，房子闲置着，是那种夯土筑成的土坯房子，非常简陋。山上的黑土松散，颗粒大，黏性差，被风雨侵蚀的地方用牛粪抹过，留下许多疤痕补丁，看上去却很美，像是一幅装饰画。屋子里有火塘有土炕，还有些简单的家具和零散的炊具可以使用。

老阿肯跟小巴合提古丽说："这是老朋友专门给我留下的，我每次经过都要住上几日。"

小巴合提古丽点点头，对这一家人充满了好感，她心里认定，他们都是好人。

老阿肯说："孩子，今晚我们就在这里住下来，好好休息一下。"

小巴合提古丽点点头说："好啊。"

老阿肯给两匹马松了马绊，让它们自由吃青草。他在附近捡拾了些柴火，把炉膛点燃，又盛了半茶壶水，放在炉子上，打开一个大木箱子，拿出小半袋面粉。

小巴合提古丽开心地说："爸爸，我来做饭。"

老阿肯见小巴合提古丽主动承担起做饭的任务，真有些不大相信，他想见识一下小巴合提古丽的手艺，也想看看她的能力，就说："好吧，今天就吃你做的晚饭。"

小巴合提古丽咯咯地笑着说："爸爸，我会做饭，在麦赫苏提爸爸家，我经常帮卡丽坦妈妈做饭呢。"

老阿肯说："不过啊，这里条件简陋，不比他们家。"

小巴合提古丽自信地说："没关系，我会有办法的。"

老阿肯点点头说："好吧，那你就做吧。我在外面放一会儿马，走了一天了，它们也需要填饱肚子了。"

小巴合提古丽微笑着说："好的，等会儿饭熟了我去叫你。"

"好啊！"老阿肯高兴地应了一声就出去了。

小巴合提古丽立即行动起来，不到一个时辰饭就好了。她高高兴兴地出门来，见两匹马在那里安静地吃着草，却没看见老阿肯，她喊了一声："爸爸，你在哪儿？"

老阿肯正在房子后面捡拾柴火，听见小巴合提古丽的声音，紧忙答应了一声走过来，进门一看，吃惊不小，没有想到小巴合提古丽还真行。她见牧民家有面粉，还有盐巴，就自作主张做了一顿面条饭，加上从外面草丛里拔的几根野青菜和野蒜苗，味道还真不错。

"哦呀，真不错，我的女儿真能干！"老阿肯不由自主地夸赞起来。他心中非常感叹："嗬，这小丫头果然长大了，顶事儿了。"此后，老阿肯对小巴合提古丽刮目相看了。

得到爸爸的夸赞，小巴合提古丽非常高兴，这是一种莫大的鼓励，自此，她就自觉担当起照顾爸爸生活的责任。

父女俩在这里小住了几天，老阿肯带着小巴合提古丽一边放马，一边到四周看看，让她了解周边的环境，顺便拔了几棵野芹菜、野蒜苗，采了些野蘑菇，捡拾了一些烧水做饭的干柴。小巴合提古丽洗了几朵捡来的蘑菇，掰开放入锅里炖野菜蘑菇汤，把剩下的蘑菇全部晾干，方便携带，以后再用。老阿肯见了非常感慨："嗯，这孩子越发懂事了！"

其实这些都是她跟卡丽坦妈妈学的，也是卡丽坦在她临行之时嘱咐的。草原的生活就是这样，牛羊啃食牧草，牧民也在草地里攫取食物，野菜野蘑菇也不是随时随处都有的，发现了就及时采一些，晾干可以储存，方便使用。小巴合提古丽心领神会，她记住了妈妈的话，现在就用上了，她做得非常好。

这几天，他们住在这里，土坯屋子虽然简陋，一日三餐虽然简单，父女俩却过得非常快乐。

后来一次，老阿肯给小巴合提古丽讲起《聪明的孤儿》的故事。说古时候有个贪婪又狡猾的国王，他有四十头能听懂人话的毛驴，他常让人们赶着毛驴去山里给他拉柴，天黑之前拉回柴就给五十只羊做报酬，要是拉不回来就要赔偿一百只羊。国王提前给毛驴交代说，要是天黑前赶回来就杀头。人们上山砍了柴驮到驴背上，毛驴东倒西歪耍赖不肯走，结果许多人倾家荡产，还有许多人因此丧了命……

小巴合提古丽听了气愤不已，骂道："这个国王太可恶了，简直就是一个可恶的恶魔，真坏透了！"

老阿肯"嗯"了一声，接着往下说。后来一次，有个牧羊的孤儿被国王逼着上山拉柴，四十头毛驴躺在地上不起来，眼看天色变暗，孤儿大喊一声："狼来了，救命啊！"一群毛驴翻身而起，一溜烟跑回了家。

老阿肯哈哈哈笑起来，小巴合提古丽高兴得拍手叫好："太好了！太好了！"

后来，小巴合提古丽有些担心地问道："爸爸，那孤儿不会被国王杀了吧？"

老阿肯看着她担心的样子，笑道："没有。孤儿很机智，那国王也奈何不了他，那套骗人的鬼把戏从此失灵了，国王再也不敢勒索百姓了……"

小巴合提古丽点点头说："嗯，孤儿真聪明！"她心里非常佩服。

一会儿，小巴合提古丽好像又想起了什么，好奇地问道："爸爸，毛驴真能听懂人话？我只知道我们哈萨克族人养的牛马骆驼都很听使唤，牧羊犬会保护羊群，猎鹰能替猎人狩猎，它们都能听懂人话，塔乌孜也这么说，是这样的吗？"

"是这样的，没错。"

老阿肯看着小巴合提古丽，轻轻地点了点头，和蔼地笑了。

他抬头望着远处的雪山，感慨地说："是啊，万物有灵。我们哈萨克族人还能听懂大山的声音，我们唱歌，沟通情感，是与人沟通，也是跟草原对话，和天地共鸣……"

小巴合提古丽眨巴着眼睛，似懂非懂地点点头，最初她有些听不懂，突然间眼前一下子明亮了，似乎有所感悟了，她激动不已，是的，爸爸说得对，万物有灵……

此时，小巴合提古丽想起麦赫苏提爸爸讲过的《孤儿八十句谎言和四十句谎歌》的故事。那个可恶的汗王竟然让人们一口气说出八十句谎言来，真是荒唐，他害苦了许多人，可恶至极。有个穷困的孤儿真的很棒，他聪明绝顶，出口成章，他的谎言荒诞至极却充满讥讽，一句句都击中了荒诞的汗王。他的谎言诗辛辣如刀，把汗王的丑恶嘴脸一一揭露……汗王张口结舌，无言以对，彻底告输，真是痛快。最后，他只得把自己的宝贝女儿嫁给了穷小子，从此，他不敢再愚弄百姓了。

她又想起塔乌孜讲过的《孤儿和汗王》的故事：善良的孤儿救助了一只小鸟，小鸟妈妈为了感恩，送了他一根会变金子的神奇羽毛，孤儿把得到的金子分给了穷人。这事儿被贪婪的汗王知道了，他想得到羽毛独占财富，结果被金山活活压死了……

这些勇敢的孤儿都是用智慧斗败汗王的。这时，她想起卡丽坦妈妈讲过的《两个箱子》的故事，有些疑问，随即问道："爸爸，那茂密的森林里真的有森林妈妈吗？森林妈妈真有两个奇异的箱子吗？"

老阿肯笑道："傻孩子，上天只赐福给勤劳的人，不劳而获是不可取的。我们每个人都要靠自己的双手去生活，上天不会给谁掉馅儿饼吃的，那是痴人说梦……"

小巴合提古丽眯着眼睛，开心地笑了。

一会儿，她又想起小时候听邻居老婆婆说的一个不会使用自己财富的人的故事。有个问题想了许久始终迷惑不解，她对老阿肯说："爸爸，阿肯弹唱也是一种财富吗？"

"当然。"老阿肯不假思索地说。

小巴合提古丽说："这么说来，财富应该有许多种，我们的弹唱也是其中的一种？"

老阿肯笑了笑说："是的。弹唱是一种特殊的财富。"

小巴合提古丽满脸疑问："爸爸，你说说看怎么个特殊法。"

老阿肯说："孩子，弹唱是带给人们快乐的财富，也是传承快乐的财富。"

小巴合提古丽点点头说："爸爸，我明白了，我们靠弹唱生活也是一种快乐，就跟牧人放牧一样，就跟猎人打猎一样，就跟绣女刺绣一样……"

老阿肯眼前一亮，非常吃惊："呀，这闺女真是精灵古怪,她一句话就把这么深刻的道理说透彻了!"

老阿肯捋了捋胡子,心里非常感慨,没有想到女儿这么聪明通透。

老阿肯高兴地点点头:"嗯,说得好。我们用诗歌传播我们的文化,我们用歌声抚慰人们的心灵,这就是我们的财富,跟天下财富一样;这就是我们的劳动,跟天底下一切劳动一样……"

十六

多年以后，塔乌孜给学生讲课时说，阿肯一定是歌唱家，而歌唱家不一定是阿肯。因为歌唱和弹唱的境界不一样。阿肯是集诗人、民俗家、哲学家、歌唱家、音乐家于一身的人。

他说，当年老阿肯为了增加女阿肯的人生体验，带着她翻山越岭，几乎走遍了东天山一带的所有牧场，还到过奇台、吉木萨尔、富蕴、青河等地，参加过无数次的草原聚会，跟许多阿肯交流弹唱艺术，也见识了塔塔尔族、维吾尔族、乌孜别克族的歌唱艺术，尤其是乌孜别克族的歌唱形式与哈萨克族人的弹唱非常相似。这让她非常感慨。

在漫长的游走过程中，她深入草原、戈壁、村庄，亲耳聆听了不同的歌声，亲眼看见了许多的事情，增长了见识，丰富了人生体验，在切切实实的社会生活中体悟到人们喜怒哀乐的真实情感，开启了她的弹唱……

那年秋天，老阿肯带着小巴合提古丽经过一万泉，在村里遇上了一场特殊的葬礼。

小巴合提古丽看见逝者家毡房上的旗子一半白一半红，旁边还拴着一匹秃尾巴青马，觉得非常奇怪。她记得村里老人去世都挂着白旗，她有些不明白，问老阿肯："爸爸，这是怎么回事呀？"

　　老阿肯说："那位逝者是个中年人。"

　　小巴合提古丽说："那秃尾巴青马，又是怎么回事？"

　　老阿肯说："那是他生前骑乘的马，剪去尾巴，就是别人不能骑乘它……"

　　原来如此，小巴合提古丽还想问一问这匹青马以后会怎样，话到嘴边又停住了。她知道，草原上的老牧人都会善待自己常年骑乘的老马，会把它们放归山野，老马会寻找自己的出生地，或独自进入山野深处……这匹青马也会被放归山野吗？会吧，她想。

　　听人说，这位逝者叫达吾提，是一位德高望重的人，是为了抢救公家的财产遭遇的不幸。

　　老阿肯心中感慨，就带着小巴合提古丽参加了他的葬礼。

　　院子里，一位阿肯独自弹唱，他的弹唱水平很高，声音低沉，唱词朴实，节奏缓慢，哀婉沉重，充满了对逝者的悼念和赞扬，渲染出更加悲痛的气氛。他歌颂了逝者一生的品德和人们的赞许，歌颂了他一心为公的英雄事迹和功绩，歌颂了他热爱劳动、生活俭朴的良好品格，歌颂了他教育子女、家庭和睦的良好家风，感谢他对村里的付出，感谢他对家人的照顾，感谢他对亲友的关心，感谢他对邻居的帮助……

他特别的弹唱和哀婉的颂词，令在场的人无不感动，无不落泪，屋里屋外哭声一片。

小巴合提古丽内心非常震撼，也被这特别的气氛感染，她轻轻擦了一下眼泪。见老阿肯默默点头，她知道，爸爸也称赞这位阿肯，他唱得情真意切，很抓人的心，真的了不起。

父女俩驻足哀悼，后来默默向毡房行了注目礼，愿逝者安息，祝生者平安。

路上，老阿肯讲述了哈萨克族人的葬礼习俗，小巴合提古丽想起了村里的一些事情，她心里还有许多的疑问，老阿肯见她有心事，就没有再说，心想，毕竟孩子还小，这些事情本不该让她知道那么多。

小巴合提古丽一直想着刚才的那场葬礼，想着那个村子、那些人和事，那位逝者生前是怎样的，还有许多事情，她真想知道，却想不出来，陷入沉默。过了一会儿，她突然询问起哀悼歌的问题："爸爸，我们哈萨克族人为啥要给逝者唱哀悼歌？"

老阿肯想了想，详细地介绍了哈萨克族人的各种哀悼歌。

老阿肯说："我们哈萨克族人始终有一颗感恩的心，我们之所以要给逝去的亲人唱哀悼歌，就是用感恩之心表达深深的爱……我们给夭折孩子的哀歌，给家中老人的哀歌，给其他亲人的哀歌，各不一样。"

老阿肯说："唱给老人的哀悼歌，就是歌颂他们一生的品德和功绩，感谢他们的养育之恩和教诲；唱给亲人的哀歌，就是表达骨肉亲情和帮助；唱给孩子的哀歌，表达深深的爱和不舍……"

老阿肯说："哈萨克族人是用歌声表达内心深处对生命的尊重和对万物的敬畏……"

老阿肯的话让小巴合提古丽陷入沉思，耳际响起刚才那位阿肯的弹唱，她眼前一亮，似乎明白了爸爸说的阿肯弹唱包罗万象的意义，内心深处不由感叹起来，阿肯弹唱真的太深奥了……

后来，她根据逝者达吾提的生平创作了一首哀悼歌，这也是她创作的第一首哀悼歌，她轻轻试唱了一下，受到老阿肯的称赞，她备受鼓舞，对自己的领悟更加自信。

父女俩一路跋涉，一天清晨经过北塔山，小巴合提古丽不经意间发现山顶上有许多动物，老阿肯说："那是野山羊。"

小巴合提古丽仔细看了一会儿，惊叹道："它们头上长着一对奇长的大角，好威风啊！"

老阿肯说："长长角的都是公羊，母羊一般不长角。"

"要是野狼攻击，它们该咋办？"小巴合提古丽疑惑地问。

老阿肯笑道："公羊头上的角有六七十厘米长，粗壮有力，可以对付野狼，保护羊群。再说了，它们是攀岩高手，常年在山崖上觅食，在山崖上行走自如，狼根本追不上。"

"哦呀，它们有如此高超的本领，野狼奈何不了它们，也算幸福了。"小巴合提古丽高兴地说。

"唉，那也不是。有时候它们也会到山下饮水，就会有危险，小羊和母羊容易被狼追击。"老阿肯说。

"那样的话，它们得提高警惕呀！"小巴合提古丽若有所思地说。

"是的，它们的警惕性很强，一般会有哨兵放哨，发现危险立即报警，羊群立马上山躲避。但是，狼很狡猾，它们会在树林里埋伏，半路劫杀。"老阿肯说。

"那该怎么办呀？"小巴合提古丽有些着急地说。

"唉，狼能抓到的，都是弱小的或者生病的体弱的羊，强壮的羊都会躲过，不会影响种群的繁衍。狼要是抓不住它们，也会饿死，种群也会消亡，那也是可怕的事情。"老阿肯认真地说。

"那是为什么呀？"小巴合提古丽一脸疑惑地问道。

"这就是生存法则。要是山野没有了狼，任凭羊群把山上的青草啃光，青山就会变成秃山。你想想，是不是非常可怕？若真是那样的话，我们哈萨克族人如何放牧呀？"

老阿肯说完，目光看向远处。小巴合提古丽若有所悟，随着老阿肯的目光望去，远处云海茫茫，描述着天地万物生存繁衍的神秘。

山顶上，身材高大的头羊一声呼唤，领着羊群缓缓走下山……

穿过一道山梁，他们看见不远处的山坡上有一座毡房，他们骑马过去，见一对母女牵着两匹马在哭泣，老阿肯上前询问，才知道她们家的马病了。

那位年轻妇女一边哭一边说："我们在这里放牛，两匹马刚才还好好地在那里吃草，我把它们拉过来准备出去，它们怎么突然就得了怪病……"

那个小姑娘，看上去七八岁的样子，站在妈妈身边，非常紧张地看着老阿肯和小巴合提古丽，眼里充满了无助和祈求。

只见两匹马口吐白沫，摇摇晃晃的，浑身还在打战……

小巴合提古丽似乎意识到了什么，她往草原上看了看，惊叫一声："断肠草！"

她一边说，一边快马过去，拔了一把草过来跟老阿肯说："爸爸，我记得老扎汗爷爷说过，这种长得跟芨芨草似的断肠草，也叫醉马草，马误食了，就会口吐白沫，走路不稳当，跟喝醉了似的……"

老阿肯接过断肠草，似乎也想起了什么，他点点头："嗯，是的。"

那位年轻妇女急切地问老阿肯："大叔，能治好吗？"

没等老阿肯开口，小巴合提古丽直接说："阿姨，你们家有酸奶吗？"

那位年轻妇女一脸茫然地看着她，以为她要喝，不好意思地摇了摇头，苦笑着说："哦，这些天忙，没有顾上做。"

"有奶疙瘩吗？"小巴合提古丽又问道。

"有。"那小姑娘说。

"快去拿来。"小巴合提古丽说。

那小姑娘噔噔噔跑进毡房，捧了一捧酸奶疙瘩向小巴合提古丽走来，一边走一边说："姐姐，给你吃吧，我妈妈做的酸奶疙瘩可好吃了。"

小巴合提古丽笑了笑说："小妹妹，不是我要吃，是给马治病用的。"

那小姑娘瞪大眼睛，愣愣地看着小巴合提古丽，以为她在开玩笑，又回头看了看妈妈，不知该咋做了。

小巴合提古丽对那位年轻妇女说："阿姨，快把你家的酸奶疙瘩都拿来。"

那位年轻妇女不明就里，进了毡房提来半袋子奶疙瘩。

小巴合提古丽打开看了看，幸好还没干透。她让那位年轻妇女找来两个空袋子，把奶疙瘩分别装进空袋子里，用绳子扎紧袋口，放在门口的木头上，用木棍捶打，老阿肯也帮忙捶打。她又让那位年轻妇女赶快去烧一锅热水。

一会儿工夫，热水烧好了，小巴合提古丽将捶打碎了的奶疙瘩粉倒进桶里，加上热水使劲搅拌，直至融化，又加了些凉水。然后她对那位年轻妇女说："阿姨，你把马绑在拴马桩上，找来一截软管和漏斗，将融化的奶疙瘩汤倒进小盆里，慢慢给马灌进去。"

那位年轻妇女满脸疑惑地看着老阿肯，老阿肯说："就按她说的做吧。"

那位年轻妇女似信非信地照做了。神奇的是，两匹马灌了酸奶疙瘩汤之后，慢慢就好起来了。那位年轻妇女非常惊奇，对小巴合提古丽跷起大拇指，夸赞她是小神医！

小巴合提古丽开心地笑了。

这件事让老阿肯也非常吃惊。小巴合提古丽要酸奶疙瘩之时，他并没有想到她要干啥，当她要全部酸奶疙瘩时，他就猜到了，只是没想到小巴合提古丽竟然学会了变通，还把这手艺用得这么熟练，完全出乎他的想象，他心里说："这孩子，真是精灵。"

见老阿肯一脸微笑，赞赏地看着自己，小巴合提古丽开心地笑了，说："那次看到老扎汗爷爷就是这么做的，我和塔乌孜还专门在山上找过这种草……"

后来一次，他们赶了半天路有些累了，来到一个泉水窝子附近，饮了马，放开马匹去吃青草，然后就着泉水吃了干馕。老阿肯怕干馕太硬，没有热茶浸泡小巴合提古丽嚼不动，就把馕放进碗里用泉水泡一下，递给小巴合提古丽。

小巴合提古丽接过馕，吃了一口，开心地说："非常好吃！"

老阿肯笑了。

小巴合提古丽笑着说："小时候，我跟塔乌孜一起到南山谷摘草莓，饿了，就把干馕放在泉水窝子，泡一会儿就酥软了，就着草莓吃，味道可好了。"

老阿肯苦笑了一下，心里明白，孩子是怕他担心。而他们爷俩将要一路行走，一路上就要这么吃下去。

此时，老阿肯心里有些自责，唉，让孩子受苦了！不过，他也很欣慰，小巴合提古丽能吃得了苦。

小巴合提古丽一边吃着馕，一边开心地笑着。看着她一脸幸福的样子，老阿肯心里欣慰了许多。

吃过之后，略微休息了一会儿，马也吃饱了，他们继续赶路。

下午时候穿过西边的塔兰河谷，来到一片开阔的草场，牧草肥美，牛羊成群，远处似乎就有哈萨克族人的阿吾勒。

老阿肯心里高兴，这个晚上可以找一家借宿了，他可不想让小巴合提古丽跟着自己第一天就露宿野外。

那年初夏，他们穿过布拉克山谷，遭遇了一次大暴雨。他们牵着马匹在山崖下避雨，后来山洪暴发，他们又爬上山坡，在一棵大树下过了一夜，有惊无险。

天明以后，他们走了一段，山沟里的水流很急，路上泥泞，老阿肯想起山上一处断崖下有一个山洞，可以生火取暖。他们赶到那里，捡拾了些干柴燃起火堆，慢慢烤干了衣服，用石头支起火塘烧了一锅开水，一起喝了热水吃了馕。中午时分，地上干燥了，他们继续前行。

第二天是个大晴天，阳光明媚，他们一路非常顺畅，下午来到一条溪流边准备休息一会儿，突然出现了一群马鹿。雄鹿非常警觉，见到有人进入它的领地，非常生气，举着一对大角径直走过来，想驱赶他们。小巴合提古丽心里非常害怕，老阿肯却很镇定，他静静地观察着，嘱咐小巴合提古丽不要出声。

这时候，大黑马突然一声长嘶，两条前腿发力，忽一下立起来，随即冲着雄鹿走了过去，小白马也跟了过去。哦，它们要拦住雄鹿，不让它靠近主人。老阿肯立马明白了大黑马的意思，带着小巴合提古丽立即往回走。在河边，看到一座用洪水冲下来的圆木横在河道搭起的独木桥，老阿肯试探了一下，还算稳定，带着小巴合提古丽走到河对岸。老阿肯舒了一口气："哦，这下安全了。"

小巴合提古丽问道："雄鹿会不会追过河来？"

老阿肯摇了摇头说："不会的，它不会冒险的。"

小巴合提古丽突然想起塔乌孜教她的口哨，她立马吹了一声，小白马听到口哨声转身就往回走，大黑马也跟了过来。而响亮的口哨声却惊着了鹿群，雄鹿吃了一惊，转身离去。

老阿肯夸奖小巴合提古丽说："没想到你还学会了口哨。"

小巴合提古丽笑嘻嘻地说："塔乌孜哥哥说，自己的马要有自己的口令，这个必须学会，关键时候就用上了。"

老阿肯点点头说："非常好！这是一种驯马的方式，也是一种生存本领。"

小巴合提古丽点点头说："我还会用线绳拴草鳖子。"

"用线绳？草鳖子那么小一点，怎么拴啊？"老阿肯故作惊讶的样子。

"去年夏天，我跟塔乌孜去山坡上，他肚皮上爬了只草鳖子，头钻进肚皮，只露出一点点身子。我从衣服上抽了一根线，打了个扣，拴住它的身子，慢慢拉紧，把两股线搓在一起变成细绳，轻轻一拉，草鳖子就出来了……"小巴合提古丽得意地笑着。

"哎呀，真厉害！谁教给你的？"老阿肯赞叹道。

"扎汗大叔。扎汗大叔常年放牧，经验丰富，他不但会拴草鳖子，还会防马蜂、解蛇毒，他可厉害了。"小巴合提古丽高兴地说。

老阿肯又问："他是怎么防马蜂的？"

"用烟熏。马蜂最怕烟火，他用趴地松煨烟，烟气浓味道大，马蜂不敢靠近……"小巴合提古丽答道。

老阿肯又问："蛇毒是如何解的？"

"用草药。他懂许多草药，经常在山上采集，春夏秋冬都有不一样的，不同的蛇毒用不同的草药，很灵的。他给村里好些人解过毒哩……"小巴合提古丽自豪地说。

老阿肯笑道："看来，老扎汗真是个能人啊！"

"那当然，他是兽医，还会给人看病，村里人身体不舒服了就找他……"小巴合提古丽认真地说。

老阿肯见小巴合提古丽说得这么详细，很是赞赏，心里说，这孩子果然有心又细心。他高兴地点点头："嗯，好！非常好！"

小巴合提古丽嘿嘿地笑了。

见鹿群已经远去，小巴合提古丽又问："爸爸，如果我们不离开，那大雄鹿真的会攻击我们吗？"

老阿肯说："会的，因为我们已经进入了它们的领地，它会为了保护鹿群向我们发起攻击。不过，要是我们不去招惹它，它发现没啥危险，就不会攻击。"

小巴合提古丽点点头，原来刚才爸爸镇定不动，就是让雄鹿知道我们不会威胁它，让它不要攻击。不过，大黑马和小白马很勇敢，知道保护主人。

傍晚时分，他们向着冒炊烟的地方一路过去。那里有几座牧人的毡房，他们走近一座毡房，早有守护犬警觉地叫起来。

从毡房里出来一位身着浅灰色袍子的老太太。她头发灰白，看上去七十来岁的样子，精神头很好，夕阳淡淡的光线照在她皱褶的脸上发出灿烂的亮光。

老阿肯走上前去，主动打招呼："哎，老人家好！"

那位满脸褶皱的老太太举起左手遮在前额，往前瞅了瞅，见面前这位老者是熟悉面孔，冲他点点头："嗯，你好！"

老阿肯做了自我介绍后，那位老太太非常惊喜，满脸笑容地说："哦，是老阿肯啊，我听过你的弹唱。欢迎！欢迎！拴好马，快进屋。"

老阿肯将马拴在门口的柱子上。

老太太招呼他们进了毡房，又叫儿媳妇去烧奶茶准备晚饭。

老太太微笑着说："老哥哥，去年你来草原弹唱的时候，我去听了，唱得非常好啊！"

老阿肯见老太太当着小巴合提古丽的面如此夸赞自己，有些不好意思了。此时，他的脸有些微微发热，两颊有些红晕，他内心十分高兴。不过，小巴合提古丽并没有注意到这些细节。

　　老阿肯笑了笑说："哎呀，岁数大了，也唱不动了。"

　　老太太摇了摇头说："没有，没有，你的弹唱确实非常好！"

　　老阿肯叹了口气说："唉，现在，喜欢听弹唱的人不多了！"

　　老太太急忙说："现在的年轻人啊，跟着了迷似的，喜欢听那些叮叮当当的电子音乐，我们这些上了年纪的老头儿老太太，还是喜欢听弹唱，真的好听……"

　　听了老太太一席话，老阿肯心里欣慰许多，他再次感谢一番，老太太点头致意。

　　老太太看着小巴合提古丽，迟疑地问道："这小姑娘，是谁呀？"

　　老阿肯笑了笑说："哦，她是我的女儿。"

　　"啊，你的女儿！"

　　老太太吃了一惊，她以为听错了，满脸疑惑地看了看老阿肯，又看了看小巴合提古丽，有些不敢相信自己的眼睛。从她的眼神可以看出，她很怀疑老阿肯的话，她不知道该信还是不信，微微摇了摇头没有再说话。

小巴合提古丽笑嘻嘻地冲她点点头，甜甜地问候道："奶奶好！我叫巴合提古丽。"

"你叫巴合提古丽，这名字好哎！"老太太笑着说。

"是的，奶奶，我叫巴合提古丽·麻木提。"小巴合提古丽笑了笑。

"哦，这姑娘，长得可真漂亮！"老太太赞叹道。

小巴合提古丽急忙说："谢谢奶奶！"

"孩子，你多大了？"老太太和蔼地问道。

"奶奶，我十二岁了。"小巴合提古丽笑着答道。

老太太疑疑惑惑地点点头，她心里更加犯嘀咕了，老阿肯看上去也有七八十岁了，女儿才这么大，她真有些不敢相信。

老阿肯知道老太太心里的疑问，却不好解释，更不能明说，只是冲她微笑着点点头。

老太太端详了小巴合提古丽一会儿，看着老阿肯，小声地说："她，真是你的女儿？"

老阿肯笑道："哦，是的，老太太。"

见老阿肯如此肯定，老太太反而不好意思起来，自嘲道："嗨，看我这眼神，真的是老眼昏花了。"

老太太说完，不好意思地笑了，老阿肯也笑了。

一会儿，老太太的儿子放牧归来，与老阿肯见了面，问了好。用过饭之后，老太太非常想听老阿肯的弹唱，老阿肯不便推辞，就让小巴合提古丽先唱一首。

小巴合提古丽轻轻笑了笑，冲老太太点点头说："奶奶，我唱一首《我的花儿》吧。"

老太太说："好啊。"

老阿肯已经拿起冬不拉，小巴合提古丽上前一步，冲大家鞠了一躬，跟着冬不拉的节奏唱起来：

你的名字多亲切
哎，心爱的姑娘
一见你，心花开放
美丽的姑娘，我的花儿
我要欢笑
…………

小巴合提古丽唱完，老太太赞叹不已，直夸她唱得好。

接着，老阿肯又弹起冬不拉，唱了一段歌颂草原的古老歌谣，即兴融入了一些对塔兰河谷的赞美，歌唱草原勤劳朴实的生活，顺便答谢了她们一家的盛情款待。诗句优美，曲调欢快，抑扬顿挫，令人享受，老太太开心极了，不住地拍着手，一家人对老阿肯的弹唱赞不绝口。

老太太说："老哥哥，你唱得太好了！"

老阿肯笑了笑说："谢谢，你过奖了。"

老太太微笑着看着小巴合提古丽，夸赞道："小巴合提古丽唱得也好，得到了你的真传了。"

"谢谢奶奶！"小巴合提古丽高兴地说。

老太太说："唉，我就喜欢听古老的歌谣，每次听了，总感觉回到了童年，见到了自己的母亲，哎呀，总有一种说不上的感觉。"

"是的，古歌是祖先留给我们的经典，蕴含着先民对草原深深的爱和对生活的感恩……"

老太太说："是的，但愿这样的弹唱永远流传下去。"

老阿肯点点头，内心却有一种莫大的压力，抑或是责任感，他感觉老太太的这句话就是说给自己的，也是他必须要这样做的，这是阿肯的责任，义不容辞。他觉得，现在，必须好好培养小巴合提古丽，让她尽快成长，这是他现在的任务，没有选择。

后来，老太太安排老阿肯父女住她家的另一座毡房。

这是老阿肯与小巴合提古丽父女第一次住在一起，他们各自多多少少有些拘束。不过，经过这一天的相处，小巴合提古丽似乎一下子长大了，她给老阿肯铺好被褥，安顿他先睡下，然后再安排自己，一切都很自然，老阿肯很是欣慰。

一路劳顿，他们确实累了，说了一会儿话之后就先后入睡，一夜无话。

第二天早上，老太太早早起床准备了丰盛的早餐。老太太的奶茶烧得非常好，乳饼非常好吃。他们用过早饭准备离开。老太太给小巴合提古丽用方巾包了一包奶疙瘩、包尔沙克和乳饼，又给小巴合提古丽抓了一把花糖，亲吻了她的脸颊，心疼地说："小可爱，拿上路上吃吧，想奶奶了，路过时就来我毡房……"

　　"谢谢奶奶！"小巴合提古丽向老太太回了礼，接过布包和花糖，开心地笑了。

　　老阿肯再次向老太太一家致谢。老太太说："别客气！远路上来的都是我们的亲人。"

　　他们告别老太太一家就出发了，穿越一片密林，一路来到另一条山谷。

　　山谷很宽阔也很深，谷底有条小河，布满大大小小的鹅卵石，一定是春天雪水融化暴发山洪冲刷下来的。河水不大，非常清澈，叮叮咚咚地流淌着，蜿蜒流到了山下。

　　小巴合提古丽下马来到河边，蹲下身子洗了一下手，又洗了一把脸，发现水里有小鱼游动，突然想起一段往事。

　　那年夏天，她和塔乌孜去泉水窝子抓小鱼。夏日的阳光很温暖，但泉水却非常凉，鱼儿经常藏在泉水窝子的石头下，他们在小河里找不到鱼，就用树枝在泉水窝子里搅和，小鱼儿就从石头下游出来了，塔乌孜趁机用手捧起，就能抓到两三条小鱼，非常好玩。没想到他们高高兴兴地回到家，却遭到妈妈的一顿训斥。妈妈非常生气地说："河里的鱼不能抓，它们也是生命。再说了，你们把水弄脏了，下游的人，怎么饮用？"妈妈说，哈萨克族人是热爱山林草原的，不能随意破坏。后来，他们再也不敢去河里抓小鱼了。

看着鱼儿自由自在游来游去的畅快劲儿，小巴合提古丽也乐了。

沿着山谷，出现了一条狭窄的山道，路边有牛马粪便，老阿肯说："这是一条通道，直通南山深处。"

他们在河边饮了马，休息了一会儿就出发了，沿着河谷通道往南而去……

下午时分，他们遇上了一支迎亲的队伍，看见一身盛装的新娘头上高高的花帽顶，小巴合提古丽突然想起了自己花帽上的鹰翎，她会心一笑。

哦，好久没见到塔乌孜了，她心里有些想他了。他现在还好吗？还有卡丽坦妈妈和麦赫苏提爸爸，他们都好吗？

小巴合提古丽呆呆地看着，目送迎亲队伍远去……

一次，他们穿过一条很深的山谷，看到远处有一片湖泊。老阿肯说："这是地震山体崩塌形成的。"小巴合提古丽听说过地震，却没想到地震有这么大的威力，她惊讶地咂了一下舌头："乖乖，这么厉害啊！"

看到这片碧绿的湖水，小巴合提古丽好生欢喜，真想到湖边去看看。可是，前面的山路太险，路还很远，只好作罢。

他们来到一片开阔地，感觉有些累了，下马坐在一棵老树下，一边歇息，一边补充些水和干馕，让马儿在旁边的青草地吃一会儿草。

大树枝头有几只小鸟叽叽喳喳地叫个不停，仿佛过节似的。

小巴合提古丽仔细听了一会儿，好像是花脖子山雀的叫声，她笑着说："爸爸，你看，这些小山雀在欢迎我们呢。"

老阿肯心里明白，树上可能有鸟窝，它们这么叫着是互相提醒，是在警惕我们。不过他不好驳了孩子的好心情，笑了笑说："是啊，是啊！它们在欢迎我们。"

看到小山雀，小巴合提古丽又想起了往事。

那一年，她和塔乌孜哥哥带着雅克到山上玩，雅克在树下发现了一只小山雀，是一只从树上的鸟窝里掉下来的幼鸟，身上的羽毛还没有长全，还露着小光肚皮，非常可爱。小山雀凄惨地叫着，一声长，一声短，好可怜。她央求塔乌孜哥哥爬上树去，把小山雀放回窝里。可是，那树实在太高，塔乌孜哥哥根本爬不上去，没法将小山雀送回鸟窝。

这时候，山雀爸爸妈妈回来了，见小山雀离了窝，心急如焚，叽啦叽啦地叫着，绕着他们飞来飞去。她怕山雀爸爸妈妈着急，就把小山雀放在地上。然而，小山雀太小了，不会走路，更不能飞，山雀爸爸妈妈更加着急，叽啦叽啦叫个不停。他们也慌了神，不知道咋办才好了。她跟塔乌孜说："哥哥，我们就把小山雀放在这里，它爸爸妈妈会喂它的。"塔乌孜摇摇头说："不行啊，放在这里，晚上会被狐狸吃掉的，山猫、黄鼠狼，太危险了。"

那该咋办呀？山上狐狸、山猫、黄鼠狼很多，黄鼠狼半夜叼走村里人家的鸡的事曾经发生过。那年夏天，一只黄鼠狼袭击他们家的鸡圈，幸好被雅克赶跑了。

他们一时也想不出啥好办法，就把小山雀带回了家，每天捉虫子喂它。每次她拿着虫子喂它时，小山雀就非常兴奋，拍打着小翅膀，太可爱了。小山雀一天天长大了，学会飞了。后来有一天，小山雀的爸爸妈妈找了过来，叽啦叽啦叫了一会儿，把它带走了。

那天下午，小山雀飞走的时候，她还伤心地哭了。是啊，喂养了这么多天，每日朝夕相处，她已经喜欢上它了，它却突然飞走了，就像失去了一个要好的小伙伴，她觉得非常失落，伤感极了，不由自主地流下了眼泪。

没想到后来一天中午，小山雀居然回来了，在屋顶上叫个不停，仿佛在跟她打招呼，她激动坏了，端出一盆水让它喝。再后来，小山雀每天都飞过来，有时还招呼一群小伙伴来喝水，她太开心了。

想到这儿，小巴合提古丽兴奋地笑了，她一边吃着馕一边想着，不小心把馕渣儿掉在地上，她不好意思地看看老阿肯，老阿肯没有作声。

小巴合提古丽想起爸爸讲过的《父亲的嘱托》的故事中，那个孩子在危难之际，就是靠一马褡子馕渣儿救的命。她毫不犹豫地捡起馕渣儿，却发现沾满了黑土，就扔在一边，往树上看了看，笑着说："看来是你们向我讨吃的了，送给你们吃吧！"

老阿肯说："它们有自己的食物，有自己的谋生之道。"

小巴合提古丽不好意思地说："小时候，我和塔乌孜哥哥就用馕渣儿喂过黑山雀，它们记性很好，经常会来我们家院子周围寻找食物……"

老阿肯想了想说："父亲的嘱托，本意并不是为了馕渣儿，而是要人们珍惜粮食。粮食是上天赐予我们赖以生存的食物，要懂得感恩，要懂得节约，不能随便浪费……"

小巴合提古丽惭愧地低下了头。从此以后，对于吃穿用度都很节约，从不浪费一粒粮食。

十七

那年盛夏，老阿肯父女俩来到胡杨林，小巴合提古丽被眼前的景象震撼了。那一望无际的胡杨林就像一片神秘的世界，只见那些胡杨树古老又顽强，有的如山鹰展翅飞翔，有的像骏马在草原上奔腾，有的树干侧卧像一座独木桥，有的绿叶苍翠像一个大锅罩，密密麻麻的树林延伸到更远处，一眼望不到边，非常壮观。小巴合提古丽惊叹不已。

记得小时候听麦赫苏提爸爸说过，这种树叫不死树，死了千年不腐，非常奇特。

小巴合提古丽好奇地问道："爸爸，这种树真的千年不腐吗？"

老阿肯笑了笑说："你看，它们在这里一直生长着，有腐烂的吗？"

小巴合提古丽看了一大圈，真的没有一棵腐烂的树，她更加惊奇了，感叹道："真的没有腐烂的。"

老阿肯说："万事万物都有它适应的环境。这种树，适应了沙漠气候，任凭风吹日晒也吹不裂、照不透，顽强地生长着，就算死了，也顽强地挺立着，就像我们哈萨克族人，适应了山野环境，根据季节变化，游牧转场，自由生活。"

小巴合提古丽点点头。

老阿肯看了看远处说："这片地域很奇怪，要是夜晚路过，能听到鬼哭狼嚎的怪叫声呢。"

"啥？怪声，那是什么东西的叫声呀？"小巴合提古丽惊奇地问。

"嗯，那是大自然的声音。"老阿肯微笑着说，一副很神秘的样子。

"大自然的声音？"

小巴合提古丽似懂非懂，她疑疑惑惑地看着老阿肯，心里在想："爸爸平常是不会开玩笑骗人的，今天是不是故意逗我呢？"那大自然的声音到底是什么声音呢？她非常好奇，真想留下来听一听。可是，一想到老阿肯说有鬼哭狼嚎的声音，又有些胆怯了，没敢跟老阿肯说。

父女俩驻足看了一会儿，继续前行。眼前突然出现一群黄羊，大约五六十只，正驻足看着父女俩，小巴合提古丽刚想说话，老阿肯轻轻摆了摆手，低声说："别惊动它们，黄羊机警，稍微惊吓，它们就会狂奔而逃。"

小巴合提古丽屏住呼吸，静静地看着，黄羊头领体格健壮，站在队伍最前列，抬头警觉地观察着，一对长角严阵以待。所有羊跟在头羊身后，紧张地望着，约有十来只小羊羔，跟在母羊身边。见这边没啥动静，头羊摆了摆头，放松了警惕，带着羊群慢慢离开，还不时回头看看，非常可爱。

老阿肯说："它们在荒原上生息不容易，无谓地让它们遭受一场惊吓就更不应该了，我们要尊重它们，不要轻易打扰它们……"

小巴合提古丽点点头，心里非常高兴，感觉自己做了一件大好事，对爸爸丰富的经验和爱心极为佩服。

经过鸣沙山时，小巴合提古丽惊叫起来："啊，真漂亮！"

以前她听麦赫苏提爸爸说过，这里是一处有名的风景，今天终于见到，而且来到了跟前，怎能不高兴呢！她拍着手赞叹着，欢呼着。

见小巴合提古丽这么开心，老阿肯也跟着女儿赞叹一番。他对小巴合提古丽说："巴合提古丽，你敢不敢爬到沙坡上去滑沙，听一听沙鸣之声？"

"敢！"

小巴合提古丽早已按捺不住了，下了马，把缰绳交给老阿肯，兴冲冲地爬上沙坡。

老阿肯见四周没有拴马的地方，只发现两棵低矮的梭梭，便把两匹马分别拴在梭梭上。

小巴合提古丽在沙坡上眺望远处，北边是一望无际的沙漠，望向南边，远处是绵延起伏的山峦。在沙坡上站了一会儿，她就感觉到冷风飕飕的。

　　"嗨，巴合提古丽，滑下来。"老阿肯在下面喊道。

　　小巴合提古丽答应一声，坐到沙坡上，两手轻轻一用力就开始下滑了。她感觉越滑越快，脸上不断有细沙扑打，这时候，她听到奇怪的轰鸣声，她高兴极了。

　　哦，这就是沙鸣！

　　小巴合提古丽滑下沙坡，又爬了上去，连续滑了两趟还意犹未尽。她第三次爬上了沙坡，这一次，她要快速滑下来，领略一下快速滑沙的感觉。为了加速，她在坡顶向后退了两步，不小心一脚踩空向后倒去，她的花帽掉了，顺着沙坡往下滚，她急忙去捡花帽，却从沙坡另一面滑了下去……

　　老阿肯吓了一跳，不顾一切冲上沙坡。他毕竟年纪大了，体力不支，但是女儿遇到了危险，他什么也顾不上了，咬着牙往上爬。等他费尽力气爬上沙坡，已经上气不接下气了，眼都花了，眼前空茫茫一片，什么也看不见，没有了女儿的踪影。

　　老阿肯急得大声呼喊："巴合提古丽，巴合提古丽，你在哪儿？"

　　沙海茫茫，没有一点回音。老阿肯不顾一切往沙坡下跑，一边跑一边喊，极力寻找，可是什么也看不见。

小巴合提古丽滑到哪里去了？

老阿肯心里一阵紧张，他急坏了，顾不上许多，顺着沙坡滑了下去，一边滑，一边寻找，大声喊着："巴合提，巴合提……"却没有任何回应，老阿肯非常着急，急切地寻找着。

到了沙坡下面，老阿肯在沙堆上看到了小巴合提古丽的一只脚，他快步跑过去，呼啦几下扒开沙子，将小巴合提古丽从沙堆里拉起来。因为惊吓，小巴合提古丽已经昏迷了，手里紧紧握着那顶小花帽。

老阿肯急忙掐了她的人中，小巴合提古丽慢慢睁开眼睛，竟然说："爸爸，真的太惊险了！"

老阿肯脸色煞白，上气不接下气，一边急促地呼吸，一边低声说："哦啊呀，你这孩子……"

小巴合提古丽看了看手里的小花帽，完好无损。她轻轻掸去上面的沙子，心疼地说："嗯，幸好没弄坏。"

而老阿肯已经说不出话来，是累的，是紧张的，也是担心的，他眼前一黑，晕了过去。

小巴合提古丽吓坏了，努力摇晃着老阿肯，想把他扶起来，却扶不动，她大声哭喊着："爸爸，爸爸，醒一醒！醒一醒！"

慌乱之中，小巴合提古丽突然想起爸爸刚才好像掐过自己的人中，她也试着掐了爸爸的人中，她用劲掐了几下，老阿肯咳嗽了一声，慢慢睁开眼睛。

"啊，爸爸，你醒了！"小巴合提古丽喜出望外，立马止住哭声，一把搂住老阿肯撒起娇来："爸爸，你别吓唬我！"父女俩紧紧拥抱在一起。

过了一会儿，老阿肯脸上的神色慢慢恢复了些，他抚摸着小巴合提古丽的头发，心疼地说："老天爷呀，你个小调皮，差点要了我的老命。"

小巴合提古丽嘿嘿地笑起来，她一边给老阿肯捶背，一边安慰他说："爸爸，吉人自有天相，你不会有事的，我也不会有事的。"

老阿肯幸福地笑了，他长长舒了一口气，坐起身来。毕竟年岁大了，因为劳累和紧张，他还没有完全缓过劲来，看着女儿安然无恙，他放下心来。

老阿肯拉着小巴合提古丽的手，轻轻摸了摸她的小花帽，笑呵呵地说："哎呀，我的小巴合提古丽，你不知道我刚才有多担心呀，我的心都提到嗓子眼了！感觉天都要塌了。说实话，这么多年，我还是第一次这么担心啊！"

小巴合提古丽热泪盈眶，噘着小嘴对老阿肯说："对不起，爸爸，都是我不好，让你老人家担心了……"

老阿肯和蔼地说："以后可不敢这样啊！太危险了。"

小巴合提古丽紧紧抱着老阿肯的脖子，亲昵了一会儿说："因为啊，我是草原上最好的阿肯的女儿，老天爷也在护佑着我呢！"

"呵呵，你这孩子！"父女俩开心地笑起来。

这时，小巴合提古丽才发觉灌了一身的沙子，她脱去短靴，倒去沙子，又帮助爸爸倒去鞋里的沙子。小巴合提古丽一边倒沙子，一边好奇地说："爸爸，你说这沙坡为啥会沙沙作响？"

老阿肯捋了捋胡子，故作神秘地笑着说："哎！那是漠风弹拨沙梁的琴音。"

"漠风弹拨沙梁的琴音！"小巴合提古丽咯咯咯笑起来，"爸爸，你说得太好了！真有意思，真有意思。"

"是啊，大自然就是一个万能的乐师！"

老阿肯说着，拿起冬不拉弹奏起来，一边弹奏，一边放开嗓子，唱了一曲荒原古歌。

辽阔无际的荒原啊，
生长着梭梭和荒草。
那漠风和雨露啊，
滋润着遍野的荒草。
那成片的荒草啊，
喂养着精灵的黄羊。
古老的太阳啊，

把它们的无私照亮。

辽阔无际的荒原啊，
养育着无数的生灵。
古老的太阳啊，
温暖着每一个地方。
那奔跑的黄羊啊，
留恋山边的落日。
那干枯的胡杨啊，
紧紧拥抱着大地。

老阿肯唱完，收起冬不拉，眺望着远方。

寂静的荒原上，只听到风掠过荒草发出的呼啸声，仿佛在讲述一个古老的传说……

大漠深处忽然起风了，只见远处遮天蔽日，沙尘滚滚。

父女俩赶紧从沙梁上绕了一圈回到刚才放行李的地方，这时他们才发现情况不妙，他们的衣物已经全部被风刮走了，消失得无影无踪。只剩下一把冬不拉，幸好水壶和干馕挂在马鞍上还在。真是不幸之中的万幸啊！

他们把两匹马拉在一起，在山坡下就地避风。幸好大风到了这边力量就减缓了。

风沙过后，小巴合提古丽突然想起她的银镜子，那是送行那天晚上许爷爷送给她的，好漂亮的一面小镜子，之前一直带在身上，刚才去爬沙坡时放进了包袱里，现在也被刮走了，太可惜了。

　　他们往回走了几步，老阿肯发现不远处有一块明晃晃的东西，走过去捡起来一看，是银镜子，小巴合提古丽高兴得跳起来。老阿肯看到那上面的花纹，心里不由得打了个疑问，他没有多想，就把镜子递给了小巴合提古丽说："这下可要装好。"

　　小巴合提古丽接过银镜子，想起麦赫苏提爸爸讲过关于许爷爷的英雄故事。

　　那一年，马圈湾遭遇了一场巨大的雪灾。老人们说，那可是几十年未遇的大灾难，铺天盖地的暴雪就像一顶硕大的帐篷，一夜之间把整个村子都盖住了，很多人家早晨都推不开门，真是太可怕了！更可怕的是，一米多深的积雪把通往冬窝子的路封得死死的，队里的牛和马可都在那里啊！这可把村里的人急坏了。

　　老扎汗和叶尔江老汉在冬窝子喂马喂牛，许爷爷派了两批人前去送粮都被大雪拦住了。人马上不去，山上的情况一点儿也不知道。这可怎么办呀？

　　村里人知道，要是粮食送不上去，老扎汗他们就断了粮。这冰天雪地的断粮可咋好，吃不饱就扛不住冷，饿着肚子会被冻死。更危险的是，暴雪会把后山的狼群赶下来觅食。这些年，每当遭遇大雪，就会发生狼群袭击牧群的事儿，情势危急。要强行上山，危险性很大，冬窝子那边山高谷深，无路可走，随时可能遭遇雪崩造成新的灾难。

　　许爷爷亲自带着救援队去送粮，萨汗别克第一个报名，还有几个年轻小伙子也报了名，他们带上粮食骑上马就出发了。穿越山谷时，那里的雪实在太厚了，别说是人了，有些地方就连健壮的马匹都寸步难行。许爷爷毫不畏惧，一直在前面开道。他说他们当年在朝鲜战场上遭遇的困难远比这个大，都没有阻挡战士们的脚步。那一次他们连担任突袭任务，为避免被敌人的侦察机发现，他们昼伏夜行，爬冰卧雪几十里，翻越了几座雪山，面对的危险难以想象。最终，他们克服艰险，出其不意消灭了敌人，为大部队进攻扫清了障碍……

　　想起这些他就热血沸腾，浑身充满了力量，他一步一步往前移动，有时实在没法走了，就用双手挖雪。萨汗别克一直跟在他身后，跟他一起挖，他们是用自己的身体开道的，一步一步穿越峡谷。不想突然遭遇雪崩，幸亏萨汗别克及时发现，招呼大家提前躲过了，否则，后果不堪设想。

　　原本半天的路，他们艰难跋涉了一天，傍晚时分才到冬窝子山下，又遇上大雪，远处不时传来狼嚎，让人不寒而栗。寒风夹着大雪，吹打得人睁不开眼睛，马匹身上也结了一层冰。寒冷，风雪，还有狼群，死亡的威胁一步步逼近，有人开始犹豫了，萨汗别克很坚定。许爷爷跟大家说："是啊，生命对每个人都很重要，谁都有家人。可是，要是我们现在返回了，扎汗和叶尔江他们怎么办？队里的马和牛怎么办？我们再坚持一下，上了山就好了。"

许爷爷的话让大家很受鼓舞，救援队历尽艰辛，在半夜时赶到冬窝子，及时送来了粮食和子弹。

老人们说，那一次，老扎汗他们确实被狼群围攻了，还好老扎汗多年放牧，对付狼有经验。狼群来袭时，他们点燃火把，对着山谷放上一枪。狼很狡猾，也很警觉，它们怕火，怕枪响的声音，怕火药味儿。打向山谷的枪声，会产生阵阵回响，对狼群产生巨大的震慑，让它们不敢贸然进犯。就这样，狼群围来时，他们对着山谷打一枪，震慑狼群，白天黑夜不敢睡觉，牛棚、马圈、草料场到处都点上火把，他们弹着冬不拉大声地唱着，高高兴兴地唱着，痛痛快快地唱着，伴随着欢快的舞蹈，表现出毫不畏惧的气势。狼群在牲口圈周围转了几天，没敢踏进一步，一头牲口也没伤着，大家都安安全全的。

老人们说，也正是那次救援，许爷爷对萨汗别克非常看重，后来就推荐他当了队长……

小巴合提古丽装好小镜子，一切收拾停当，他们决定往县城方向进发，去置办一些衣物。

到了县城，小巴合提古丽吃惊不小，长这么大，她第一次看见楼房，她觉得太神奇了，怎么会有这么高大这么漂亮的房子。马路上来往的人流、大大小小的汽车、穿来穿去的摩托车也让她好奇不已。真是另一个世界啊！

老阿肯在市场上买了块好看的绸缎和其他布料，给小巴合提古丽做了套漂亮的白裙子，做了件御寒的天蓝色外套。他却没舍得给自己添一件衣服，购买了一些馕饼之后，他们又出发了。

走出县城，小巴合提古丽回头看了看漂亮的楼房，想问一句什么又没说出来，转过身跟随老阿肯走了。

途经三个泉子古村落遗址，站在烽火台遗址旁，老阿肯向小巴合提古丽讲述了几十年前这里发生的战争。这些不知年月的村庄遗留的残垣断壁，满目荒芜，一派凄凉景象，令人触目惊心。

小巴合提古丽心里非常震惊，虽然没有经历过战争，也想象不出那场战争的场景，她却能感受到那种惨烈和血腥。

父女俩在山下休息了一会儿。

小巴合提古丽想起了自己的小花帽。自从那次鸣沙山遭遇惊险之后，她就把花帽折好放进包袱里，生怕弄丢了或者弄坏了。她轻轻打开包袱，拿出小花帽，看到花帽上的鹰翎，想起了塔乌孜。

　　那年春天，塔乌孜去山野放羊，一只大山鹰从山顶上飞过，发现了一只躲在树上睡觉的猫头鹰。山鹰有一对金黄色的眼睛，能在几百米高空发现地上活动的老鼠，发现树上的猫头鹰可以说轻而易举。猫头鹰喜欢夜间捕猎，大白天就躲在树林里睡大觉。大山鹰盘旋了几圈，找准时机，突然侧旋俯冲窜入树林，径直向猫头鹰飞去。猫头鹰也不是吃素的，山鹰的振翅声早已惊醒了它，见大山鹰来袭，便仓皇逃命。山鹰早有准备，它知道猫头鹰不像其他呆鸟一击就中，不用费多大力气。猫头鹰很机灵，它不可能等死，它会拼死逃窜。大山鹰毕竟是大山鹰，既然瞄准目标，就不达目的决不放弃，它盯着猫头鹰穷追不舍，猫头鹰东躲西藏，钻进灌木丛里。几次拼打，猫头鹰越钻越深，大山鹰体格较大，钻不进去，就在外面守着，准备随时出击。
　　大山鹰和猫头鹰打斗时，雅克就发现了。它一直静静地观察着，或许它在等待塔乌孜的口令，或许在等待时机。它观察了一会儿，突然冲向灌木丛，大山鹰发觉形势不对，怪叫一声，腾空而起。
　　塔乌孜大声招呼雅克回来，雅克兴奋地叫起来，塔乌孜知道雅克发现了什么，他走了过去，用马鞭杆拨开灌木丛，猫头鹰急于逃命，夹在树丛里动弹不得了。塔乌孜将吓得魂飞魄散的猫头鹰抓了出来。起初，猫头鹰很害怕，不停地转动脑袋看着塔乌孜，奋力挣扎，想从塔乌孜手里挣脱。塔乌孜没有理会，只是轻轻地吹起口哨安慰它，猫头鹰好像也知道了塔乌孜不是那山鹰，不会伤害它，慢慢安静下来。塔乌孜仔细查看了一下，猫头鹰身上没有血迹，翅膀也没受伤。这是只漂亮的猫头鹰，身子肉墩墩的，怪不得山鹰瞄上了它。塔乌孜自言自语："瞧，那丝绸一样华丽的脖子，还有漂亮的尾翼，浑身细密的羽毛闪烁着光亮，多美啊！"

塔乌孜轻轻松开手，猫头鹰扑棱一下蹿入空中。塔乌孜目送猫头鹰飞入密林，内心释然，他为猫头鹰庆幸，祝福它平安回巢，不要再遭厄运。

塔乌孜低头时，发现几根漂亮的羽翎。毫无疑问，是那只猫头鹰的，是它与大山鹰搏斗时被山鹰的利爪扯下的羽翎。塔乌孜一阵心疼，心想，幸亏雅克冲了过去，要不然，可怜的猫头鹰可能就成了大山鹰的一顿美餐了。想到这儿，他心里又美滋滋的，毕竟做了一件好事，从强悍的大山鹰嘴里救下弱小的猫头鹰，就像从苍狼嘴里救下小羊羔，能不算好事吗？

塔乌孜心里一阵得意，一边吹着口哨，一边将散落在树丛里的羽翎一一捡起，用手帕包好，装进上衣口袋里。

晚上回到家，塔乌孜非常得意，把羽翎送给了她，还让她将来出嫁时做花帽用。她当时很生气，狠狠推了塔乌孜一把，没好气地说，你才出嫁呢。

后来，塔乌孜还向她描述了大山鹰追扑猫头鹰的惊险一幕，她仔细地听着，就像亲眼看见了那场景一样，还为猫头鹰好一阵担心……

小巴合提古丽抚摸着花帽，一边回忆着，想着想着，她会心一笑……

老阿肯没有作声，他心里知道孩子想家了。

那年秋天，父女俩来到大石头草滩，老阿肯望着那片宽阔的河沟，回想起多年前的往事，心里很不是滋味儿。这些年来，他每次经过这里，就会想起小巴合提古丽，心里就很难受。现在，看着小巴合提古丽快乐的样子，他感觉好受多了。小巴合提古丽并没有注意到这些。

穿过大石头草滩，远远看见草原上伫立的石头人，小巴合提古丽一下子激动起来。她早就听爸爸说过这些传奇的鹿石[1]，今天亲眼看见了，真是太高兴了，她激动得欢呼雀跃起来。

老阿肯静静地默立在马背上，低声祈祷一番。

1　一种雕刻有鹿的图案的碑状石刻，也称作"草原石人"。

后来，小巴合提古丽发现，他们每次经过这里，爸爸都要对这些草原石人行注目礼，心生好奇，问道："爸爸，你这是为啥呀？"

　　老阿肯静静地看着远方，若有所思地说："它们是这片远古草原上的守护神！"

　　"哦！"小巴合提古丽仿佛明白了些什么，她点点头，心里在想，它们是什么时代的人雕刻的？他们跟我们一样过着游牧生活吗？他们为什么要雕刻这些奇异的鹿石呢？一切都是未知数，她实在不明白，陷入迷茫。

　　老阿肯看着小巴合提古丽迷茫的样子，非常认真地说："孩子，千百年来，我们哈萨克族人逐水草而居，我们的生活离不开草原，我们对自然万物心怀敬畏。对于这些古老的守护神，我们也要心存敬畏，敬畏他们也是敬畏大地生灵……"

　　老阿肯的这番话让小巴合提古丽的内心非常震撼，她努力点点头，向远处的石人默默行礼。

十八

小巴合提古丽真是个聪明的姑娘，在唱歌方面确有天赋，她小小年纪就学会了许多歌儿，还练就了一身好骑术。当然了，她是在麦赫苏提家学会的，和塔乌孜一起学习一起练习的。据说她的骑术比塔乌孜要好，这也有特殊原因，毕竟塔乌孜的腿脚不利索。在马圈湾的时候，她就学会了《玛依拉》《可爱的一朵玫瑰花》等许多歌曲，也特别喜欢唱，甚至有些偏爱。

小巴合提古丽对日常歌曲的喜好，尤其是所谓的流行歌曲的偏爱，也让老阿肯有些担忧，现在他要教她真正的阿肯弹唱。

老阿肯说："孩子，我们哈萨克族是马背上的民族，喜欢骏马，也喜欢唱歌，骏马和歌儿是哈萨克族人的翅膀。"

"是的，爸爸，这些我都知道，我们的歌儿有五种类型，非常丰富，新生儿出生要唱《诞生歌》，婚礼要唱《劝嫁歌》，葬礼要唱《送葬歌》……"

小巴合提古丽一口气说了一大串，现在，她确实比许多孩子知道的要多得多。

老阿肯点点头说："不错。然而，作为一个阿肯，这些还远远不够，还要学习更多的好歌。"

小巴合提古丽有些不明白了，问道："爸爸，阿肯为什么不可以唱这些歌曲？只要人们喜欢就可以了。"

老阿肯认真地说："孩子，我不是说阿肯不可以唱这些歌儿。一个受人尊敬的阿肯，一定要唱更好的歌曲。"

"哪些歌曲是更好的歌曲？"巴合提古丽好奇地问道。

老阿肯缓缓地说："千百年来流传下来的古歌是我们的经典，从古歌演化出来的名曲就是好歌。"

"爸爸，怎么才能学会这些？"小巴合提古丽眨巴着明泉似的大眼睛问道。

老阿肯看了看小巴合提古丽，"嗯"了一声，点点头说："孩子，作为一个合格的阿肯，不但要会唱这些歌儿，还要熟悉古老的史诗，那是我们的根脉。老话说，对唱艺术起源于灶台，意思是说，弹唱来源于生活。我们要学习经典古歌的韵律，还要学会观察生活，了解人们的情感，那是我们创作的源泉。我们要从古老的史诗中学到弹唱艺术的真谛，要从朴素的生活中发现弹唱的新意，要从人们的日常生活感受到朴实，要从婚丧嫁娶中感受到亲情，要从节日庆典中感受到快乐，要对喜怒哀乐感同身受，学会即兴创作优美的唱词……"

小巴合提古丽静静地听着，思索着，这些年跟随爸爸游走，她增长了不少见识，对阿肯弹唱有了全新的认识，内心不禁慨叹起来：原来，阿肯弹唱还有这么大学问！

老阿肯接着说："千百年来，我们哈萨克族人一直传承祖先的智慧，那是我们生存的根本。先祖的智慧就在史诗里。阿肯阿依特斯是我们史诗的一部分，铁尔麦是阿肯阿依特斯的一种形式，也是史诗的一部分……"

"铁尔麦？"

小巴合提古丽第一次听爸爸说起，还真不清楚怎么回事，一脸疑惑地看着爸爸。

说到铁尔麦，老阿肯就有些激动，最近这些年来，他还是第一次跟人谈起。它真的太重要了。

许多年以前，他跟几个老艺人多方寻找，想把它发掘出来，一直没有结果。现在流传的，仅仅是一些片段，没有一套完整的曲章。因为此事，老艺人们在一起也是长吁短叹。时间太久远了，他们都老了，没有办法啊！

其实，老阿肯心里清楚，这些东西太沉重了，现在对孩子说，她未必能够完全领会。可是，他觉得必须说给她听。

老阿肯叹了口气说："唉，说起铁尔麦我就心痛。铁尔麦虽然仅仅是阿肯阿依特斯的一种形式，但它包含了我们哈萨克民族的风俗、生活、礼仪和历史文化，是一部充满智慧的史诗。孩子，现在你已经长大了，应该明白了。"

小巴合提古丽认真地听着，从老阿肯深情的讲述中，感受到爸爸对铁尔麦的热爱、他心中的激动，从爸爸深沉的目光中，她似乎读懂了什么，感觉到了一种庄严而神圣的使命感，这种感觉让她震惊，让她紧张，让她无比激动。此时，她感觉心跳得厉害，感到压抑的同时也感到一种振奋，她眼前豁然明亮起来，浑身热血沸腾，内心充满了信心和力量。

是啊，爸爸的绝活是铁尔麦，爸爸弹唱的铁尔麦，诙谐幽默，充满智慧，深受牧民们的喜爱。这些年爸爸走到哪里，都受到人们的欢迎。

爸爸真的了不起！

小巴合提古丽对老阿肯产生了由衷的敬意，她记住了老阿肯的每一句话，自此以后，她的弹唱进步很快。

小巴合提古丽学会的歌儿越来越多，古老的史诗也能默诵一段，还能熟练地弹着冬不拉唱《黑走马》。老阿肯看在眼里，喜在心头，他心里也有另一个打算，却不知道该怎么说，他很是犹豫。

那年秋天，他们来到江布拉克草原，小巴合提古丽立刻被这里的风景吸引了。这里的山地草原跟马圈湾草原非常相似，但是比马圈湾更加开阔，山坡上牛羊成群，山谷溪流淙淙，山下的村庄密集，炊烟袅袅，宛如仙境一般。

小巴合提古丽感慨不已，以前她以为马圈湾是最美的草原，来到这里，感觉江布拉克另有一番景色。

小巴合提古丽看着远处转场的牧群，问老阿肯："爸爸，我们哈萨克族人的牧群为什么要转场？"

老阿肯说："千百年来，我们哈萨克族人一直过着逐水草而居的游牧生活。在漫长的历史长河里，先民根据白天和黑夜的循环、月亮的圆缺及四季的交替，创造了自己的历法，牧民们依照代代相传的草原历法，合理安排牧场迁徙的准确时间，选择种地、割草的最佳时机，确定宰杀牛羊熏肉的适宜时间。每年开春了，大地回暖，青草吐芽，牧民就赶着牧群从冬窝子迁到戈壁放牧。"

小巴合提古丽好奇地问："为什么要到戈壁上去放牧？"

老阿肯笑呵呵地说："春天，万物复苏，农民要耕种，牧民要接羔。春天是牧群生产的季节，也是我们牧民收获的季节，戈壁上春天来得早，产羔的母羊正好吃上鲜嫩的青草，奶水充足，就可以哺乳小羊羔了。"

"太好了！太好了！"小巴合提古丽拍着小手说。

老阿肯轻轻抚摸着她的头说："要是遭遇倒春寒，牧群就会蒙受巨大损失。"

"哦，那可怎么办呀？"

见小巴合提古丽一脸愁容，老阿肯说："孩子，老天爷是善良的，对万物是公平的，只要我们顺应自然，善待自然万物，大地会给我们赐福的。"

小巴合提古丽懵懵懂懂地点点头。

后来，小巴合提古丽又问："为什么夏天又要把牧群赶上山来？"

老阿肯说："到了五六月份，戈壁上进入暑天，气候炎热，草木枯黄，这时候就要把牧群赶进山。因为高山上正是牧草肥美气候凉爽的好时节，当然也是剪羊毛的好季节。"

小巴合提古丽突然想起了什么，问道："为啥选择盛夏季节打草？"

老阿肯笑了笑说："嗯，你问得好。夏日雨水充足，草木疯了一般生长。到了八月份，青草苗壮且营养丰富，割下来晾干，搭成草垛，冬日大雪天，牛羊吃不到青草，就喂这些备好的干草，一样长膘。"

"那么，秋天为什么要转场呢？"小巴合提古丽又问。

"到了秋天，山上渐渐变冷，而山下丘陵地带气温还好，把牧群转到秋季牧场，落雪以前再回到冬窝子。一年四季，春夏秋冬，周而复始，游牧生活。"

小巴合提古丽听了，既好奇又兴奋，还不停地问老阿肯，比如怎么选择夏牧场，怎么选择冬窝子，等等。老阿肯非常高兴，一一做了解答。

这时，他们看见山下有许多人，好像在搞聚会活动，他们就策马过去。

老远就听到欢快的冬不拉琴声，父女俩感到非常亲切。那里聚会的人非常多，场地中央有一男一女两个老年人在跳舞。

后来，中年妇女们一甩手势跳起了"拉面舞"，年轻姑娘们也跟着跳起来，其他人也不甘落后，一扭一扭跟着跳起了舞。

一会儿传来叮咚叮咚的乐器声，这是草原上人人熟知的"卡拉角勒哈"舞蹈的节奏。

"卡拉角勒哈"舞，民间也叫"黑走马"舞。这舞也被称作"英雄之舞"，哈萨克族无论男女老少人人喜爱，小伙子们尤其偏爱它。

这时候，一群穿戴整齐的哈萨克族汉子早已按捺不住，呼啦啦上场，拉开阵势，伴随着冬不拉欢快流畅的节奏跳起来。他们是"黑走马"表演队，十二个彪形大汉，一个个脸膛褐红身材魁梧，头戴白底黑边的毡帽，穿着带刺绣花边的白衬衫，外穿彩色花纹图案的黑色坎肩，下身是整齐划一的青色长裤，脚穿黑色长靴。他们模仿黑走马走、跑、跳、跃，及驻足、瞭望、嘶鸣的动作姿态，抖动身子，挥动手臂，全身配合，在一张一弛节奏铿锵有力的律动中，把黑走马的动作模仿得活灵活现、惟妙惟肖。那庞大的阵容，那磅礴的气势，那精湛的舞技，那铿锵的节奏，那壮阔的旋律，与其说是他们生动逼真地演绎了黑走马的粗犷、剽悍、雄健、豪放，倒不如说是这些草原汉子将他们自身粗犷、剽悍、豪放的性格进行了一场淋漓尽致的展示，抑或是真诚的表达，他们是草原雄鹰，是天之骄子。

"黑走马"表演队热情奔放、激情四射的表演博得了观众热烈的掌声，人们兴奋不已，被这一股雄风感染，一个个赞叹不已。

小巴合提古丽突然想起萨汗别克队长跳的"哈熊舞"。记得那时，老阿肯也参加了那次聚会，就在大家跳得正起劲的时候，老牧人扎汗爷爷突然对着萨汗别克喊起来："哎，萨汗别克，现在该您露一手了。"

扎汗爷爷右手抚胸，做了一个憨憨的动作，人们惊醒过来，高喊起来："阿尤毕[1]——阿尤毕——"

只见萨汗别克队长反穿皮袄，大步流星上场了。随着冬不拉缓慢的节奏，他慢吞吞地收起手臂，慵懒地伸了伸腰，懒洋洋地偏过头，漫不经心地看了一眼左边的观众，又慢悠悠地转过头来，看了看右边的观众。他戴了两只黑皮圈当作眼睛，用芨芨棍子撑起上下嘴唇当作獠牙，看上

---

1 哈萨克语，即"哈熊舞"。

去狰狞恐怖。他晃晃悠悠走了几步，做了两个滑稽动作，憨态可掬，逗得观众捧腹大笑。他一转身，忽而一个腾挪，接着一个跳跃，然后就地一个翻滚，坐在地上挠痒痒。他呼一下立起，扭动腰肢，摩拳擦掌，发出一声吼叫，那低沉苍凉的吼声穿越山谷，发出一阵回响。他得意地拍打着结实的胸脯，发出"通通"的声音，接着张开大嘴，挥舞双手，一阵撕咬搏击，不断发出怪叫，令人心惊，观众们清醒过来，爆发出一阵热烈的掌声和欢呼声……

记得麦赫苏提爸爸说过，萨汗别克队长表演的是"哈熊舞"。这种舞在哈萨克族民间流传了许多年，最初是猎人与哈熊搏斗时学会的，也有人说是猎人的技艺，猎人学会了哈熊舞，见到哈熊就跳起来，哈熊一看就乐了，跟着一起跳，猎人趁哈熊不备，出其不意就将它击倒，据说这种法子屡试不爽，猎人们屡屡得手，就一代代流传下来。萨汗别克队长是跟他父亲学会的，他父亲做过猎人，具体用这种法子抓过哈熊没有，萨汗别克没有说过。他父亲说过，这哈熊啊，看上去笨绰绰的，其实很聪明，它知道什么时候进食什么时候睡觉，它吃饱了喝足了就睡在树洞里过冬天，不用担心冰天雪地的事情，开春了它就醒了，非常智慧。

是啊，村里老人们都说，这哈熊很精明，大冬天睡觉，春天醒来吃东西，啥也不耽误，说起来还真让人羡慕。

萨汗别克队长表演的哈熊舞，正是模仿哈熊的生活习性和动作，从出洞、观察、晒太阳、梳鬃毛、挠痒痒、行走、觅食、击掌示威、警告入侵者、吼叫、打斗，最后回到洞穴。他把熊摆臂、扭腰、走动的一系列动作模仿得活灵活现，这凶猛可怕的野兽突然一下就变成可爱的朋友一般，令人不可思议。

　　舞蹈之后，又进行了刁羊比赛，只见一个骑红马的小伙子一溜烟冲过去抓起地上的白山羊就跑，一群骑手紧随其后去抢，他拐了个弯就向山下跑去，有个骑黑马的小伙子发现了他的意图，斜插过去堵住了他的去路，后面的人紧跟着追了过来，一阵争夺……

　　小巴合提古丽看得高兴，想起那次马圈湾刁羊比赛，塔乌孜想去参加，说要给她抢一只小羊羔回来。卡丽坦妈妈坚决不同意，怕他腿脚不好受伤，塔乌孜一直耿耿于怀……

　　这时候，旁边有人说，去年牧场刁羊比赛中发生过相似的一幕，你看海拉提得手了。

　　只见那个叫海拉提的小伙子，把白山羊压在马鞍上一路猛跑，一边跑一边得意扬扬地喊着："嗨——山羊是我的啦——"

　　另一个小伙子喊道："看，斯迪克去抢了！"

只听得那个叫斯迪克的小伙子回了一句："嗨——别得意太早——山羊最终归谁还不一定呢——"

　　斯迪克策马快速追过去，一把扯住白山羊的一条大腿，两个人在马背上扯过来扯过去，人们不断地鼓掌，有人吹着口哨，呐喊助威。斯迪克的黑马性子烈，居然咬了海拉提的红马一口，人们并没有注意到这个细节，海拉提自然看到了，他向斯迪克的黑马挥起了鞭子，恰好又是个转弯的机会，斯迪克趁机抓住白山羊腿抢了过来。海拉提哪里肯依，紧跟着又抢了过去，两个人撕来扯去又是一阵争夺。

　　后来，海拉提瞅准时机，快马加鞭冲过去把白山羊抢到手，他一路跑到一座毡房前，把白山羊恭恭敬敬"献给"一位老者。

　　这是哈萨克族人的一种风俗，每次刁羊活动获胜者要将羊送给当地德高望重的长者，表达美好的祝福，这一家要宰羊煮肉招待大家，以示庆贺。

　　有人吹起口哨，有人私下里说："嗨，海拉提这小子，真没良心，为啥不把羊献给自己的爷爷。"

　　另一个人说："嘿，这你就不知道了，别看海拉提不吭不哈的，这小子心眼贼着呢，他是要找岳父大人了。"

　　又有人说："哦，没想到这小子这么有心眼！"

　　另一个人说："嘿，海拉提这小子跟他爹学了一手，你看那海山别克老头都觉得非常意外，一时不知说什么好了。”

人群里又有人喊道："哦嗬，海拉提这小子，做事儿可不糊涂，他可真会抓机会。他赢了，或许他赢的不仅仅是一只羊，而是一个美人儿！"

另一个人说："海拉提这小子'献给'海山别克老爷子的白山羊，就是个'阴谋'，这小子耍了个心眼儿。"

不过，这个心眼儿耍得好啊，有礼有节，恰逢其时，恰到好处，而且非常体面。可以说，一举数得，美极了。

人群里顿时爆发出一阵阵掌声。

一会儿，音乐响起，一位阿肯开始弹唱，他唱得非常好，底蕴深厚，听声音应该是个老者，老阿肯不住地点头称赞。

后来，两个年轻阿肯开始对唱，前面唱着还比较好，后面，两个人就开始随心所欲编词儿唱了，你一段、我一段地比赛，再后面就是你一句我一句地较劲，还不时地互相揭短、互相贬低，惹得众人哈哈大笑。

老阿肯走上前去，夸赞了老者的弹唱。老者邀请老阿肯也唱一段，老阿肯推辞了一下，说："让我女儿唱一首吧。"

老阿肯看着小巴合提古丽，微笑着鼓励她说："孩子，大胆地唱一首吧！"

小巴合提古丽点点头，她定了定神，唱了一首哈萨克族传统民歌《玛依拉》。

　　人们都叫我玛依拉，诗人玛依拉，
　　牙齿白，声音好，歌手玛依拉，
　　高兴时唱上一首歌，
　　弹起冬不拉，冬不拉，
　　来往人们挤在我的屋檐底下。
　　玛依拉，玛依拉，啦啦啦啦
　　…………

　　小巴合提古丽唱了第一段，便立刻吸引了在场所有人，尤其是那些年轻姑娘们，一个个都向小巴合提古丽投来羡慕的目光。小巴合提古丽开始唱第二段，人们不由自主跟着她哼唱起来。

　　我是瓦利姑娘名叫玛依拉，
　　白手巾四边上绣满了玫瑰花，
　　年轻的哈萨克人人羡慕我，羡慕我，
　　谁的歌声来和我比一下呀
　　…………

小巴合提古丽的歌声赢得了人们热烈的掌声，也让刚才弹唱的两位年轻人刮目相看。那位老者不住地点头，称赞小巴合提古丽的歌儿唱得好，歌声清脆，节奏明快，感染力强。

　　小巴合提古丽非常开心。自此以后，每次遇到草原聚会，老阿肯都会让她唱歌，她越唱越好，在草原上慢慢有了些名气。这是后话。

　　而老阿肯与那位老者的交谈却是苦涩的。老者是当地一位阿肯，这两个年轻人曾经跟他学过一阵，对弹唱也是一知半解。

　　老阿肯对老者的弹唱非常认可。得知小巴合提古丽正在跟老阿肯学习弹唱，那位老者说："现在的年轻人啊，总喜欢加上这些现代味儿，这些东西有时会影响弹唱的韵味，阿肯弹唱一定要保持本味……"

　　老阿肯深以为然，向他点头认可。一说起弹唱，那位老者就摇头叹息，他非常无奈地说："老哥哥，可惜后继无人啊！"

　　见老阿肯有些迟疑，老者伤感地说："唉，我的儿子跟我学了一年多时间就不学了，说是没兴趣再学下去，就去养马了，做起了旅游生意。村里有个年轻人跟我学了两年，悟性挺好，我也很喜欢。可是后来，他悄悄去城里的乐队唱歌了，说是那边机会多，不能守在山窝窝里给自己弹唱，没啥出息……"

"唉！"那位老者长叹一口气说，"难道，我的弹唱就这么丢了？"

他内心悲戚，像是在流血，令人心酸落泪。

老阿肯的内心也非常痛苦，长叹了口气，他心里何尝不是这种滋味啊！

老阿肯不由自主地说："啊，我的铁尔麦也没有了……"

"什么？铁尔麦？你会完整的铁尔麦？"

老者惊讶极了，瞪大眼睛问老阿肯。

老阿肯非常无奈地摇了摇头，脑子里一片空白，他没有再说话，表情非常痛苦。

"唉！"那位老者无力地叹了口气，默默低下了头……

小巴合提古丽的内心受到极大的震动，似乎感觉到自己身上的某种责任和使命，她浑身不由自主地哆嗦了一下，感觉到一阵紧张和害怕。

此时，她看见爸爸和那位老者正和蔼地看着她，内心充满了温暖，充满了力量，更加坚定了自己的信心……

十九

春去秋来，寒来暑往，时间一年一年过去了。

这年夏天，老阿肯带着小巴合提古丽返回马圈湾。父女俩一路走着，在附近的牧场参加阿肯弹唱，最后到达马圈湾，到麦赫苏提家看望他们一家人。

麦赫苏提一家早就盼着这一天了。

那天下午，老阿肯和巴合提古丽来到麦赫苏提家，雅克早已看见，远远地迎了上去，围着巴合提古丽转着圈，亲吻她的手背，无比亲热。

见到卡丽坦，巴合提古丽快步跑了过去。卡丽坦正在院子里擀毡，见巴合提古丽回来了，撂下手里的活儿急忙起身。巴合提古丽泪流满面，紧紧抱着卡丽坦说："妈妈，我真想你。"

卡丽坦激动不已，顿时哭了起来："哦呀，我的女儿，你终于回来了！"

卡丽坦拉着巴合提古丽的手端详了半天，一边看一边流着泪，不时地夸赞道："哎呀，我的小巴合提古丽长高啦！"

巴合提古丽开心地笑了，一边给妈妈擦眼泪，一边心疼地说："妈妈，您辛苦了！"

卡丽坦说："哎呀，我的女儿变瘦了。"

说着说着，卡丽坦又笑起来，母女俩一阵哭一阵笑，那股子亲热劲儿，真让人感动。

麦赫苏提跟卡丽坦说："哎呀，你看你，见不到孩子你想她，见到了你又哭。巴合提古丽又不是不回来了，看你心急的样儿。"

卡丽坦向老阿肯问好，抹了一下眼泪，不好意思地笑了。

麦赫苏提招呼老阿肯进屋，卡丽坦拉着巴合提古丽的手跟在后面。进了屋，卡丽坦忙着去烧奶茶，巴合提古丽抢先一步走过去说："妈妈，让我来吧。"

"看这闺女！"卡丽坦开心地笑了。

麦赫苏提点点头笑着说："看看，我们的巴合提古丽真懂事。"

巴合提古丽从卡丽坦手中接过茶壶，添了水，加上茶叶，开锅后又煮了一会儿，闻到了茶香，又往茶壶里兑了牛奶，再煮一会儿就好了。卡丽坦在一边看着，所有程序和火候掌握得都好，她微笑着点点头。巴合提古丽给麦赫苏提爸爸和卡丽坦妈妈还有老阿肯一一敬了茶，麦赫苏提赞叹道："啊，我们的小巴合提古丽真长大了！"

巴合提古丽不好意思地笑了，撒娇地说道："爸爸，看你说的。"

麦赫苏提忙说："好，你跟妈妈好好聊聊吧，她可天天念着你呢！"

巴合提古丽拉着卡丽坦的手说："妈妈，我帮你擀毡吧。"

卡丽坦自豪地笑起来："哦呀，我女儿多心疼妈妈。不过，现在就不擀了，多久没见了，咱娘儿俩要好好说说话儿。"

娘儿俩亲热地坐在一起轻声说着话，一会儿，巴合提古丽问道："怎么没看见塔乌孜？他去了哪里？"

卡丽坦说："哦，他出去放牛了，一会儿就回。"

巴合提古丽说："妈妈，我想出去看看。"

卡丽坦笑道："去吧，我的孩子，别走远了。"

巴合提古丽答应着，喝完奶茶就出了门。

麦赫苏提跟老阿肯聊了一会儿，就说到了巴合提古丽。老阿肯说："巴合提古丽呀，弹唱学得快，悟性很好。"

卡丽坦笑道："是啊，她从小就聪明伶俐，将来一定能成为一名好阿肯。"

老阿肯点点头说："当阿肯是一条漫长的路，还有许多路要走……"

麦赫苏提说："是的，任何一门技艺都需要一番磨炼，需要长期坚持不断积累，才能有所成就。"

老阿肯没有再说话，低下头喝着奶茶，他心里若有所思。

麦赫苏提突然想起，刚才老阿肯进屋前，他回头朝马厩里看了一眼，见马厩里空空荡荡，脸上有一丝失落。

哦，他一定想他的老黄马了。

老阿肯骑着大黑马走后，老黄马就显得很急躁，整日嘶鸣，向远处张望。

卡丽坦跟麦赫苏提说："这马啊也是有感情的。老黄马跟了老阿肯十多年，一定想他了……"

"是啊，是啊。"麦赫苏提叹了口气，让塔乌孜把老黄马的缰绳退下，让它在草原上自由牧草。塔乌孜怕老黄马跑丢了，说是不是加个马绊。麦赫苏提说："不用了。马老了，会去自己该去的地方。"

塔乌孜似信非信。

老黄马在草原上自由自在，白天去牧草，傍晚回到马厩，有时间就在房子周围站着。有一天，它独自向山谷深处走去，之后再也没有回来。

塔乌孜想去寻找，麦赫苏提说："不用找了，它已经走了……"

听了麦赫苏提讲老黄马的事，老阿肯苍老的眼睛湿润了，心里非常难受，他冲麦赫苏提点点头，自言自语道："是啊，它老了，去了它该去的地方……"

巴合提古丽在山坡上转了一圈也没有看见塔乌孜，她回到院子里就帮妈妈擀毡，卡丽坦听到声音走了出来，问道："孩子，你没看到塔乌孜？"

巴合提古丽说："没事，我要学一学擀毡。"

卡丽坦说："嗨，这活儿我以前可没教过你，不好干，你歇着吧。"

卡丽坦是怕巴合提古丽弄不好，也怕她辛苦，就说："巴合提古丽，你去山坡那边看看，塔乌孜喜欢在那里读书。"

巴合提古丽一听，突然明白过来，会心一笑，高高兴兴地去了。

巴合提古丽骑着小白马翻过山坡，远远就看见了塔乌孜。他果然坐在那里，背对着她，迎着夕阳在看书。

巴合提古丽下了马，悄悄走过去，想给他一个惊喜。

可是，雅克却沉不住气，急匆匆跑了过去，它是要提前给塔乌孜报信。

塔乌孜好像有感觉似的，猛然回过头来，一眼就看见了巴合提古丽，高兴地站起来，笑呵呵地说："哦呀，我说今天早晨喜鹊叽叽喳喳地叫个不停，原来是报信的。"

巴合提古丽笑道："那当然，它也听懂了我的歌声。"

塔乌孜笑了笑说："嗯，你的歌声简直美极了，草原上人人夸赞！"

巴合提古丽非常开心，咯咯咯地笑了，却不知道说啥好了，脸儿突然红了起来。要是以前，他们在一起总有说不完的话，现在他们突然都不说话了。

哦，他们长大了，各自有了心思，知道害羞了。

哦，他们或许真的有了不便言说的心思。

不过，这些事情还藏在他们各自心里，还是个秘密，谁也没说破。

记得小时候巴合提古丽每次跟妈妈出门回来，塔乌孜总要提前去迎候她，就像哥哥迎接妹妹一样。

夏牧场草原盛会那天一大早，塔乌孜上山采了一束红艳艳的山花，准备送给巴合提古丽。为了保鲜，他用一块湿布包着山花的根部，放在塑料袋里。他在村口远远看见了老阿肯，急忙将山花藏在马背上的褡裢里。他不想让人知道自己给巴合提古丽送花的事，更不好意思让老阿肯看见，那多不好意思啊。

老阿肯问他刚才手里捧的鲜花呢，他却支支吾吾不肯说，匆匆忙忙向老阿肯行了礼，问了好，就打马离开了。

见老阿肯走远了，塔乌孜才下马，急急忙忙从褡裢里取出山花。

哦，还是鲜鲜的，艳艳的，跟新采摘的一模一样。

他赶快跑回去，悄悄把鲜花送给了巴合提古丽。巴合提古丽接过山花，非常开心，笑得合不拢嘴……

现在，塔乌孜捧着花，笨手笨脚地走到巴合提古丽跟前，却不知说什么好了。

　　其实，在雅克报信之前，塔乌孜已经采了一朵鲜花，正在欣赏呢。他还在回忆之前给巴合提古丽送鲜花的情景呢。没想到巴合提古丽突然就出现了，真是心心相印啊。塔乌孜心里别提有多激动了。

　　塔乌孜原本憨厚，平常话就不多，现在就更显得木讷了。

　　塔乌孜捧着鲜花，看着巴合提古丽，巴合提古丽正含情脉脉地看着他。四目相对，塔乌孜竟然一句话也说不出来，脸憋得通红，只是把花儿递了过去。

　　巴合提古丽有些窘迫，粉嘟嘟的脸儿唰一下红了，她匆匆背过身去，笑了起来。

　　两个人僵在那里不说话。小白马嘚嘚嘚跑过去，跟那边吃草的枣红马凑在一起，它们打小就在一起，非常熟悉。两匹马互相打着响鼻，它们是好朋友。

　　此时，一向性情温顺的小白马却对枣红马耍起横来，不让它靠近自己。

　　巴合提古丽对小白马喝了一声，意思是让它安静一点。

　　塔乌孜习惯性地看了看枣红马，枣红马冲他点点头，似乎是在鼓励他。

　　终于，塔乌孜憋出一句话。

　　"整天，在外面跑，很辛苦吧？"

塔乌孜说得吞吞吐吐，却很亲切，字字都很温暖，很体贴。

这时，一股暖意直冲胸怀，巴合提古丽的心情非常激动。她转过身来，接过塔乌孜手里的鲜花，看着塔乌孜，内心充满了感激，她那清泉般明亮的眼睛有些潮湿了。她慌忙擦去眼角涌出的泪滴，怕被塔乌孜瞧见。

"这花儿真鲜艳！"

巴合提古丽匆忙说了一句。

"嗯，就是在北山坡上采的。"

塔乌孜不好意思地低下了头。

远处，一只金翠鸟吱吱地叫着，似乎在呼唤它的同伴……

两个年轻人相见，原本有千言万语，此时却不知道从何说起了。

山坡上，家里的老黑乳牛带着一大一小两头黑牛犊，小黄乳牛身后跟着一头小黄牛犊，两头小牛犊低着头学着母牛的样儿吃青草，一会儿转到母牛身边，蹭来蹭去，好可爱呀。

塔乌孜说："瞧瞧，我们家的小黄乳牛都生小牛犊了，你才回来！"

巴合提古丽听出了塔乌孜话里的埋怨，也明白他的心意，嘴儿一噘撒娇地说："哼，你就知道牛，怎么不问问我怎么样？"

塔乌孜一时无语，满脸通红，很是尴尬。

巴合提古丽见状，嘿嘿地笑了。

他们坐在北山坡上，共同回忆了小时候的事情。

那时候，每当春暖花开，他们就手拉着手跑到北山坡采山花。漫山遍野的花儿，红艳艳的一片，像燃烧的火焰。巴合提古丽采上最大的花朵，然后装点在瓶子里，放在窗台上，满屋清香。

记得有一次，他们正在山坡上玩耍，塔乌孜想吓唬她，突然说狼来了，巴合提古丽吓得"妈呀"一声惨叫就哭着往回跑，慌不择路，重重地摔了一跤，滚下山坡。塔乌孜吓坏了，急匆匆冲下去。幸好巴合提古丽只是膝盖擦破了点皮，没伤着骨头。

塔乌孜怕妈妈知道了会责罚他，央求巴合提古丽不要告诉妈妈，并且保证以后再也不敢了，巴合提古丽答应了。回家后，看到巴合提古丽一脸惊恐的样儿，妈妈还是知道了真相，把塔乌孜狠狠教训一顿，巴合提古丽急忙求情说："妈妈，哥哥不是故意的。"

卡丽坦对塔乌孜说："塔乌孜，巴合提古丽是妹妹，是女孩，胆小。你是哥哥，是男子汉，要保护妹妹，怎么能够吓唬妹妹呢？"

塔乌孜懂事地点点头。

后来长大了些，他们还是一起去北山坡采山花。一次巴合提古丽看到一条青花蛇，吓得惊叫一声，匆忙退步，不小心摔倒就昏了过去。塔乌孜不顾一切冲过去，捡起一块石头就向青花蛇砸了过去，青花蛇被吓跑了。塔乌孜背起巴合提古丽跑回家，幸好她没有受伤。而塔乌孜两条腿上被荆棘划破了好几道口子，鲜血直流。

巴合提古丽见状非常紧张，问他："疼不疼？"

塔乌孜笑了笑说："我是男子汉，这点伤算啥。"

巴合提古丽笑了，夸他真勇敢。塔乌孜高兴极了。

有一次两个人学骑马，黑走马跑到北山坡突然停下来，巴合提古丽和塔乌孜一起摔下马背，巴合提古丽的胳臂划伤了，塔乌孜的腿也受伤了，他不顾自己的腿伤，将巴合提古丽扶上马背，牵着马一瘸一拐回到家……

往事历历在目，巴合提古丽非常感慨，她闻了闻手里的花儿。

"啊，真香！"

巴合提古丽由衷地赞叹。

这声赞叹，是对眼前这朵山花的，是对北山坡的，也是对送花的塔乌孜的。

塔乌孜内心欢喜，两只手都不知道往哪儿放了。

巴合提古丽拿出一块白手帕，羞答答地递给塔乌孜。塔乌孜接过来，轻轻打开，上面绣着一朵盛开的雪莲花，鲜艳如真。

塔乌孜感慨地说："真好看！"

巴合提古丽转过身去，羞涩地笑了。

"巴合提古丽，没想到，你的刺绣这么好！"塔乌孜真诚地说。

"哼，没想到你也学会讨好女孩子了。"巴合提古丽笑了笑说。

"巴合提古丽，我说的都是真心话。"塔乌孜辩白道。

"瞧，把你紧张的，我是说着玩的。"

巴合提古丽说完，咯咯咯笑了。

塔乌孜也笑起来，那副憨厚的样子，还跟小时候一样。

回家的路上，两个人牵着马慢慢聊着，巴合提古丽说了跟老阿肯一路出行的沿途见闻，塔乌孜说了学校里的新鲜事儿。

回到家里，巴合提古丽就属于卡丽坦妈妈一个人的了。卡丽坦拉着巴合提古丽的手，一刻也不愿意松开，看了又看，亲了又亲，心痛了又心痛，生怕她飞走了。

巴合提古丽确实长大了，变成大姑娘了，眉毛弯弯，眼睛亮亮，一颦一笑，妩媚可爱，活脱脱一个仙女，就连卡丽坦自己也不敢相信。是啊，女大十八变，越变越好看。卡丽坦心里那个高兴啊，真是无法言表。

卡丽坦跟老阿肯聊了几句话就开始准备饭菜了，巴合提古丽给她做帮手，娘儿俩又是一阵亲密细谈，卡丽坦主要问了她女儿家的事，巴合提古丽害羞地说："妈妈，放心吧，我会照顾好自己的。"

卡丽坦点点头说："这样最好，我才安心。"

大家在一起吃了饭，巴合提古丽高高兴兴地表演了一番，也算是向养父母一家汇报。巴合提古丽唱得好极了，卡丽坦一时高兴还在屋里扭起了腰肢，塔乌孜也禁不住跟着音乐的节奏抖动肩膀、挥动手臂，一家人真是太开心了。

老阿肯也很高兴，但他看上去却是非常疲倦，毕竟上了岁数了，麦赫苏提就让大家早点休息。

二十

这天晚上，一家人都睡了，老阿肯却一直没有睡意。

吃晚饭的时候，麦赫苏提就发现他的神色有些忧郁，知道他一定有心事，当着家人也不便细问。麦赫苏提见老阿肯一直没有睡着，就轻轻问了一声说："老哥哥，要是没睡，我们就到炉塘边坐一会儿吧！"

老阿肯正有此意，忙说："嗯，好。"

两人起身来到炉塘边上坐下。麦赫苏提往炉塘里添了根松木劈柴，火焰旺起来，炉膛里传出火烧松木噼啪的声音，散发出淡淡的松香。

麦赫苏提轻声问道："老哥哥，你心里是否有啥事情？有啥不愉快的就说出来，有啥困难我们共同解决……"

老阿肯叹了口气，犹犹豫豫地说："老兄弟，这事儿我一时也说不清啊！"

麦赫苏提看着老阿肯，恳切地说："老哥哥，你也别心急，慢慢说来，或许我还真能帮你出个主意。"

老阿肯借着炉火微弱的亮光，默默地看着麦赫苏提，他微笑的脸上铺了一层火红的亮光，是那样的真诚实在，他默默地点了点头。

老阿肯说："唉，老兄弟，巴合提古丽是个学习弹唱的好苗子！"

麦赫苏提笑道："那是，有你亲自带着，将来会有大出息。"

老阿肯看着麦赫苏提，轻轻叹了口气，摇了摇头，没有说话。

麦赫苏提觉着不对劲，心想，老阿肯一直没有收下一个继承衣钵的徒弟，巴合提古丽聪明好学，又有弹唱天分，老阿肯应该高兴才对，他为啥不痛快呢？难道有啥为难的事情吗？

麦赫苏提又仔细想了想，觉得不应该呀，巴合提古丽不会有啥问题吧？麦赫苏提遂问道："老哥哥，有啥难事你就说，我们尽力想办法。"

老阿肯犹豫再三，叹了口气说："唉，这些日子，我时常想起我的师父，他的弹唱技艺精绝，无人能比。"

麦赫苏提说："那是，要不然，他老先生怎么能培养出你这么优秀的阿肯！"

老阿肯淡淡地笑了笑，非常惋惜地说："惭愧啊，老兄弟，其实当年我还没跟师父学完，他就到大湖草原去了。"

"哦！"麦赫苏提吃惊不小。这件事他之前也听说过，他觉得老阿肯的弹唱技艺就够精湛的了，尤其他的铁尔麦，令人叫绝。他还没有学完整套曲子技艺就这么高，可见他的师父有多高深。

麦赫苏提满脸疑问地看着老阿肯，不知道他要说什么。

老阿肯说："巴合提古丽学得很快，可是我的铁尔麦唱词却不完整……"

麦赫苏提看着老阿肯，见他布满褶皱的脸上表情非常痛苦，一时也不知道说啥了。他想了想，安慰老阿肯说："唉，老哥哥，她能学好这些就已经非常了得了……"

老阿肯望着高挂在天空的月亮，感慨地说："老兄弟，弹唱技艺永远也没有止境啊！"

麦赫苏提点点头，说："是啊，学无止境，什么学问都是一样的。"

老阿肯自言自语道："唉，我真想把她带到大湖草原那边一趟，把铁尔麦全部学完，不让古老的经典失传。可是……"

麦赫苏提不知道他遇到了啥难事，急忙问道："到底怎么了？"

老阿肯痛苦地说："唉，老兄弟，我不知道该怎么跟你说，还有卡丽坦……她那么心疼她……"

麦赫苏提非常吃惊，他没有想到老阿肯会有这样的决定，他仔细看着老阿肯。这位令人尊敬的草原艺人，这位哈萨克族阿肯，白发如雪，脸色蜡黄，形容憔悴，他确实老了，褐黄的脸庞沟壑纵横，苍老的眼角有一滴浑浊的泪，嘴角轻轻颤抖着。看得出来，老阿肯说出这句话，多么为难，他做出这个决定，是多么痛苦啊！他一定反反复复想了很长时间，心里犹犹豫豫了几十回，思想斗争了无数个日夜，今日才说出来。这对他来讲是多么难啊！

麦赫苏提心里非常明白，现在两边的情况不明朗，出行有许多的麻烦，也有许多的风险。

可是，老阿肯说得一点没错，学习阿肯弹唱是没有错的，这是哈萨克族人的文化，应该去学，也必须去学。

麦赫苏提说："你师父他老人家的后人，现在还有联系吗？"

老阿肯喃喃自语道："有哈萨克人游牧的地方，一定有阿肯的身影，草原是滋养歌声的摇篮……"

麦赫苏提点点头说："放心吧，老哥哥，我支持你！"

老阿肯听麦赫苏提这么说，心里快慰了许多，激动地说："麦赫苏提老弟，有你支持，我就没有啥顾虑了。却不知道卡丽坦同意不同意？还有巴合提古丽，她又会怎么想？要是她不愿意去，我也没办法……"

"你还没有跟她说起过？"麦赫苏提忙问道。

"还没有。"老阿肯表情凝重地说。

"哦，这样啊。"麦赫苏提说。

老阿肯看着麦赫苏提，缓缓地说："以前，她太小。再说，唉，她毕竟是个姑娘，我一直下不了决心。见她一天天唱得好，心里就放不下。现在，我一天天老了，还没有个合适的人。以后，恐怕没有机会了……"

老阿肯断断续续地说着，内心充满了无限的悲凉，几乎每一句话都带着巨大的悲切，每一句话都带着嘶哑的哭声，令人心酸，令人感叹，令人心疼……

麦赫苏提默默地看着老阿肯，此时，他一下子明白了他的全部心事。

其实，老阿肯心里顾虑的，不仅仅是麦赫苏提和卡丽坦是否同意，也不仅仅是巴合提古丽是否愿意，他还顾虑一个人，就是塔乌孜。这是他无法说出的心病，而麦赫苏提此时却并没有意识到这一点，因为他还没有想到……

关于巴合提古丽和塔乌孜的事情，麦赫苏提也不是没有一点觉察。

之前，塔乌孜曾经跟他说了喜欢巴合提古丽的事，他没有吭声。塔乌孜后来说希望爸爸妈妈同意让巴合提古丽回到家里来，他说一个姑娘家跟着老阿肯风里雨里地跑不是回事。麦赫苏提理解差了，他没想到塔乌孜会说出这样的话，塔乌孜这句话一出口就遭到了他的训斥。麦赫苏提以为塔乌孜喜欢上了巴合提古丽，却不想照顾老阿肯。这怎么能行，他将塔乌孜狠狠教训了一顿。

麦赫苏提说："塔乌孜，做人得有良心，老阿肯收养巴合提古丽容易吗？"

塔乌孜却并不知道父亲要说啥，他觉得非常委屈，不知道父亲为什么要极力反对巴合提古丽回来。再说，他也是希望巴合提古丽好，一家人都是疼爱巴合提古丽的呀。

一段时间，塔乌孜感觉到头脑昏昏沉沉，什么也不想做，整天就想着巴合提古丽。后来他实在忍不住了，趁着礼拜天骑着马去找巴合提古丽了。

塔乌孜四处打听，在鸡心梁牧场终于找到了巴合提古丽。

塔乌孜的突然到来让巴合提古丽非常意外，她心里一惊，以为家里出什么事情了，急忙问道："塔乌孜，你行色匆匆的，出什么事情了吗？"

塔乌孜却支支吾吾，说："哦，也没发生什么事情，就是想过来看看。"

巴合提古丽莞尔一笑道："你呀，就不能耐心等等吗！"

塔乌孜一肚子苦恼没地方说，听巴合提古丽这么说，也很生气，非常气恼地说："哼，再等下去，恐怕我的脑袋都要炸了。"

"塔乌孜，到底发生什么事情了？"巴合提古丽急切地问道。

塔乌孜把跟爸爸说的事情和自己的心事告诉了巴合提

古丽。

　　没承想巴合提古丽也不愿意，巴合提古丽说："塔乌孜，你是怎么想的，那是绝对不可能的。"

　　巴合提古丽说的是真心话，她放心不下老阿肯爸爸，不可能撇下他不管的。

　　塔乌孜陷入苦恼，他真不知道该怎么做了。巴合提古丽倒是非常清醒，她劝说道："塔乌孜，你先回去，别耽搁了给孩子们上课。"

　　塔乌孜支支吾吾说："那你到底是怎么想的？"

　　巴合提古丽说："塔乌孜，你先别急，事情会慢慢解决的。"

　　塔乌孜没有办法，跟巴合提古丽也说不通，只能回来。

　　其实巴合提古丽心里也非常苦恼，一方面她想跟塔乌孜在一起，另一方面，又离不开老阿肯爸爸。

　　是啊，爸爸是不会停下他行走的脚步的，他就是要在草原上行走，弹唱，传播自己的歌儿。这一点，巴合提古丽心里非常清楚。

　　巴合提古丽也做过多番努力，她想尽力想出个两全其美的好办法。可是，没有啊。她不可能带着塔乌孜跟着老阿肯一起过四处游走的生活。塔乌孜是教师，有自己的事业，再说腿脚不好。她也不可能留在马圈湾跟塔乌孜一起生活，让老阿肯爸爸独自行走。她更无法分身，一面跟老阿肯爸爸在一起，一面跟塔乌孜在一起。

老天爷呀，该怎么办啊？

巴合提古丽的心绪乱极了，平日里她极力掩饰，不想让爸爸看出来。但是，毕竟是年轻人，年轻的心思怎么能藏得住啊，这一切，老阿肯看得清清楚楚。

其实老早以前，老阿肯就感觉到了孩子们的情感问题。孩子们长大了，谈情说爱也是正常的。再说两个孩子从小就在一起，青梅竹马，感情深厚，也是很自然的。不过，老阿肯心里也着实矛盾了一阵，毕竟巴合提古丽是自己唯一的弟子啊！

这次，塔乌孜匆匆忙忙赶到鸡心梁，老阿肯心里更加明白了。他甚至感觉到问题比他想象得还要严重些，虽然他不清楚具体是什么问题。

现在，看到孩子们痛苦的样子，想起自己年轻时候痛苦的经历，实在不忍心哪。他好像一下子想通了，要成全他们。

"唉，"老阿肯深深地叹了口气，心里说，"不能因为自己耽误了孩子们的幸福啊！那样就太自私了。"

老阿肯主动找麦赫苏提说起此事。麦赫苏提还没有表态，没想到，一向疼爱巴合提古丽的卡丽坦却坚决反对，这出乎所有人的意料。

卡丽坦平时最疼巴合提古丽，这是大家都知道的。

卡丽坦为什么这么坚决地反对这件事呢？

以前，塔乌孜和巴合提古丽在一起亲亲热热，卡丽坦权当兄妹亲情，完全没有往那方面想。后来，麦赫苏提跟她提醒此事，卡丽坦就有些担心了。

麦赫苏提以为卡丽坦心里顾忌巴合提古丽的汉族身份，但他没说出来，也不好说出来。麦赫苏提是个知识分子，思想开明，他认为，巴合提古丽自小在自己家长大，就是哈萨克族人，咱草原上的哈萨克族人是有胸怀的，是能包容的。

这些话，虽然麦赫苏提没有说出来，但是，妻子卡丽坦却明白了丈夫的意思。说实话，卡丽坦有些生气，她在心里说："麦赫苏提呀，麦赫苏提，我们一起生活了几十年，难道你还不了解我吗？我是个小气的人吗？要是我真的在乎，当初还会留下她，给她喂奶，把她当作自己的孩子一样养大吗？"

巴合提古丽打小就聪明伶俐，跟她学做奶疙瘩、做包尔沙克，还跟她学刺绣。小姑娘心灵手巧，一手刺绣活儿让人赞叹，人们夸奖她有个好女儿时，卡丽坦心里非常自豪，别说别人，就是麦赫苏提自己，心里早已把巴合提古丽当作亲生女儿了。

现在，老阿肯亲自上门来说这件事，卡丽坦不能再犹豫了，她提出了反对的理由。

　　卡丽坦郑重其事地说："老阿肯哥哥，我们是几十年的交情了，说句心里话，巴合提古丽虽然不是我亲生的，却是吃我的奶水长大的，跟亲生女儿一样，有时候我感觉她比我亲生的还要亲，我从来没有把她当作外人啊！"

　　说到这儿，卡丽坦的情绪有些激动了，眼泪止不住流了下来。她抹了一把眼泪，抽抽搭搭地说："可是现在，突然让自己的儿子和女儿结婚，你说我怎么能接受！我心里能没有一点障碍吗？要是这样，别人会怎么看？还有老天爷……"

　　"是啊，卡丽坦这话一点没错。"老阿肯心里说。

　　卡丽坦说的句句都是真的，她确实非常喜欢巴合提古丽，也非常心疼这个既聪明又漂亮的姑娘，甚至比亲骨肉还心疼。这一点，老阿肯心里跟明镜似的。那年两个孩子大一点后，奶水不够吃，卡丽坦就让塔乌孜喝牛奶，而把自己的奶水全部给巴合提古丽吃。

　　老阿肯知道这件事后，心里非常过意不去，给卡丽坦鞠了一躬说："卡丽坦，真的谢谢你，你对孩子这么好，让我说什么好啊。"

　　卡丽坦笑着说："老阿肯哥哥，你客气啥。其实在我心里，巴合提古丽早就是我的女儿了。"

老阿肯非常感慨，既为麦赫苏提卡丽坦夫妇的慷慨和厚爱，也为巴合提古丽的幸运和幸福。

"哦，老天爷，给善良的人多赐福吧！"

老阿肯在心里默默祈祷。他要把这个故事编进他的弹唱里，希望后世传唱下去，这是后话。

麦赫苏提心里清楚，至少塔乌孜和巴合提古丽没有丝毫血缘关系，这是事实。他见老阿肯沉默不语，怕他伤感，还想劝一劝卡丽坦，可卡丽坦态度非常坚决。

后来，巴合提古丽也求过卡丽坦。巴合提古丽说："妈妈，我和塔乌孜是真心相爱，希望妈妈成全。"

卡丽坦搂着巴合提古丽说："孩子，你不知道我有多喜欢你呀。可是，你是我的女儿呀，我怎么能容许你们兄妹结合，那样会遭天谴的……"

巴合提古丽认真地说："妈妈，我和塔乌孜并没有血缘关系呀。"

卡丽坦哭着说："孩子，不是妈妈为难你，你也是吃我的奶水长大的，你是我的女儿呀，这是事实。我怎么能……"

看着妈妈那样难过，巴合提古丽没有再强求，哭着离开了。

后来，塔乌孜跟妈妈亲自解释这些科学、伦理方面的事情，卡丽坦还是不同意。卡丽坦说："塔乌孜，你是我的儿子，难道你还不了解我的心吗？我何尝不想让这么漂亮的姑娘给我做儿媳妇。可是，做人不能太自私啊！我心里确实有顾虑，若是巴合提古丽是出于报答我们，那样的话，将来老天爷会怪罪我们的！"

听妈妈这么一说，塔乌孜也无语了。

妈妈的话确实没有错。

可是，到底谁错了？错在哪里了呀？老天爷呀！

这事暂时就这么放下了。而这一切又压在两个年轻人身上。巴合提古丽内心伤感却无法说出，只能默默承受。而现在，塔乌孜心里也有些犹豫了。他的犹豫不是因为他不爱巴合提古丽，而是因为妈妈的那句话。

是啊，做人不能太自私，而爱情确实是自私的。

老天爷呀，到底该怎么办？

塔乌孜犹豫不决，也没有办法。

二十一

麦赫苏提最终决定，他要支持老阿肯带着巴合提古丽去大湖草原学艺。

麦赫苏提说："老哥哥，你也别想那么多，巴合提古丽是个懂事的孩子，她会跟你去的。"

老阿肯感慨地说："是啊，巴合提古丽是个好孩子，又聪明又懂事，唱歌天分好，真是世间少有的精灵。"

麦赫苏提说："是的，只要你好好培养，让她得到良好的教育，她一定会成为一名出色的女阿肯，把你的弹唱传承下去……"

老阿肯激动起来，眼角涌出了浑浊的热泪，心里说："是啊，这是我多年盼望的事啊！"他用手背轻轻抹了一下眼角，冲麦赫苏提不好意思地笑了一下说："唉，我想今年秋天就走，先去阿勒泰参加一次比赛，然后到塔尔巴哈台[1]，要是机会合适，就带她出去……"

麦赫苏提说："老哥哥，你放心去吧，后面我会跟卡丽

1　即塔城。

212

坦说明情况，相信她也会支持的。"

"哦，那就好，那就好。"

老阿肯高兴地点了点头，内心充满了感激。

老阿肯非常兴奋，仿佛就要带着巴合提古丽出行了，似乎巴合提古丽已经学会了全套铁尔麦，继承他的衣钵了……

第二天，老阿肯和巴合提古丽就要离开了，麦赫苏提一家非常舍不得，卡丽坦搂着巴合提古丽眼泪汪汪地说着话，麦赫苏提心里也有些不舍。

当然，最舍不下的，是塔乌孜，这时候他却不敢说话，只是目不转睛地看着妈妈搂着巴合提古丽。巴合提古丽也不敢多看他，是怕羞，也怕眼泪。

昨天晚上，他们两人一起出来，在山坡上看月亮。

黑魆魆的天幕，一轮明月缓缓移动，月亮底下，两个年轻人低低私语。

塔乌孜说："巴合提古丽，你知道吗，打小我就喜欢你。"

巴合提古丽害羞地说："嗯，我知道，你从小就不安好心。"

塔乌孜笑道："是啊，谁让我喜欢上你呢？"

"讨厌，学得这么贫嘴。"巴合提古丽笑着说。

塔乌孜看着巴合提古丽，认真地说："巴合提古丽，请你放心，我会一辈子对你好的。"

"哼，你就会说好听的。"

巴合提古丽说完，脸上露出幸福的笑容。

有那么一会儿，两个人看着月亮在夜空里缓缓移动，看着星星在天空闪烁，他们谁也没有说话。

巴合提古丽若有所思地说："塔乌孜，这件事情，还得爸爸同意。"

"那是自然，他们会同意的，我相信。"塔乌孜自信地说。

两个人在月亮地里聊了一阵，欢欢喜喜地回到屋里，各自休息了。

现在到了分别的时候，他们有些依依不舍。可是，巴合提古丽必须离开，因为她要跟老阿肯爸爸在一起。这让两个人都不自在，尤其是塔乌孜，非常苦恼。

麦赫苏提最终没有将老阿肯要带巴合提古丽到大湖草原去的事情告诉卡丽坦，包括塔乌孜，他对谁也没有说，只是悄悄地打听消息，做些准备。

毕竟形势不明朗，大家都得小心，他也不想因此生出什么意外，对老阿肯和巴合提古丽不好，对自己家也不好，这些事情他太清楚了。

再说，这件事最终如何还没有定下来，老阿肯和巴合提古丽能否顺利出去，谁也说不上，他不想因为其他情况影响老阿肯的出行计划。

那年秋天，老阿肯带着巴合提古丽来到阿勒泰参加了一场聚会。开场的几个节目都很精彩，然后是一首特别的弹唱谎言歌《信不信由你》，只见一矮个子阿肯走上来，他未开口先做了个怪相，然后开唱：

　　　　乡亲们坐好请听仔细，
　　　　我唱段歌儿大家牢记。
　　　　这是我的亲身经历的事情，
　　　　信不信全凭你们自己。

　　　　那时候我爷爷还未出生，
　　　　爸爸整天就睡在摇床里。
　　　　我也就是刚学会提水背柴，
　　　　大概只有七八岁的年纪。

　　　　…………

　　他的唱词太滑稽了，诙谐幽默，惹得众人大笑不止。
　　巴合提古丽说："他唱得太奇怪了，荒诞不经，却非常好玩。"
　　她还注意记下了许多唱词，学给老阿肯听。
　　老阿肯说："这种谎言歌非常有趣，能丰富人的想象，放松人的心情，让人在欢笑中保持心情愉悦，很适合大型聚会活动中表演，还能及时调动观众，活跃现场气氛。"

巴合提古丽一直回味着那些奇怪的唱词：一条银鱼把整头牛吞下，一只鹰又把银鱼叼走……真的太搞笑了。

之后进入阿肯弹唱比赛，老阿肯被邀请参加，他想让巴合提古丽试一试。先是与一个青年阿肯的对唱，青年阿肯见巴合提古丽貌美如花，有意表达自己的心意。他唱道：

我是阿勒泰草原的百灵，
从小喜欢放声歌唱，
在那山清水秀的草原上，
度过了许多欢乐时光。
我还是蓝天上的雄鹰，
捕获过许多狐狸和恶狼，
今天来这里参加对唱，
我要用歌声捕猎一只羔羊。

巴合提古丽听了，很是生气，她要教训一下这个狂妄之人，她开口唱道：

唱歌的人不要出言太狂，
更不用在人前好胜逞强，

白杨树下你可以遮阴乘凉，
你唱得不好我不会相帮。
在那美丽的鲜花丛旁，
也许会飞来个屎壳郎，
今天我借用这块地方，
告诉你冬不拉琴弦的秘密。

　　一番弹唱后，那个青年阿肯自知不敌，主动认错，巴合提古丽原谅了他。老阿肯看了巴合提古丽的表现，点了点头，继而又摇了摇头，他脸上有一丝微笑，也有一丝担忧，心情有些复杂。

　　之后进入真正的比赛，老阿肯和巴合提古丽一起登场。

　　巴合提古丽还沉浸在刚才的痛快表现里，结果这次比赛却失败了，她败给了阿勒泰草原上的一个中年阿肯。其实，在最关键的时候，老阿肯没有最终发力，他把机会留给了巴合提古丽，想让她在大场面上一试身手，也是想借机挫一挫她的锐气，让她知道天外有天，学无止境。

　　这个中年阿肯非常机智，他听了巴合提古丽刚才的对唱，发现了她的优势和不足。他发觉巴合提古丽年轻气盛，缺乏真正的比赛经验，就展开攻势，用一连串的生活哲学唱词压住了巴合提古丽。巴合提古丽毕竟年轻，阅历比较浅，她的反击没有成功。

巴合提古丽失败后非常沮丧，这是她参加大赛第一次失败，而且是一败涂地，遭到了人家的嘲笑，因为整个赛场只有她一个年轻姑娘做阿肯。巴合提古丽打小就不服输，她要爸爸教她铁尔麦绝技。

老阿肯见时机成熟，就说出了实情，老阿肯说："都怪我当年学艺不全，技艺不精！"

巴合提古丽哭着说："爸爸，你的绝技草原无双，怎么可能不全呢？"

老阿肯说："当年师父想带我去大湖草原，可我舍不得马圈湾……"

巴合提古丽说："爸爸，那你带我去找师爷爷，我一定要学习完整的《铁尔麦》！"

老阿肯说："去那边要走好几千里，高山险阻，你怕不怕。"

巴合提古丽笑了笑说："不怕。我打小就跟着你在草原上行走，啥时候怕过？"

老阿肯说："要是麦赫苏提爸爸和卡丽坦妈妈埋怨你怎么办？"

巴合提古丽笑了笑说："又不是一去不归，等我学完铁尔麦就回来，到时候再见他们。"

老阿肯看着巴合提古丽说："你都想好了？"

巴合提古丽说："当然想好了。"

老阿肯说："好，我们这就去塔尔巴哈台。"

父女俩到了塔尔巴哈台，与当地的阿肯进行了交流，老阿肯让巴合提古丽虚心地向那些德高望重的阿肯请教，了解他们的唱词特点，学习他们不断演进的技艺，巴合提古丽受益匪浅。这一段时间的交流学习，也让巴合提古丽开了眼界，提升了技艺。

一天，老阿肯与一位德高望重的老阿肯探讨铁尔麦时，谈了自己想去大湖草原学习交流的想法，他的执着和勇气感动了这位老阿肯。

这位老阿肯在那边有亲戚，通过信函联系，得到了一个好消息，两边允许探亲访友。这位老阿肯让那边的亲戚发了邀请信，老阿肯接到信函，立即与麦赫苏提联系，办理了相关手续。最终，他们在大家的帮助下，乘长途汽车顺利奔向大湖草原。

连续几天的长途车让巴合提古丽忧心起来，老阿肯身体虚弱，还有些晕车，呕吐不止，吃不下东西，巴合提古丽一路悉心照顾。好不容易熬到湖边草原，老阿肯早已精疲力尽，巴合提古丽不忍心再让爸爸劳累，就在湖边草原一户牧民家的小旅馆住下来，准备休养一段时间。

一天中午，老阿肯睡着了，巴合提古丽独自出门，看着绿油油的牧场上成群结队的牛羊，非常感慨，这里真是一块水草丰美的地方啊！难怪先民会选择这里游牧，真是智慧极了。

一番感慨之后，她赶紧到小镇上买了肉和蔬菜，给爸爸烧菜炖汤，调养身体。休息了几天后，老阿肯恢复了精力，就开始打听师父后人的下落。

一连问了几天，巴合提古丽却得到一个非常不幸的消息，师爷一家早些年就去了大湖草原那边。老阿肯没有气馁，巴合提古丽也没有气馁。巴合提古丽坚定地说："爸爸，只要有师爷爷的消息，我们就不愁找不到他的后人。"

老阿肯微笑着，点点头说："好孩子，我们会找到他们的。"

父女俩乘坐长途车继续西行，两天以后到达大湖草原西边的草原，巴合提古丽扶着老阿肯在草原上行走，寻找师爷一家的音讯。

巴合提古丽看着一望无际的湖面感叹道："哦，太美了！"

老阿肯说："这湖长约千里，据说中间有个岛屿，把湖一分两半。你师爷爷曾经说过，东边一半湖水是咸的，人畜无法饮用。西边一半湖水是淡的，可以饮用，非常神奇。"

巴合提古丽感慨地说："真是太神奇了！"

老阿肯看着远处蓝色的湖面，内心非常激动，默默念叨："多美啊！在这里生活的游牧人，好幸福……"

巴合提古丽看着远处的大湖草原，再看看老阿肯，似乎还有许多的疑问。

老阿肯说："据说我祖上是一个大部落的，许多年前被别的部落所灭……"

巴合提古丽大为惊讶，她睁大眼睛吃惊地看着老阿肯，这是她第一次听说。

"后来呢？"她急切地问道。

巴合提古丽眨巴着明亮的大眼睛，好奇地追问着。

老阿肯点点头，继续说道："许多年前，沙俄人趁机霸占了千里牧场，他们大肆征收赋税，抢夺部落牧民的财物，满足他们奢侈豪华的生活。他们四处征战，还大肆征用部落的男丁去给他们打仗，给他们四处卖命，勇敢的哈萨克族健儿一个个战死沙场。眼看着我们的部落一天天被盘剥，牧民们一天天遭受压迫，牛羊越来越少，男丁越来越少，部落正在遭受毁灭。为了活命，牧民们开始向东迁移，刚开始是几家几户，后来几十家、几百家、几千家上万户人口……"

巴合提古丽吃惊地问道："上万户人，向东迁移？"

老阿肯说："牧民们沿着天山、塔尔巴合台山、阿勒泰山一路游牧。又过了些年，部分牧民陆续迁到别处，还有一部分牧民就留在了伊犁、塔城、阿勒泰一带……"

"师爷爷一家就是那时候走的？"

"是的。"

老阿肯停了一会儿接着说："据说很久以前，我祖上就在阿勒泰一带生活过……"

巴合提古丽点点头。

这些日子，老阿肯父女俩穿越了许多哈萨克族人的阿吾勒，问了许多的人，走了许多的路，功夫不负有心人，他们终于有所收获。

在一个叫廓尔达拉的阿吾勒，他们有了师爷爷后人的消息，见到了师爷爷的小儿子巴拉提。

巴拉提现在也已是一位头发花白的老人，是当地有名的阿肯，他见到老阿肯非常激动，他早年从父亲口中听说过师兄的事情。

师兄弟俩第一次见面，也非常感慨。老阿肯说："当年我跟师父学艺的时候，师母带着你们一直住在阿勒泰那边，我却没有机会去那里见你们，说来也很惋惜。"

巴拉提笑了笑说："我们终是要见面的，不在早晚。看看，我们都是白胡子了，也跟以前一样。"

说着，两个人快乐地笑起来。老阿肯向巴拉提介绍了巴合提古丽，老阿肯说："这是我唯一的女儿，也是我唯一的徒弟。"

巴合提古丽向巴拉提师叔行了礼。巴拉提非常吃惊，看着貌美如花的巴合提古丽，有些不敢相信，也觉得不可思议。

巴拉提看着老阿肯，有些不敢相信地说："难道，师兄只有这一个女儿？"

老阿肯惭愧地低下了头，慢吞吞地说："是的。"

巴拉提又看了看巴合提古丽。巴合提古丽始终微笑着，乌亮的眼睛像两汪透彻的清泉，漂亮的脸蛋像一朵娇艳的雪莲花。巴拉提实在不敢相信这是真的，可是，师兄回答得如此肯定，他又不能不信。

巴拉提似乎明白了，师兄可能有难言之隐，也就不便多问了。

巴拉提说："师兄，这里原本就是你的家，你就在这里安心住下来，我的子女们会把你当作自己的亲人照顾的。"

老阿肯怕师弟误会，想解释一番，又怕解释过多引起其他误会，他点了点头说："谢谢师弟！"

巴拉提对老阿肯说："师兄，我想请巴合提古丽唱一首歌助助兴。"

老阿肯明白，他是想试探一下巴合提古丽的歌唱功底，老阿肯跟巴合提古丽说："孩子，就给你师叔唱一首。"

巴合提古丽想了想，就唱了一首《我的黑眼睛》。

手握着乐器，在属于我们的日子里尽情欢乐吧。
娇媚的鲜花朵朵飘香，盛开在我们走过的路上。

我骑着黄色的马儿驰骋，在雨后稍显泥泞的大地上，

为了马儿也能清爽，拿起笔来开始写信，

为了心爱的人能够来到我身边。

迎面而来一群羊，里面唯有一只黑色的羊。

如果你足够睿智，那就尽情欢乐吧，

有谁能活到世界的尽头？

我将心爱的手风琴留在了身后的那座大山中。

留下也罢，我已不再有任何留恋。

　　巴拉提听了，点点头表示满意，他感觉巴合提古丽唱得不错。不过他说，阿肯弹唱一定要把握历史传承的古歌和套曲，这些经典内容丰富、底蕴深厚、宏阔大气，承载着我们民族千百年来的游牧文化根脉。当他得知这首歌是根据历史传说乌孙公主与龟兹王子的爱情故事改编创作的，心里有些不快，说这些东西太牵强，没有意义。巴合提古丽很吃惊，老阿肯却笑了笑，也没有去解释。

　　后来，巴合提古丽问老阿肯："巴拉提师叔听了我唱的《我的黑眼睛》，为什么不满意？"

　　老阿肯摇了摇头说："孩子，他现在的生活环境毕竟和

我们各民族共居不一样，所以对融合编创不太理解。以后啊，跟他说话一定要注意一些。"

巴合提古丽说："爸爸，我明白了。你放心吧，我知道该怎么做。"

老阿肯满意地点点头，没有再说话。

老阿肯和巴合提古丽在巴拉提家住下来，巴拉提每天教巴合提古丽学习铁尔麦。仅仅几天时间，巴拉提就感觉到了巴合提古丽非凡的天分和超强的理解力。

巴合提古丽原本就跟老阿肯学了多年，会唱许多歌曲，无论冬不拉还是艾捷克[1]，弹得都非常好，她的声音非常好，音质淳厚，音色嘹亮，更重要的是她对阿肯弹唱的理解和韵律的把握非常到位，这是难得的天分，阿肯弹唱天才。

巴拉提非常感慨：真是难得的人才啊！难怪师兄如此器重她，不远万里带她来学艺。

经过一段时间的教学、传授，巴拉提也喜欢上了这个聪明好学的徒弟，他将平生所学尽数教给了巴合提古丽。

巴合提古丽真是悟性很高，她学习弹唱非常投入，领悟得非常准确。巴拉提高兴极了，这是他这么多年来见到的领悟力最好的弟子，他感到非常欣慰。

1　新疆特色民族乐器之一，起源于维吾尔族民间的弓弦乐器。

一晃就是大半年，巴合提古丽已经学会了铁尔麦的全套唱词，还完整地掌握铁尔麦演唱的全部技艺，她已经能够熟练地演唱了。

　　一次，在当地举办的小型阿肯弹唱会上，巴合提古丽跟巴拉提师叔进行了三天三夜的对唱，将铁尔麦演绎得淋漓尽致。

　　巴拉提兴奋不已，这么多年来，他也是第一次这么舒畅地演唱铁尔麦，两个人的配合天衣无缝，精彩绝伦。

　　巴拉提觉得非常享受，这是巴合提古丽带给他的快乐。他内心也非常感慨。这些年来，也有许多人找他学艺，他给弟子们传授铁尔麦演唱技艺，包括自己的儿子、孙子在内，没有一个人能达到巴合提古丽的水平。他甚至断定，未来也没有一个人能够超过巴合提古丽，这就是天缘，也可以说是命。

　　此时，他也有了另外的想法。

　　巴拉提的长孙叫霍吉思，与巴合提古丽年龄相仿，非常聪明，也很有悟性。霍吉思在城里艺术学校学习过，听说爷爷收了一位漂亮的女徒弟，非常好奇，就想要跟她比试一下。巴拉提同意了孙子的请求，安排二人进行了一场弹唱比赛，没想到霍吉思一见到巴合提古丽就喜欢上了她，再一听巴合提古丽的弹唱，这位翩翩少年被巴合提古丽优美的歌声彻底倾倒，他竟然顾不上比赛，而是开始向巴合提古丽唱起情歌，向巴合提古丽表白心意。

巴合提古丽一时羞红了脸，却不知道怎么应对。她想起爸爸曾经说过，作为阿肯，就是要会应付各种场合和突发的情况。

巴合提古丽镇定了一下，调整情绪，用优美的铁尔麦婉言拒绝，并且告诉他要懂得礼仪，懂得自重，珍爱艺术。

霍吉思非常羞愧，心里却放不下巴合提古丽。而巴拉提却喜在心里，他跟老阿肯吐露了心思。

巴拉提说："师兄啊，真是天赐良缘哪！"

老阿肯吃惊地说："师弟呀，啥天缘良缘的，我不明白。"

刚才霍吉思跟巴合提古丽的对唱，他已听出了几分，见巴拉提如此说，他也明白了他这话的弦外之音。他心里却是很乱，不知道该怎么回绝，怎么面对。

巴拉提笑呵呵地说："我家霍吉思是这一带最好的歌手，他从艺校毕业从事教育工作，至今没有找到心仪之人。今天，他跟巴合提古丽一见面，他就喜欢上了她。你看看他们，是不是天造地设的一对儿呀！"

老阿肯笑了笑，没有说话。

巴拉提见老阿肯没有立即答应的意思，也就没有再往下说。他却鼓励霍吉思去向巴合提古丽求婚，没想到霍吉思遭到巴合提古丽的拒绝，巴合提古丽说这是不可能的。

霍吉思非常伤感，跟爷爷诉说了心中之苦。巴拉提有些生气，他要亲自向老阿肯提说此事。

二十二

老阿肯带着巴合提古丽在外学艺这些年，草原上有许多传言。有人说他已经过世了，死在了大沙漠里；有人说他死在了深山里，或许遭遇了野兽；也有人说，女阿肯跟他一起遭遇了不测……

卡丽坦心急如焚，要是一年半载没回来，或许可以理解，好几年没有音讯，她怎能不着急。

老阿肯去了哪里？

巴合提古丽呢，她又在哪里？

见妻子每日念叨心急上火，一些事情很复杂，麦赫苏提却不便跟她说明，怕妻子更加担心，也怕一家人紧张，更怕因此带来其他问题。可他心里也七上八下的，自从老阿肯带着巴合提古丽走后就杳无音信，他们一路顺利吗？他们现在怎么样了？是否顺利找到了他师父的后人？他们不会出啥意外吧？

这些事情，他一点也不能说，还要故作镇定，一边安慰卡丽坦，一边思索。

麦赫苏提安慰卡丽坦说："哎，没事的，老阿肯你不知道吗？他就喜欢游走，他一定是带着巴合提古丽四处学艺去了，可能年内就回来了。"

卡丽坦抱怨说："你前年是这么说的，去年也是这么说的，今年到现在了还没回来。到底怎么了？是不是有啥事情瞒着我？"

麦赫苏提认真地说："哦呀，你想哪儿去了，没有啥事瞒你，他们是去交流弹唱艺术了。新疆这么大，他们沿着天山走走停停，走到哪里就住在哪里交流了。弹唱艺人喜欢互相交流，弹唱艺术也需要交流，只有不断交流学习，才能更好地提升，巴合提古丽才能成为真正的女阿肯……"

卡丽坦叹了口气说："唉，这么长时间了，总该有个回信吧？"忽而脸色又紧张起来，"唉，你说，他们会不会在外面真出了啥意外？"

麦赫苏提笑道："你呀，就是自己吓自己，他们肯定好好的。你就别瞎猜了，吉人自有天相。老阿肯是善良之人，巴合提古丽是幸运之人，老天爷会保佑他们的。"

虽然麦赫苏提说的不无道理，但是卡丽坦还是不放心，经常做梦梦见巴合提古丽，她的担心与日俱增。

事实上，担心老阿肯父女的，还有萨汗别克和许大爷，他们也找过麦赫苏提，麦赫苏提只说了去学艺的事，没有提到大湖草原。

而最着急最担心的，或许是塔乌孜，他已经三年没见到心爱的巴合提古丽了。老阿肯带她去了哪里？难道真如人们所说遭遇了不测？还是遇上了啥难事？他们为啥这么长时间没有回来？难道……

　　塔乌孜不敢往坏处想，他多次问过妈妈，卡丽坦跟他一样，一无所知，自然说不上来。他也问过爸爸几次，麦赫苏提也是含含糊糊地说没事的，他们去周游四方跟各地的阿肯交流去了，或许遇上高人，他们就留下来学习了。

　　阿肯之间有共同语言，在一起交流技艺、互相学习、共同提升也是阿肯们经常开展的活动，这些塔乌孜自然知道。可是，这么长时间不回来，正常吗？总不能一直学着不回家吧！

　　老天爷呀，到底出了什么事情？

　　那年夏天，塔乌孜骑马偷偷去了南山那边，他四处打听，没有任何关于老阿肯的消息。他不死心，沿着沟谷小道一路跑到马场窝子，甚至江布拉克，草原上的人们都说好久没有见到过老阿肯的身影了。他询问当地的阿肯，都说近些年没见过他们。他们到底去了哪里？塔乌孜实在想不出来。

　　因为急火攻心，抑或是因为一路奔波劳累受凉，塔乌孜回到家就大病一场，发高烧，做噩梦，说胡话，嘴里喊着巴合提古丽的名字……

卡丽坦非常着急，连忙找来乡下的赤脚医生给他看病，打了三天针吃了五天药，塔乌孜才慢慢好转。

卡丽坦看着儿子这副模样，非常担心，她托人给塔乌孜物色了一个对象，是大南沟那边一户牧民家的姑娘，跟撒合买提家还有些亲戚关系。

姑娘叫阿依努尔，人长得很漂亮，一双水葡萄似的大眼睛，清纯而明亮，弯月似的眉毛妩媚如画，皮肤白皙而且细润。她虽生在南山深处，却朴实大方，性格温顺可人。这位阿依努尔姑娘对一身才学的塔乌孜非常钦慕。

媒人对卡丽坦说："哦呀，有这样的姑娘给你做儿媳妇，你应该满意了吧？"

说心里话，卡丽坦心里确实非常满意。可是，塔乌孜却死活不同意，说自己腿脚不便怕耽搁了姑娘的幸福。

媒人把这话传给那边，阿依努尔却说她对塔乌孜腿脚残疾之事并不在乎，还说会好好照顾他。

塔乌孜一时无语，又说自己要好好学习两年，报考高等院校。阿依努尔表示，她一定支持他学习，并愿意再等两年。塔乌孜实在没有别的说辞了，这事只好暂时搁下来。

一年后，大家认为是时候了，两家人都在为这桩姻缘积极准备，筹备订婚嫁娶之事。

撒合买提老头也很上心，忙前忙后的，想通过这次婚姻跟麦赫苏提缓和一下关系。这些年，因为跟萨汗别克不对付，他和麦赫苏提的关系也不怎么样。麦赫苏提毕竟是马圈湾人人尊敬的老师，他觉得应该改善一下两人的关系。

时间一天天逼近，塔乌孜却害怕起来。没有巴合提古丽一点音信，而两家婚礼在即，阿依努尔那边，如果不提早说明情况，不是白白耽误人家姑娘青春吗？那可怎么好？可是，他又要怎么说呢？他该怎么办啊？他实在没有了主意。

卡丽坦跟塔乌孜商量定亲之事，塔乌孜再次拒绝。卡丽坦再三劝说，塔乌孜就是不同意，还说了句绝话，他说："我打算一辈子不结婚了。"

卡丽坦气得直流泪，麦赫苏提也无能为力，他知道，强扭的瓜不甜，现在逼着他结婚也是一种不幸，还会伤害到别人。

塔乌孜再次拒绝了婚事，引起阿依努尔全家的不满，撒合买提也很恼火。他们认为是麦赫苏提一家人在欺骗他们，这是对他们全家的差辱。阿依努尔的哥哥带了一帮人冲到麦赫苏提家，指着麦赫苏提的鼻子说："哎，麦赫苏提老师，你是草原上的老师，我们都尊敬你。可是，你不能仗着有知识有文化就欺负我们这些没有知识没有文化的人，我们全家是认真对待这桩婚事的，而你们却在耍我们。你们这么做，让我妹妹以后怎么办？你们太不拿我们当人了，你们这样做实在太过分了……"

阿依努尔的哥哥发了一顿脾气，觉得还不解恨，又举起马鞭，将桌子上的茶碗打得粉碎，气哼哼地看着他们。

麦赫苏提气得没说一句话，塔乌孜要争辩，也被卡丽坦拦住。

阿依努尔哥哥的话像刀子一样刺痛了麦赫苏提的心。

是啊，人家姑娘还要顾及脸面，你麦赫苏提教书育人一辈子，你是怎么搞的？你的儿子塔乌孜也是一名教师，怎么能够这样？

麦赫苏提越想越窝火，气得浑身发抖，他走到塔乌孜跟前，当着众人的面给了他一记重重的耳光。

塔乌孜长这么大，还是第一次挨爸爸的打，他非常生气，但是也觉得自己做得不好，让爸爸受辱，对不起家人。

是啊，爸爸是马圈湾人人尊敬的老师，怎么能让他老人家受此羞辱，他惭愧地低下了头。

后来萨汗别克闻讯赶来，及时劝说一番，阿依努尔的哥哥才带着人离去。

事情虽说过去了，可是，塔乌孜却觉得非常委屈。他心里清楚，阿依努尔是无辜的，她没错，她不应该遭受任何不白之冤，有啥责任都应该由自己承担。想到这里，塔乌孜亲自去见了阿依努尔，跟她说明了自己与巴合提古丽私订终身之事。

塔乌孜说："阿依努尔，虽然现在我见不到她，也不知道她去了哪里，但是，我一定要等她，哪怕等她一辈子我也愿意……"

　　塔乌孜越说越伤感，内心痛苦，流下了眼泪。阿依努尔被塔乌孜的话深深感动了。她知道，塔乌孜是个真诚而善良的人，有学问，重感情，心中有爱，有自己的人生追求。她也知道，他爱的是另一个人，是一个漂亮的女阿肯，他们才是天生的一对。她没有怨恨他，也没有怪他，流着泪跟塔乌孜说了声再见，微笑着离开了。她在心里默默祈祷，希望塔乌孜能够见到巴合提古丽，希望他们和和美美、平安幸福……

　　处理完了阿依努尔的事情，塔乌孜心里平静了许多，一心扑在教学上。

　　这年夏天，麦赫苏提病倒了。

　　几十年来，麦赫苏提长年在外教学，为了赶路经常风餐露宿，身体积下很深的病根。他的肺一直不好，多年前因连续感冒发烧引发肺炎，没有及时医治，导致肺部炎症逐步扩散，常年积累发生病变，发展成癌，现在已经到了晚期。

　　弥留之际，麦赫苏提看着身边的儿女们，缓缓地说："多年来，我致力于牧区教育事业，也把你们培养成了教师，我没有遗憾。"

他接着又说:"我们哈萨克族是非常重视教育的,现在社会进步了,我们必须抓好教育才能跟上时代前进的步伐……"

最后,他把目光停留在塔乌孜身上,这是他最小的儿子,也是他最疼爱的孩子。看着塔乌孜满是泪痕的脸庞,他心里非常难受,他缓缓抬起手臂,招呼塔乌孜过来。塔乌孜紧忙上前,扶着爸爸的手臂跪在他身边,止不住地哭了起来:"爸爸,都是我不好,让你遭受他人羞辱,毁了你的清誉……"

麦赫苏提轻轻摇了摇头说:"孩子,不怪你,谁也毁不了我。"

塔乌孜痛苦地说:"爸爸!对不起!对不起!"

麦赫苏提轻轻抚摸着塔乌孜的头,心疼地说:"孩子,巴合提古丽的事,你也别怪你妈妈,她做的也没错。"

塔乌孜见爸爸说话非常吃力,握着爸爸的手哭着说:"爸爸,我知道,我知道,我已经想通了,不怪妈妈,请你放心。"

麦赫苏提见塔乌孜成熟了许多,心里非常满意,他努力点点头说:"好孩子,这样,爸爸就放心了。"

卡丽坦在一旁直落泪,她的心更疼啊。

麦赫苏提见卡丽坦默默流泪,缓缓地说:"你也别难过,这些年你也太辛苦了,我这一辈子,最对不住的,就是你。"

卡丽坦拉着麦赫苏提的手,摇了摇头,轻声说:"唉,老头子，你说的这是啥话，啥辛苦啥对不起的，为了我的丈夫、为了我的家庭我的孩子，做啥我都高兴，这是我应该做的。"

麦赫苏提自嘲地摇了摇头，默默地看着卡丽坦，微笑着点点头，说："谢谢你呀，卡丽坦。"

麦赫苏提缓了一口气，看着塔乌孜又说："孩子，我在牧区做了一辈子教师，去过北京是我的荣耀。现在，一大批牧人的孩子走出牧区，成了有知识、有文化、有能力的人，就像你的哥哥姐姐们一样，在省城、县城、村镇工作，改变了牧人的生活面貌，这是我的梦想，也是一生的追求。"

麦赫苏提越说越吃力，最后断断续续地说："当教师，很辛苦，但是，教师是个神圣的职业，你安下心来，坚守牧区，把马圈湾的孩子教好……"

麦赫苏提说完就走了，永远地离开了他热爱一生的事业。

其实，卡丽坦心里一直有愧疚感，他觉得对不起丈夫麦赫苏提，更对不起塔乌孜。细说起来，塔乌孜左腿的残疾还跟巴合提古丽有些关系。

自从那年老阿肯把小巴合提古丽交给了卡丽坦，卡丽坦就把小巴合提古丽当作自己的女儿，让她和塔乌孜一起吃自己的奶水，后来他们一天天长大，奶水不够，她就让小巴合提古丽吃她的奶，让塔乌孜喝牛奶。塔乌孜七岁那年冬天，小巴合提古丽和塔乌孜同时生病了，高烧不退，卡丽坦把家里仅有的一点药都给小巴合提古丽吃了。小巴合提古丽退烧了，而塔乌孜的病却越来越重，大雪封山，麦赫苏提骑着马到几十里外的村庄抓药，第二天回来，塔乌孜因高热抽风，腿脚出了毛病，后来就落下了残疾。对于这件事，卡丽坦只在自己心里难受，对别人只字不提，甚至连老阿肯都没说。麦赫苏提去世前的一天晚上，她实在忍不住了，说出了心中的痛。

卡丽坦说："唉，有一件事我对不起你。那年没有照顾好塔乌孜，让他落下了残疾，想起来就心疼。可是，当时……要是多有一些药该多好啊……"

麦赫苏提安慰她说："这事不怪你，你做得对，没啥后悔的。老阿肯是我们敬重的人，巴合提古丽是我们的女儿，她是个好孩子……"

卡丽坦摇了摇头，心里非常难受。麦赫苏提看着她，微笑着点点头，心里充满了安慰和感激。

卡丽坦心里非常清楚，对于两个孩子的婚事，自己心里确实有顾虑，她也觉得愧对塔乌孜。可是，凡事由不得自己呀，老天爷在天上看着呢……

二十三

　　这些日子，老阿肯考虑返回的事情，他已经开始做准备了。巴拉提见师兄果真要走，心里就着急了，他正式向老阿肯提亲。

　　巴拉提说："师兄啊，巴合提古丽是你的女儿，也是我的弟子，我可是没有拿她当外人哪！我把她当作最钟爱的弟子，将父亲教我的弹唱技艺毫不保留地传授给她，也是对得起你的。"

　　巴拉提说的的的确确，他教巴合提古丽是认真的，可以说倾囊相授，毫不保留。这一点，老阿肯心里自然明白，也非常感激。

　　老阿肯真诚地说："谢谢你呀，师弟，我真的很感激，真的，感谢你向我女儿传授技艺。"

　　"师兄，你也别见外，都是自己人。"巴拉提笑道。

　　"那是。可是，还是要谢谢你。"老阿肯再次说。

　　"说真的，巴合提古丽非常优秀，她的领悟力极强，我在教她的过程中就意识到了，她必将成为一个非常出色的女阿肯。"巴拉提激动地说。

"嗯，这我相信。我也是发现她这方面的天赋才开始教她的。"老阿肯说。

巴拉提看着老阿肯，非常认真地说："师兄啊，我觉得她跟我们家霍吉思非常般配。"

"哦！"老阿肯停顿了一下，没有再说话，他还没想好怎么回绝。

见老阿肯不吭声，巴拉提有些不高兴了，他看着老阿肯，非常恳切地说："师兄，难道你认为他们不合适吗？"

巴拉提这样问，老阿肯已经没有了退路，他不知道该怎么说了。他犹豫了一会儿，叹了口气说："师弟呀，霍吉思是个好小伙子。可是，我们还要回去，回到马圈湾去……"

"回到马圈湾去？"巴拉提有些激动地说。

"是的。"老阿肯说。

老阿肯说了自己的想法，巴拉提笑道："师兄啊，你想得有些简单了，现在，估计办不了相关手续……"

老阿肯一听心里有些紧张，急忙问道："那，该咋办？"

"你已经到了这片美丽的大草原，就在这里颐养天年吧，享受晚年的幸福生活……"巴拉提慢悠悠地说。

"我，一定要带着巴合提古丽回去……"老阿肯坚定地说。

"听说那边生活很糟糕，牛羊吃不上草，牧民吃不上肉，日子过得很艰难啊！"巴拉提看着老阿肯，神色疑惑地说。

"胡说的，没那回事。我们那边很好，家家户户牛羊成群，人们生活得很幸福。我必须回去。"老阿肯提高了嗓门，说得非常肯定。

"师兄啊，你就这么一个女儿，那边也没有别的人了，你回去做啥呀？"巴拉提有些责怪地说。

"虽然我只有一个女儿，可是，马圈湾是我的家，那里有我熟悉的牧场，有我熟悉的人，有我朝思暮想的事情……"

老阿肯越说越激动，他很想告诉巴拉提关于巴合提古丽和塔乌孜的事情，可他没有说，他还没想好怎么说。他明白女儿的心意，巴合提古丽是不会丢下塔乌孜的，这一点他非常确定。现在，他也要为女儿争取一番，他就是这么想的。

老阿肯着急上火的这一番话，让巴拉提想起一件往事，他愤愤地说："难道，你还在嫉恨我父亲吗？"

老阿肯说："那怎么可能呢？师父待我胜过父亲，我从没怨过他老人家。"

巴拉提说的这件事发生在许多年前了。那时候，老阿肯正值青春年华，他出色的弹唱吸引了无数草原姑娘的目光，他的师妹，也就是巴拉提的姐姐古丽娜尔喜欢上了他，而他却爱上了马圈湾穷苦牧民家的姑娘吐鲁尼撒，古丽娜尔对此却毫不知晓。每次古丽娜尔来看望爸爸的时候，就找机会和老阿肯聊天，也会给他带些喜欢的东西吃，师父看出了女儿的心思，他也非常欣赏这个弟子，也就默许了。师父心想，他是自己一手教出来的，聪明诚实，人品可靠，是女儿可以依靠的人。

师父说要把女儿嫁给他，老阿肯不好拒绝，却也不答应。他有心仪的姑娘又不敢给师父说，怕伤师父的心，也怕伤师妹的心，他非常煎熬。后来，他终于想出了一个自以为两全的拒绝理由。在师父师母准备他们的婚事时，老阿肯推辞说，我们是一个部落的，有违祖宗礼法和习俗。

老阿肯说的祖宗礼法，是哈萨克族人千古流传的习俗，同一部落的青年男女不得通婚，七代以内的亲戚不得通婚……

然而，他们虽然同属大玉兹，却分属不同的部落之下的小部落的族群，从他们的小部落到大玉兹之间隔着十多个分支代系。可以说，既不存在同一部落问题，也不存在七代亲戚问题。而老阿肯坚持这么说，也让师父为难了。慢慢地，师父也觉察出了其中的问题，就不再坚持了，古丽娜尔嫁到了阿勒泰一户人家。古丽娜尔出嫁前，狠狠地抽了老阿肯一马鞭，流着泪走了，转身之际撂下了一句："我恨你！"

古丽娜尔带着幽怨甚至是恨意出嫁了。她嫁过去的第二年，因难产去世。古丽娜尔的死让师父非常伤感，老阿肯心里十分自责，觉得有些对不起师父。

唉！感情的事情，怎么说才好，怎么做才完美，难啊！这是人世间最最艰难的事情！

古丽娜尔走了，而吐鲁尼撒也非常不幸。吐鲁尼撒的父亲是个残疾牧工，母亲患有重病，弟弟妹妹还小，一家人的生活非常艰难。为了养活一家人，她的父亲准备把她嫁给巴依的傻儿子，这也是不得已的事情，吐鲁尼撒心里非常清楚，她来找老阿肯想办法。老阿肯能有啥办法呢，他没有牛马没有羊群，甚至连一只羊都没有，也没有那么多钱养活吐鲁尼撒一家人。要是老阿肯带着吐鲁尼撒私奔了，吐鲁尼撒可以幸福地生活。可是，她的父亲母亲怎么办？她的弟弟妹妹怎么办？吐鲁尼撒不忍心，老阿肯也于心不忍。

难啊，人活着真难！

吐鲁尼撒含着泪离开了，老阿肯只能眼睁睁地看着，没有一点办法，心中的痛苦无法言说。看着老阿肯痛苦的样子，吐鲁尼撒于心不忍，将自己的表妹嫁给了他。表妹一直倾慕老阿肯的才艺，对他非常好，还生下一个女儿，可惜后来她得病去世了……

吐鲁尼撒出嫁后，经常被巴依的傻儿子打得遍体鳞伤，受尽了折磨，她却只能忍着，为了一家人能够吃饱饭，为了治好母亲的病，为了弟弟妹妹顺利长大，她一直咬着牙忍着，承受着。两年后，她却因为没有生育遭到巴依一家人的嫌弃，他们骂她是个没用的东西。

没有生育也不一定是吐鲁尼撒的问题，可那时候人家就认为是女人的问题。吐鲁尼撒没有办法，只好祈求婆婆再给她一些日子，她托人找医生看了病，医生说她没有问题。婆婆得知这一情况非常生气，说她竟然把不生孩子的责任赖在自己儿子身上，对她一顿臭骂。后来，吐鲁尼撒真的怀孕了，婆婆得知后大怒，说她伤风败俗，对她一顿毒打。

吐鲁尼撒羞愧难当，身体虚弱流产了。吐鲁尼撒流产之后一病不起，婆家不管不问，后来凄惨离世。老阿肯得知消息，悲痛欲绝。

古丽娜尔走了，吐鲁尼撒也走了，老阿肯的心也凉了，师父一家要迁到大湖草原去，希望他一起走，老阿肯坚定地留了下来，这一留就是几十年。

巴拉提实在不明白师兄为啥不同意这门亲事，这对青年男女，如此般配，哪一点不如他的意了？他真想不通。

然而，老阿肯的拒绝并没有阻挡住巴拉提，也没有让他打消自己的想法，过了一段时间，他又跟老阿肯聊起此事。巴拉提说："师兄啊，我把全部技艺传授给巴合提古丽，可没把她当作外人啊。"

老阿肯知道他在说气话，笑了笑说："师弟呀，她不是外人，她是我的女儿。"

老阿肯停顿了一下又说："师弟呀，马圈湾是个非常美丽的草原，师父也在那里生活过。现在，马圈湾的牧民生活非常安详，非常自在。"

巴拉提有些不信地看着老阿肯，大声地说："哎，这片草原是多好的地方，你还是留在这里吧！"

老阿肯说："师弟啊，以前我们哈萨克人四方游牧，有水草的地方就是家园。现在，马圈湾就是我的家园。"

"哼！"巴拉提气得无话可说，顿了一会儿又说，"反正你们现在回不去，你总不能让巴合提古丽当老姑娘，耽误她的青春吧。"

这句话倒是提醒了老阿肯："是啊，不能耽搁了孩子的青春。"

老阿肯不再犹豫了，决定立即启程。

可是，前去办理相关手续却遇到了难题，现在正常通行有难度。如若返回，走其他路绕行，或有可能。但那是几乎无法实现的，他们没有那么多钱可以周转，只能等。这一等就是两年。

霍吉思对巴合提古丽用尽了心思，一次他们在一起练习对唱，霍吉思再次向巴合提古丽求婚。巴合提古丽委婉地拒绝道："霍吉思，我的家在东边，相隔几千里，我们真的不合适。"

霍吉思非常伤感，他拿起冬不拉弹唱起来：

东山和西山虽然不在一起，
积雪却一样的洁白。
草原和草原不在一起，
青草儿一样的青青。

巴合提古丽顿了一下，拨动琴弦回道：

东山和西山之间，
隔着宽阔的草原。
草原上的牛羊和蜜蜂，
它们有不同的选择。

霍吉思见巴合提古丽并不答应，心里着急，继续唱道：

牛羊为了吃饱肚子，
甘愿翻越千山万水。

蜜蜂为了酿造香甜的蜜，
甘愿飞遍万里花丛。

巴合提古丽见霍吉思死缠烂打，内心烦躁，低声唱道：

蓝天和大地之间，
隔着一层厚厚的云。
你和我虽然在一起学唱，
而我们的心相隔很遥远。

霍吉思有些生气了，气哼哼地唱道：

我知道牛毛和驼毛捻不到一起，
我知道乌鸦的歌儿比不过夜莺。
可是，姑娘啊！
你可懂得我的真心？

巴合提古丽见霍吉思如此，不知如何是好，再唱下去
就会让霍吉思更伤自尊。她也觉得非常委屈，擦了一下眼
角的泪，向霍吉思说声对不起，转身离去。

两年多时间了，霍吉思多次向巴合提古丽求婚未果，
情绪非常低落。老阿肯始终不同意巴拉提的提亲，也让巴

拉提非常恼火，两个人的关系越发僵了起来，几乎让同门师兄弟变成冤家，这是老阿肯不愿意看到的，也是巴合提古丽万万没有想到的事情。

这个时候，巴合提古丽更加思念塔乌孜，她拿出那顶独特的花帽，抚摸着帽子上的鹰翎，陷入沉思。

这些天，她时常独自一个人，戴着花帽，面向着东方，朝着马圈湾的方向，低声唱着歌儿，她用忧伤的歌儿表达内心的思念和不安。

巴合提古丽日渐消瘦了，说话不多，经常一个人在草原上行走，低声唱着，倾吐内心的伤感。

一天，她突然想起爸爸讲的《好妻子》的故事。当爸爸讲到那个傻得不能再傻的傻小子被富商哄骗，竟然要签约把好妻子输给那个心怀不轨的家伙时，巴合提古丽心急如焚，心都提到了嗓子眼，她真怕他鬼迷心窍，让好妻子被那可恶的富商诓了去。后来老阿肯说，他贤能的妻子一番解释竟然把傻小子一连串的愚蠢行为变成了聪明之举，老谋深算的富商不但没讨到便宜，反而丢掉了全部财产，令人叫绝……

这时，她想起塔乌孜。哦，憨厚的塔乌孜确实有点傻呵呵的样子。她心里想着，这么长时间不见面，他不会跟别人成亲了吧？想到这里，她暗自忧伤起来，想起小时候常跟塔乌孜唱的阿吾勒之歌，不知不觉低声哼唱起来：

    什么地方的青松最高大？
    我们的阿吾勒；
    什么地方的花儿最鲜艳？
    我们的阿吾勒；
    什么地方的歌声最嘹亮？
    我们的阿吾勒；
    什么地方的姑娘最美丽？
    我们的阿吾勒。

    高大的青松，
    经得住暴雨狂风；
    …………
    美丽的姑娘啊，
    我愿和你唱到黎明。
    …………

    巴合提古丽低声唱着，声泪俱下，伤心欲绝……

    霍吉思静静地站在她身后，默默地听着，见巴合提古丽独自低吟，哭红了双眼，心里十分难受，走上前来劝她。巴合提古丽再也控制不住内心的伤感，失声痛哭起来。巴合提古丽一边哭，一边说了她和塔乌孜这些年来的感情波折。见巴合提古丽如此伤心，霍吉思的心快要碎了，内心受到极大的震撼，他没想到这个看似柔弱的姑娘，感情如此专一，性格如此坚毅，他被巴合提古丽和塔乌孜这对恋人忠贞的爱情所感动，他心里十分惭愧，便暗暗下定决心，一定要让巴合提古丽幸福快乐。

霍吉思跟爷爷说明了情况，霍吉思说："爷爷，巴合提古丽有心上人，他们是真心相爱的，我想我们应该成全他们……"

听了霍吉思的讲述，巴拉提也非常震惊，没想到巴合提古丽遭受了这么多磨难，也为她的痛苦经历而难过，心里充满了同情和怜悯。"啊，这可怜的孩子，怎么遭了这么多罪啊！"他深深地叹了口气，自语道："是啊，不能让两个心爱的人分开……"

巴拉提看着霍吉思，默默点点头，心里说：嗯，孩子长大了，懂事了，爷爷放心了。

巴拉提抚摸着霍吉思的肩头，非常和蔼地说："孩子，你善解人意，我很高兴。是的，我们是阿肯，歌唱美好生活和情感是我们的天职，我们应该成全他们……"

巴拉提和老阿肯老哥儿俩握手言和，不再为此事动气。

霍吉思的大度也让巴合提古丽深受感动，她认下了霍吉思这位心胸坦荡的哥哥，并且为他唱了一首非常动听的歌，感谢他的理解和真情，也感谢巴拉提师父的真心指教，感谢他们一家人的热情照顾。

巴合提古丽唱得富有真情而且诚恳，她用淳朴的语言和歌声表达了内心深处的谢意，感谢他们一家人对她和老阿肯的照顾，在场的人无不动容，默默流下了眼泪……

巴拉提满含热泪，紧紧拉着老阿肯的手说："师兄啊，巴合提古丽真是个好姑娘，我没看错，可惜霍吉思没那个福气。"

老阿肯说："霍吉思是个好孩子，以后会遇上好姑娘的。"

这年夏天，老阿肯和巴合提古丽离开巴拉提家，离开大湖草原一路向东出发。在巴拉提的疏通和帮助下，他们顺利来到了阿勒泰草原。哦，父女俩紧紧绷着的心终于放松了下来，有了一种到家的感觉，巴合提古丽别提有多高兴了。

不过，他们没敢多停留，一路风尘仆仆往回赶。他们太想马圈湾了。是啊，他们已经离开三年多了。

他们回到马圈湾时，正赶上赛马大会……

二十四

在那场赛马大会上，老阿肯的出现让人们激动不已，好久没有见到他了，老老少少不断地欢呼鼓掌……

巴合提古丽的突然到来，让塔乌孜惊喜不已，他不敢相信自己的眼睛，以为是在做梦。看见她和老阿肯在对唱，听到她的歌声，他才确信，这是真的，因为她的歌声非常特别，尤其那首《燕子》，让他泪流满面，让他热血沸腾。

弹唱刚一结束，塔乌孜就急火火地从人群里挤过来，兴冲冲地来见巴合提古丽。他在人群里走着，心里有说不出的兴奋和激动，他高兴极了，不断向巴合提古丽挥着手。这一次，他再也不能迟疑了，他要大胆地向巴合提古丽表白心迹，说说这些年的相思之苦。

巴合提古丽也在那里急切地寻找着，她多想立马见到塔乌孜。这些年她朝思暮想，真想一见到面就一头扎进他怀里好好哭一阵，跟他好好说说心里的话儿。是啊，这些年她在外面经历了太多，感受了太多，她有太多的话儿要诉说，她有太多的心思要倾诉，太多的辛酸，太多的悲喜，太多的感悟……

可是，两个人一见到面，却又局促起来，仿佛初次约会的青年，又仿佛未曾谋面的人，四目相对，眼里含着泪花，傻傻地看着，仿佛久久遗忘的记忆等待唤醒，又仿佛干渴的树苗等待一声春雷。

塔乌孜看见巴合提古丽头上戴着的还是那顶花帽，内心非常激动，腼腆地笑了，心里说，她还跟以前一样，还是那么的漂亮，跟仙女一样。

巴合提古丽的心情也非常激动，心跳得跟小兔子乱蹦似的，脸上带着羞涩的微笑。

塔乌孜先打破沉默，他走上前去，深情地看着巴合提古丽，吞吞吐吐地说："这么多年，你还戴着这顶花帽？"

巴合提古丽开心地笑了，故作镇定又有些调皮地说："平时啊我可舍不得戴，今天回家，必须戴上。"

听了巴合提古丽这句话，塔乌孜心里宽慰了许多。不过，他心里还有许多疑问需要解答。现在，他有些心急了，急切地问道："这些年，你去了哪里？为什么不通知一声？"

塔乌孜的话语中充满了思念，还有责备，还有心疼，总之五味俱全。

见塔乌孜突然问起这些，巴合提古丽犹豫了。

这些年，她每时每刻都在思念塔乌孜，现在，她真想抱着他痛痛快快哭一场，以解久埋心底的相思之苦。

然而，关于跟随老阿肯去大湖草原的事情，她却不能告诉塔乌孜，至少现在不能。

这可是个秘密，对于她和老阿肯父女俩，对于塔乌孜一家人，对于大家都很重要，不能随便说。

巴合提古丽微微笑了笑，从头上摘下花帽，轻轻抚摸着，笑嘻嘻地说："哦呀，这些年啊，我可把新疆走遍了，我跟爸爸沿着天山一路行走，到过吉木萨尔、玛纳斯、乌鲁木齐，去了乌苏、精河、博乐、伊犁，还去了塔城、阿勒泰等地方，那边地域广阔，草原太大了⋯⋯

这些年，穿越无数的山梁河谷，走过无数的草原村落，体验了北塔山、博格达山一带的牧民生活，欣赏伊犁草原美景，感受了天池、三台海子[1]的神奇⋯⋯我们在戈壁上遇见过成群的黄羊和野驴，在山上看到成群的马鹿和野山羊，遭遇过野狼，看见过天鹅，遇到过危险都逢凶化吉⋯⋯我们帮助过别人，也得到了无数人的帮助⋯⋯我们遇到过特别的迎亲、特别的葬礼，参加过特别的草原聚会，我们在乌苏、精河、伊犁等地停留了许多时间，收集了许多各部落民间流传的歌谣⋯⋯

这些年，我们所经之地，到处都是牧场，有许多哈萨克族人的村落，不同地方的部落也不一样，文化习俗也有差异。但是，哈萨克族人的基本传统都一样，他们都有一

---

1 即赛里木湖。

颗游牧的心，淳朴、热情、好客，他们都喜欢阿肯弹唱，尽管对唱风格略有不同，但是，歌唱的主旨都是哈萨克族人对万物的敬畏和对生活的感恩，他们生活得非常幸福。尤其是伊犁、塔城、阿勒泰的阿肯，弹唱水平很高，我们进行了深入的交流，学到了不少古典唱词，也学习了许多新东西……"

巴合提古丽说了一大堆草原各处的见闻，许多都是自己的亲身经历和感受，也有一些是听老阿肯以前说的，加上去大湖草原学艺的心得，说起来自然具体，而且深有体会，塔乌孜听得入迷了。

在回马圈湾的路上，父女俩已经想好了回答亲友们的话。对于巴合提古丽的精彩描述，塔乌孜最初半信半疑，后来就被完全吸引了，自然相信她的话。

两个人一见面就想把几年的话儿都说完，两情相悦，以心相许，多么幸福啊！

回家的路上，巴合提古丽讲了一个伊犁草原上流传久远的爱情故事：一个叫阿帕克的女阿肯，聪明漂亮，弹唱精湛，许多人慕名前来对唱，她多次胜出，名气很大。一次跟一位年轻小伙子对唱了三场，不分胜负，他们互相倾慕相爱了。可是，她并非无主之人，她的未婚夫死了，按照古老习俗，她要嫁给未婚夫家族的一个兄弟。她誓死不从，每日用歌声表达内心的痛苦和渴望。她的坚毅感动了乡亲们，在众人的支持下，有情人终成眷属……

巴合提古丽说："故事发生在很久以前，我第一次听到时，感动得流泪了……"

塔乌孜说："确实非常感人。好在现在，那些陈规陋习都被摒弃了……"

巴合提古丽想起胖古丽的事情，若有所思地说："这些年，我们四处游走，也遇到了很多事情，一些旧的传统依然影响着人们……"

塔乌孜说："是啊，一些旧观念传承了千百年，在人们心里已经根深蒂固，桎梏一样禁锢人们的思想，影响人们的生活，没那么容易彻底根除的，还需要时间。不过，好的传统也保留下来，就像阿肯弹唱，它是我们文化的精华，需要好好发扬的。你现在就是传播的使者，担负着光荣的使命呢……"

巴合提古丽轻轻"嗯"了一声说："我不过是个普通女子，我可没那么伟大！"说完，嘿嘿地笑了。

塔乌孜笑道："你也别那么谦虚，你的弹唱非常精彩，是一个真正的阿肯，草原上的人们非常喜欢。"

巴合提古丽笑着说："我唱得没那么好，那是大家在鼓励我。"

塔乌孜说："唉，你呀，还是那么谦虚。过分谦虚，也是骄傲。"

巴合提古丽说:"弹唱艺术没有止境,我跟随爸爸走了这么多地方,见了那么多优秀的阿肯,越发感觉这门艺术的深厚和博大……"

塔乌孜说:"学无止境嘛,任何一门专业都一样。现在社会进步快,我也在努力学习,做好教学还需要很多知识。"

巴合提古丽深以为然,点点头说:"你做得很好。我也会好好探索弹唱艺术,努力提升自己……"

两个人慢慢聊着,走着,开心地笑着。后来,巴合提古丽问起爸爸妈妈的情况,塔乌孜顿时伤感起来。巴合提古丽心里一惊,八成发生了什么事。她急切地问塔乌孜到底怎么了。塔乌孜流着泪说:"爸爸去世了……"

"什么?你说什么,爸爸他……"巴合提古丽惊呆了。

"是的,爸爸已经走了。"塔乌孜难过地说。

"啊,什么时候的事情?"巴合提古丽紧张地问道。

"你走后没多久,爸爸的病就重了,是癌症,今年初夏去世了……"

"啊,怎么会这样?怎么会这样?"巴合提古丽悲痛不已,失声痛哭起来,一边哭一边说:"爸爸,你怎么突然就走了,不等我见你最后一面啊……"

塔乌孜安慰道："爸爸走得很安详，没遭啥痛苦……"

巴合提古丽自语道："这么好的爸爸，说走就走了，我还没来得及报答养育之恩啊。"

塔乌孜说了爸爸临终时的嘱托和对她的关心，巴合提古丽越想越伤心，又痛哭起来。塔乌孜又安慰了一阵，巴合提古丽才慢慢止住哭声。塔乌孜说："有一件事得事先跟你交代一下，回家以后，不要再提说此事，免得再勾起妈妈的伤心。"

巴合提古丽默默点点头。

塔乌孜说："爸爸的离开，对妈妈打击很大，这些日子妈妈过得很苦，她经常抱怨说没有照顾好爸爸，感到惭愧。现在总算好多了，千万别让她再伤感了。"

巴合提古丽擦干眼泪，低声说："嗯，我知道。"

巴合提古丽跟着塔乌孜回到家里，卡丽坦别提多高兴了，她仔仔细细端详了一会儿女儿，抱着巴合提古丽就痛哭起来，一边哭一边说："女儿呀，可想死妈妈了……"

巴合提古丽哭泣着说："妈妈，对不起，这么长时间没来看你，真的对不起。"

而她心里也在哭着爸爸，只是没有说出来，她怕妈妈伤心。

卡丽坦自语道："唉，要是你爸爸看见你回来，他该多开心呀！"

"啊，爸爸！"巴合提古丽痛哭不已，她在心里怪自己回来得太晚了，没有照顾好爸爸，成为终生遗憾。

塔乌孜见母女二人痛哭不止，就上来劝妈妈说："哎呀，妈妈，巴合提古丽这不回来了吗？你应该高兴才对。"

卡丽坦抹着眼泪说："是的，我是高兴才哭的。"

塔乌孜笑着说："妈妈，你光顾着哭了，巴合提古丽饿了。"

卡丽坦笑着说："哦啊，光顾着哭了，我这就做饭去。"

巴合提古丽说："妈妈，不急，我还不饿。"

卡丽坦说："那你们先说说话，我去做饭。"

巴合提古丽说："妈妈，我帮你。"

娘儿俩一边做饭一边聊着，塔乌孜也在一边帮忙。

吃过晚饭后，娘儿仨又在一起聊了一会儿，不觉天色已晚。卡丽坦知道巴合提古丽一路劳顿，神色疲惫，就叫她早点休息，明日再聊。

巴合提古丽回到自己屋里后，卡丽坦总觉着心里有些疑问，她问塔乌孜这些年巴合提古丽到底去了哪儿，塔乌孜说了巴合提古丽跟他说的伊犁见闻，卡丽坦也就没有再多问，回屋安歇了。

第二天早饭后，塔乌孜跟妈妈说起他和巴合提古丽的婚事。

卡丽坦叹了口气说："塔乌孜，你爸爸刚走，现在怎么能说这个？"

塔乌孜说："妈妈，爸爸已经走了，我相信他也希望我幸福。"

卡丽坦非常生气地说："什么，你爸爸刚走，你就……"

塔乌孜一时无语，看了看巴合提古丽低下了头。在一旁的巴合提古丽也觉得塔乌孜此时提起这事有些不妥。不过，她从妈妈的话里似乎感觉到不对劲儿。妈妈的意思是要等上三年？还是她不同意？巴合提古丽这么想着，却不敢问，心里很不是滋味儿。

卡丽坦的反对让两个人再次陷入痛苦之中。

然而，现在的巴合提古丽已经不是之前那个小姑娘了，她已经长大了，经历了太多，多年学艺已经磨炼出坚强的性格，她不会气馁，更不会放弃，她心意已定，她认定的事情会坚持下去。她想，总有一天妈妈会答应的，因为妈妈是爱她的。

塔乌孜虽然失望，但他认为妈妈说的也对。不过他依然相信，只要他坚持，妈妈会答应的，因为他相信妈妈。

巴合提古丽这次回来，第一场表演就在马圈湾引起轰动，人们都说她已经是一个出色的女阿肯了，可以接老阿肯的班了。

然而，一段时间以后，草原上传来关于巴合提古丽的谣言，有人说她被城里的文工团看中了，人家要招收她成为正式的演员，不再做阿肯了，等等。

　　听到这个消息，塔乌孜心里一惊，他找巴合提古丽问个究竟。塔乌孜说："那些传闻都是真的？你真要去文工团？"

　　见塔乌孜心急火燎的，巴合提古丽笑了笑说："看把你急的，确实有这么回事。"

　　巴合提古丽说了文工团找她的详细情况，塔乌孜却不乐意。塔乌孜没好气地说："你刚刚学成阿肯弹唱，就这么去了文工团，老阿肯大叔该多伤心呀！"

　　巴合提古丽看着他，摇了摇头说："这你就不懂了，老阿肯爸爸同意我去文工团学习一段时间。"

　　"你说的都是真的？"塔乌孜瞪大了眼睛。

　　"当然。"巴合提古丽非常自信地说，"老阿肯爸爸非常开明，跟你想的不一样。他说弹唱艺术不能封闭发展，要打破壁垒，善于博取众家之长，才能真正发展阿肯弹唱艺术……"

　　塔乌孜心里暗暗吃惊，不由得张大了嘴巴，在他的潜意识里，老阿肯是非常古板的，保守的。没想到他老人家内心如此博大，更没想到巴合提古丽的认识如此深刻，现在的巴合提古丽已经让他刮目相看了，似乎有些不认识了。

此时的塔乌孜，既高兴又难过，内心非常复杂，也非常痛苦。

他想了很多，陷入困惑之中，他有一种不祥的预感，不知道该怎么办。

不过，他很快清醒过来，他已经发觉巴合提古丽现在的不一样，她这次回来似乎有许多的疑问，却不好一一问明。他深深地明白，巴合提古丽确实变了，具体哪方面变了，他也说不上来。人还是那个人，但是，想法不一样了，习惯不一样了，精神也不一样了，还有许多方面都不一样了，好像她已经不是以前的巴合提古丽了，而变成了另一个人。

这些年到底发生了什么？难道人们传说的都是真的？塔乌孜满脑子疑问。

一段时间以来，关于巴合提古丽有许多流言，其中就涉及他。其实，人们并不知道巴合提古丽身世的真相，而他也不能说。父母的反对，他人的责难，那些所谓兄妹关系暧昧的流言，巴合提古丽在外面不守妇道的非议，还有关于他跟阿依努尔的种种议论，这些事情都让他接受不了。更重要的是，自己遭受了这么大的痛苦，巴合提古丽心里一定更加痛苦，她太可怜了，不该遭受这样的痛苦……

塔乌孜犹豫起来，不知道该怎么面对这一切。他甚至怀疑自己，是不是不该爱上巴合提古丽，他考虑再三，决定重新考虑与巴合提古丽的感情。他想，不管巴合提古丽怎么想，也不管别人怎么看，他要支持巴合提古丽，要尽力帮助她，成全她。他还有个想法，就是放手让她进城去，开始她新的人生。想好了这一切，塔乌孜对巴合提古丽说："巴合提古丽，我们现在长大了，都担负着一份责任，我们应该冷静地思考一下以后的事情。"

巴合提古丽不明白塔乌孜在说什么，愣愣地看着他说："塔乌孜，你怎么了？"

塔乌孜说："没什么，妈妈说得对，我们现在不应该考虑那些事情。"

巴合提古丽一下蒙了，她摇了摇头，流着泪离开了。

看着巴合提古丽的背影，塔乌孜默默流泪。他已经下定决心，一定要支持她去做自己的事情。

从那以后，他就一心扑在教学上，不再去找巴合提古丽了。

塔乌孜的这一举动，却让巴合提古丽难以接受，她感觉非常突然。塔乌孜到底怎么了？为什么会这样？她实在不明白。

关于那些流言蜚语，她多多少少也听到了一些，她无法去解释，也解释不清。关于去大湖草原的事情，包括那里发生的一切，她也不能说。

现在，塔乌孜不理解，一定是发生了误会。具体是什么？塔乌孜为啥不说清楚？这个从小跟自己一起长大的哥哥，青梅竹马的塔乌孜，打小就喜欢她，一直疼爱她，现在怎么突然变了，变得连自己也不认识了。关于他跟阿依努尔的事情，她也听说了，不能怨他。可现在他为什么要这样？巴合提古丽实在想不通。

巴合提古丽伤心极了，为了表明心迹，她放弃了到城里文工团的机会，这又让许多人不能接受。有人说，这么好的机会咋能说放弃就放弃，她是在犯傻。也有人认为是老阿肯太自私，不肯放巴合提古丽进城去……

这些传闻也让老阿肯心里很不好受，他劝巴合提古丽认真考虑一下。可是，巴合提古丽态度坚决，她说："我不去文工团了，就跟着你弹唱……"

老阿肯感觉她在说气话，他并不知道她和塔乌孜之间发生的事，见她不乐意，也就没有再劝说。

二十五

多年来，塔乌孜一直在帐篷小学默默教学，慢慢地，他对帐篷小学产生了深厚的感情。

塔乌孜打小就对帐篷学校的传说故事很感兴趣。上中学时，老师谈起帐篷学校的事，他觉得不够详尽，回家问爸爸，想知道更多有关帐篷学校的来历。

麦赫苏提说："帐篷学校也叫马背学校，它的历史非常久远，跟历史上著名的汗王阿布赉汗有关。"

"哦，阿布赉汗！就是跟准噶尔人打仗的阿布赉汗？"

塔乌孜睁大了眼睛。他打小就知道，阿布赉汗是个伟大的英雄。

看着塔乌孜好奇的样子，麦赫苏提笑着说："是的，没错，就是阿布赉汗。"

塔乌孜兴奋不已，用期待的眼神看着父亲，希望他尽快讲述，让他知道这位大英雄的事情。

麦赫苏提自然知道孩子的心思，他非常高兴，也乐于给孩子们讲历史文化和哈萨克族人的传承。

麦赫苏提冲塔乌孜点点头，缓慢地说："阿布赉汗是扬吉尔汗的五世孙，是个文武双全的政治家、军事家。他非常勇敢，曾率领哈萨克骑兵一举击溃强悍的准噶尔，一战成名。"

"阿布赉汗真是好样的。"塔乌孜心里说。

麦赫苏提从塔乌孜微笑的眼神里，知道他想说什么，他肯定地对塔乌孜说："是的，他是个智慧的汗王。"

塔乌孜点点头，又问道："那后来呢？"

麦赫苏提看着远处。一只鹞鹰正在追击一群野鸽子，鹞鹰速度快，很快追上鸽群，它从下方直接插入鸽群，霎时逮着一只鸽子，任凭鸽子扑腾挣扎叫唤，它不管不顾，带着猎物得意扬扬地飞走了……

塔乌孜说："可怜的鸽子又被鹞鹰抓走了。"

麦赫苏提说："鸽子那么多，为啥被一只鹞鹰追击？要是它们团结在一起，任凭鹞鹰再凶恶，也打不过群鸽。"

塔乌孜若有所悟，点点头说："鸽子为啥不团结起来？"

麦赫苏提笑道："它们没有形成这样的认识，它们的头领缺乏这样的思考，群鸽也就是一盘散沙，遇到危险就乱阵脚，各自慌张逃命，鹞鹰就有了可乘之机……"

塔乌孜突然想起了什么，说："马蜂很厉害，它们会围攻，许多动物都不敢招惹它们……"

"对，马蜂会团队作战，可以保卫自己的巢穴。狼也很聪明，会群体作战，哈熊也不敢将它们怎样……"麦赫苏提说。

塔乌孜在那里发呆，他想不出来这些复杂的问题，又问起汗王阿布赉后来的事情。

麦赫苏提缓缓地说："后来，阿布赉汗在与大清朝廷的交往中更加认识到文化发达的重要性。他认为，哈萨克族人必须学习先进文化观念。他根据哈萨克族人逐水草而居常年迁移的特点，设置了帐篷学校……"

塔乌孜非常感慨，心里还有些不明白。之前他一直认为，一个国家强大，就是打仗厉害，骑兵、马队可以横扫一切。现在，父亲说是文化，学校里的老师也说是文化，文化可以让一个国家、民族兴旺，这文化到底有多大力量？他想不出来，也想不明白，既然老师说了，父亲也说了，那就是对的。

可是文化到底有多厉害？他一时半会儿还想不明白。

那时候，塔乌孜心里对文化的事儿一直有个疑问。

听老师说，科学文化可以造飞机、造坦克、造火车、造军舰，比骑兵马队强得多，他没见过飞机，也没见过火车，更别说坦克和军舰了。这些东西他在电影上看到过，那些家伙真的厉害，胜过千军万马。这可不是骗人的事情。哦，此时他有些明白了，也许这就是科学，这就是文化的厉害！

麦赫苏提说："其实，帐篷学校跟阿拜·库南拜乌勒最有关系。"

塔乌孜好像听人说过阿拜·库南拜乌勒，不过他只知道他是哈萨克族历史上著名的诗人，却不知道他跟帐篷学校有关系。

麦赫苏提满意地点了点头，他轻轻抚摸着塔乌孜的头，非常赞赏地说："是的，孩子，阿拜·库南拜乌勒先生可是一位了不起的智者，他是我们哈萨克族人的骄傲。他是著名的思想家、哲学家，他经常给贵族子弟上课、讲学，他发现普通牧民的孩子很少有受教育的机会，就跟汗王建议，在牧区建立临时性的帐篷学校，跟随牧民一起转场，让牧区的孩子们得到教育，汗王同意了他的建议……他是近代哈萨克族人的教育先驱……"

麦赫苏提看着塔乌孜说："孩子，这些都是过去的历史。现在，我们的国家非常好，我们成长在新中国是非常幸福的。

麦赫苏提的眼神里充满了崇敬，塔乌孜看着父亲虔诚的神情，努力地点点头。其实，直到现在，他还是没弄明白到底谁是帐篷学校真正的发明者，或者首创者，父亲并没有给出答案。

他明白父亲跟他讲这些事情的目的，是让他了解哈萨克族的历史文化。他更明白父亲的深意。父亲是老教师，是优秀教育工作者，父亲是要他走出局限，开拓视野，坚持中华民族大家庭意识，做好教育工作，用先进文化和理念提升马圈湾牧区孩子的思想文化……

现在，父亲去世了，巴合提古丽要去发展自己的事业，塔乌孜一门心思放在教学上，立志完成父亲的嘱托。

在他们五兄妹中，塔乌孜年龄最小，他的哥哥姐姐都是教师，有的在省城，有的在县城、村镇，只有塔乌孜一个人留在马圈湾牧区。

那年，帐篷小学缺老师，萨汗别克去找镇上，领导说，现在没有老师愿意去帐篷小学。萨汗别克心里着急，就去找麦赫苏提商量。

萨汗别克说："老哥哥，你在教育界威望高，能不能想想办法？"

麦赫苏提说："帐篷小学正在被边缘化，协调起来很困难。"

萨汗别克说："那怎么办？总不能让孩子早早去放羊吧。"

能不能从其他地方调一个老师过来？

麦赫苏提想了想说："塔乌孜马上初中毕业了，但他腿脚不便，在县城上高中有困难，我考虑让他回到牧区教学。"

萨汗别克说："那敢情好啊！可是，孩子是否愿意？"

麦赫苏提说："这个你放心，他会愿意的。"

萨汗别克摇了摇头说："那可能委屈孩子了。凭你的资历和名气，只要你说一声，别说村镇小学，就是县城小学塔乌孜也能进去。"

麦赫苏提想了想说："老弟，你应该知道，我从来没有对孩子们特殊关照过。"

塔乌孜非常好学，虽然仅仅上了初中，可学习上从没中断。到帐篷小学任教后，他自学了高中课程。后来在城里同学的帮助下，他又自修了师范大学的中文课程，虽然没有参加考试，但是他的实际水平已经达到了大学生水平。

麦赫苏提病重期间，萨汗别克来看望他，恰好许大爷的儿子许继华也来了，他在镇上当老师。

萨汗别克说："老哥哥，你又培养了一个好教师，塔乌孜现在棒得很！"

麦赫苏提想了想说："他教学时间短，他的路还很长。"

萨汗别克笑着说："哎，你可不知道，现在，孩子们可喜欢他了。孩子们说，塔乌孜老师知识丰富，语文、数学、历史、自然，每个年级的每门功课他都非常熟悉，都能够串起来讲，深入浅出，融会贯通，同学们听得津津有味。"

许继华说："是的。他还介绍一些课外读物给孩子们，从了解大自然出发了解自然科学，从了解本地区本民族的历史出发了解新疆乃至中国的历史，非常好。"

萨汗别克说："现在啊，孩子们听了课，读了书，回家还跟大人们讲，一家人都受教育了。塔乌孜现在是名声远扬。"

许继华说："塔乌孜的心血没有白费。这些年，帐篷小学辍学率几乎为零，还有从镇上学校转学到帐篷小学的，升学率逐年提升，已经跟城里的学校水平相当了。"

萨汗别克说："现在，帐篷小学的学生在县里举办的数学竞赛、作文竞赛中多次得奖，引起各方面的关注。"

麦赫苏提非常满意，脸上露出欣慰的笑容。

这两年，塔乌孜连续被评为县里的优秀教师。镇上要调他到镇中心小学教学，那里条件好，待遇也好，塔乌孜没有去。县教育局推荐他到县城的一所小学，塔乌孜还是没去。别人想不通，也不理解，这样的好事，抢都抢不到，但塔乌孜自己心里最清楚。

塔乌孜不但课教得好，而且心地非常善良，真心帮助那些困难学生。帐篷小学名义上是牧场办的，实际上，日常的许多教学用具都是塔乌孜自己购买的，跟他父亲麦赫苏提一样，他也帮助过许多学生。

有个叫铁穆尔的孩子，因为家庭困难放弃了学业，塔乌孜专门赶到铁穆尔家，说通了他的父亲。铁穆尔没钱买作业本，塔乌孜就自己掏钱，买上作业本、铅笔送给他。铁穆尔升入初中，因为开销较大，家里又不让他上学了，塔乌孜再次找到他父亲，语重心长地说，铁穆尔是个好孩子，学习认真，将来一定会有出息的。他父亲最终同意了。铁穆尔不负所望，后来考上大学。这是后话。

塔乌孜虽然想支持巴合提古丽去发展事业，自己埋头教学，也取得了成效，但是，他心里始终放不下巴合提古丽，每当上完课回到家，独自一人时不免黯然神伤。

这一切，卡丽坦看得清清楚楚，她明白儿子的心事。再说巴合提古丽也好久没回家了。他们这是怎么了？难道我真的错了？卡丽坦不断地问自己。

这些日子，看着塔乌孜失魂落魄的样子，卡丽坦心里非常难受。

那天，塔乌孜一个人坐在屋子里发呆，卡丽坦走了进去，轻轻抚摸着塔乌孜的肩头说："塔乌孜，我的好孩子，你到底怎么了？"

塔乌孜苦涩地笑了笑说："妈妈，我没事。"

卡丽坦说："孩子，你的心事，妈妈知道，妈妈心里也难受啊。"

塔乌孜站起来，扶妈妈坐下，强装笑脸说："妈妈，你也别想那么多，没事的。"

塔乌孜过去给妈妈倒茶，卡丽坦看见儿子跛着腿的样子，眼泪就下来了。她摇了摇头说："孩子，你的腿是妈妈耽误的，妈妈对不起你。"

说着，卡丽坦泣不成声。

塔乌孜急忙说："妈妈，我不怨你，你做得对。"

"唉，那时候，我确实没有办法啊，孩子……"

卡丽坦痛苦地说。可以想象她说这句话时，内心深处是多么的痛苦和悲伤啊！作为母亲，在那种两难之际，她怎么可能不心疼自己的儿子呢？现在，面对儿子，她怎么可能不难受呢？

塔乌孜明白妈妈心里的苦，更知道妈妈心里的爱，他始终认为，妈妈没有错，不怪妈妈。

塔乌孜抱着妈妈流着泪说："妈妈，你是我的好妈妈……"

卡丽坦端详着塔乌孜，心里说，孩子，可是妈妈总觉得亏欠你啊。

卡丽坦冷静了一会儿，看着塔乌孜，认真地说："我的好孩子，有件事情你一定要理解妈妈。你和巴合提古丽的事情，妈妈一直不同意。可是，妈妈确实有顾虑呀！"

卡丽坦失声痛哭起来，她是为巴合提古丽哭，为塔乌孜哭，也为她自己哭。她内心非常难受，可怜的巴合提古丽会理解吗？塔乌孜能真的理解吗？还有她自己，这些年来付出的心血和爱，老天爷呀……

塔乌孜也失声痛哭起来，一边哭一边说："妈妈，你别难过，你是我的好妈妈，也是巴合提古丽的好妈妈，你做得没错，你做得没错……"

卡丽坦看着塔乌孜懂事的样子，心里欣慰了许多。是啊，孩子确实长大了，会想问题了。

卡丽坦叹了口气说："塔乌孜，现在，你爸爸不在了，要是巴合提古丽真的喜欢你，你和她的事，就自己做主吧，妈妈不再阻拦了……"

说着，卡丽坦掩面痛哭，一边哭一边说："麦赫苏提，你不会怪我吧……"

塔乌孜泪流满面，一股暖流涌上心头，眼前浮现出爸爸临终前跟他谈话的情景。他知道，爸爸临走时是流着泪跟他说话的，爸爸说话时心里流着血。他太了解爸爸了，他知道爸爸是带着遗憾走的，他知道爸爸内心的遗憾，遗憾时光短暂，遗憾疾病缠身，遗憾岁月没有给他更多的时间，让他做好教学工作……对于这些，塔乌孜一直在心里默默记着，爸爸是自己的榜样，坚持办好牧区教学就是在完成爸爸未竟的事业。

想到这里，塔乌孜内心更加坚定了，他抹了一把眼泪，微笑着对卡丽坦说：

"妈妈，你放心，我一定不会辜负爸爸的重托，努力完成他的心愿！"

塔乌孜脸上充满了自信，也充满了自豪。

卡丽坦看着儿子，脸上露出宽慰的笑容，她非常开心。这是丈夫去世以来她第一次开心地笑，因为儿子的懂事，因为他在努力完成丈夫的心愿。

二十六

　　秋天转场的时候，老阿肯也走完了他的阿肯人生。

　　那年夏天的博斯坦草原聚会上，他完成了一生中最后一次阿肯弹唱。他唱得太痛快了，全然不顾病弱的身体。其实他早已忘记了自己的病体，几十年风餐露宿的行走生涯，身体早已积下沉疴，又没有得到及时的医治和调养，风烛残年，现在已经油尽灯枯，不堪一击。他似乎预感到自己时日不多了，抖擞精神，拼尽全身力气为人们献出了最美的歌。

　　人们惊呼，老阿肯如此年纪嗓音竟然如此洪亮，气力如此充足，一口气将一套曲目完整地唱下来，真是太神奇了，人群里爆发出经久不息的欢呼声。

　　老阿肯非常兴奋，他强撑着身子站起来，环顾了众人，向草原上的人们做了最后的告别。他像一棵古老的松树一样站在那里，缓缓地倒下了……

　　人们还没反应过来怎么回事，霎时传来巴合提古丽急切的呼喊声："爸爸，你怎么了？爸爸，醒一醒……"

　　人们围拢过来，不知道发生了什么事情。只见老阿肯倒在地上，巴合提古丽扶起了他的头，急切地唤着。此时的老阿肯，呼吸微弱，脸色蜡黄，那双饱经沧桑的眼睛半睁半闭，似乎在努力打量着这片他深深热爱的美丽的草原。人们屏住呼吸，焦急地等待着，等待着他苏醒过来，等待着他站起来。可是没有，他已经站不起来了。他努力张了张嘴巴，想跟人们打声招呼，却说不出话来……

巴合提古丽吓坏了，急忙叫人帮忙。有人牵来一辆马车，人们七手八脚将他抬上马车，就往县城里赶。巴合提古丽坐上车一直扶着他，嘴里不断地说："没事的，爸爸，到医院就好了……"

马车走出草原来到通往县城的公路上，巴合提古丽请求赶车的小伙子快一些赶路，小伙子挥着鞭子大声吆喝着，马儿奋力跑着，浑身冒着热气，拉着车子飞速跑着。有那么一会儿，老阿肯清醒过来，看着一脸焦急的女儿。

巴合提古丽高兴极了："啊，爸爸，你醒了。"

老阿肯微微笑了笑，吃力地说："孩子，没事的……"

巴合提古丽总算松了口气，破涕为笑道："爸爸，你吓死我了。"

老阿肯想起身却没有力气。巴合提古丽说："爸爸，你就躺着休息，距离县城还有一段路呢。"

老阿肯点点头，又闭上眼睛，他实在太困了。又过了一会儿，见马儿跑得吃力，他嘱咐小伙子说："小伙子，没事，不急。"

小伙子说："爷爷，没事，我家的黑走马得过赛马冠军，现在虽然老了，脚力很好，很快就把你们送到了。"

老阿肯吃力地说："辛苦你了，小伙子！"

小伙子说："爷爷，您是草原上有名的阿肯，今天能送您，是我的荣幸！"

老阿肯非常感慨，欣慰地点点头，使出浑身力气说了声："谢谢！"

黑走马好像听懂了主人的夸赞，仿佛它也知道今天担负着重任，四蹄发力，嘚嘚嘚嘚一路跑着，浑身冒汗，不知疲惫。

县城距离博斯坦草原二三十公里，他们直到下午才赶到。

到了县城医院，小伙子帮着把老阿肯扶进医院，巴合提古丽要给他车费，小伙子拒绝了。小伙子说："姐姐，这钱我不能要。爷爷是我们尊敬的阿肯，看他病得不轻，看病还需要钱，你留着用吧。"说完就走了。

医生进行紧张的检查，一番诊断后说："谁是病人家属？"

巴合提古丽说："我，我是他女儿。"

医生是一位五十岁左右的中年男子，看上去白白胖胖的，很稳重。他看了看白胡子老阿肯，又看了看巴合提古丽，心中疑惑，哎呀，这么老的老头儿居然有这么年轻漂亮的女儿，简直不可思议！他不好多问，心中的疑问却并未消失。

巴合提古丽并没有在意医生一脸的疑问，她急切地问道："医生，我爸爸得了啥病？能治好吧？"

医生看着巴合提古丽心急的样子，确信她就是老头儿的女儿了。他感慨地说："唉，姑娘，太晚了，你爸爸年纪大了，恐怕不行了。还是提前准备后事吧。"

巴合提古丽不相信自己的耳朵，好像并没有完全听懂医生的话，她再次央求说："医生，请您给爸爸治一治吧，求求您了！"

那位中年医生无奈地摇了摇头，意思是回天乏术，没有希望了。

巴合提古丽"哇"的一声哭了，眼泪喷涌而出，她一边哭一边请求："医生，求求您了，给我爸爸治一下吧，他是阿肯，是草原上有名的阿肯，他行走北疆各地，唱了一辈子，草原上的人们都喜欢他的弹唱，他不会有事的……"

看着巴合提古丽悲痛的样子，中年医生也于心不忍，轻轻叹了口气说："唉，是个孝顺的女儿。"

中年医生说："姑娘，请放心吧，我们一定会尽力的。"

中年医生让巴合提古丽去办理住院手续，以便于安排后续的医治。巴合提古丽去交钱时，一个非常现实的问题摆在面前，她随身带的钱不多，交了押金就所剩无几了，连抓药的钱都不够。

巴合提古丽一时慌了神，不知道该咋办了。她确实没有钱了，急得面红耳赤，非常窘迫。她手足无措，非常为难地看着医生，吞吞吐吐地说："医生，能不能先给我爸爸治病，钱的事，我想办法去借……"

巴合提古丽说完，眼巴巴地看着医生，羞愧地低下了头。她的脸色非常难看，她的心情非常紧张，她浑身在发抖，她几乎快要哭出来了。现在，她实在不知道该如何解决……

医院的医生、护士见父女俩人生地不熟，这个姑娘除了紧张也想不出办法，治病缺钱非常可怜，大家商量了一下，每人凑了一点钱，把医药费垫上。

但是，大家心里明白，这点钱远远不够，也解决不了老人家长期住院的费用。医生跟巴合提古丽说："作为医生，有些情况我必须说明白。你爸爸这个病，很重，岁数大了，脏器功能逐步衰竭。药物不是万能的，现在只能缓解一下症状，减轻一些疼痛，维持生命状态，但是解决不了根本性问题……"

巴合提古丽一听就蒙了，哭着说："医生，我就爸爸一个亲人，请你一定救救他……"

医生叹了口气说："姑娘，你放心，我们会尽力的。救死扶伤是医生的天职。不过，生老病死是自然规律，谁也逃不过。有些事情很现实。治病吃药花费很大，可不是个小数字，会给你家造成很大的经济负担，这些你也要考虑清楚。"

巴合提古丽脑子乱乱的，没一点头绪，心里只想救治爸爸，她没有多想，对医生说："我想好了，一定要治好爸爸……"

医生点点头说："好吧，我说这些也是希望你有个思想准备，提早跟亲戚联系，考虑好后面该怎么做……"

巴合提古丽说："嗯，我知道了。"

此时的巴合提古丽陷入巨大的困境中，这是她从来没想到过也没遇到过的残酷的现实问题。

老阿肯一生行走草原各处，参加草原聚会或者赛事活动，人们邀请他弹唱，几乎都是义演，没有多少报酬，人家也就是象征性地送他一些奶酪、衣物之类，给的钱很少，他也从不伸手要。多年来，他参加了无数草原聚会，赢得了无数次对唱比赛，他只接受毛巾、长袍之类的礼品，别人送的戒指等贵重首饰，他一概拒绝。

有一次，在乌鲁木齐南山赛会上，他跟当地一位知名阿肯对唱了三天三夜，最终胜出，他们又一起交流了三天。

那位阿肯非常信服，要将祖传银马鞍赠送给他，他拒绝了。那位阿肯说："我是真心相送，是对您老人家高超的弹唱艺术的致敬，也是对您的教诲的感谢。"老阿肯真诚地说："谢谢你的好意，祖传的物件要好好保留，传给后人，这是个传承，也是对祖先的纪念。"那位阿肯非常感慨，对老阿肯由衷地敬佩。

　　有人觉得奇怪，问老阿肯说，你参加对唱比赛胜出，别人送你的东西就该收下，这都是规矩，是你付出的回报，是应得的。也有人怼他说，哎，你不收下，就坏了规矩，以后我们怎么好收啊！老阿肯语重心长地说："作为阿肯，我对唱是为了交流，让大家快乐，不是为了金银。我们阿肯之间，也是互相学习，取长补短，共同发扬弹唱艺术……"人们对他非常佩服，有人尊称他"吉劳吾"，他谢绝了，他说自己只是个普通阿肯，远没有达到那么高的境界。

　　几十年来，他四处行走与各地的阿肯交流学习，免不了一些应酬上的花费。他义务弹唱，没啥收入，也没啥积蓄，仅有的一点钱，也花在一年四季赶场的路上，还要给巴合提古丽定做一年四季的衣服、演出的装饰，这是必需的，他非常认真，也非常在意，因为他要给牧民们最好的礼物，就像歌声一样。每次巴合提古丽参加弹唱，总是穿得漂漂亮亮的，像仙女一样。

眼下，钱的问题该如何解决？

塔乌孜得知老阿肯生病住院的消息，跟妈妈说了，他们第一时间赶过来。卡丽坦对老阿肯说："老哥哥，你没事的，在医院住一段时间就好了。"

老阿肯点了点头说："谢谢你！这么远来看我。"

卡丽坦说："你说啥呢，老哥哥，这是我们应该的。"

老阿肯看着巴合提古丽说："就是让孩子受累了。"

巴合提古丽撒娇地说："爸爸，你说的这是啥话呀。"

卡丽坦笑了笑，拉着巴合提古丽的手说："孩子，有啥难处就跟妈妈说，有我在呢，不怕。"

巴合提古丽感激地看着妈妈，眼泪涌出了眼眶，她努力控制着没有哭出声来，她微笑着说："妈妈，没事的，我能照顾好爸爸，放心吧！"

临走时，塔乌孜给了巴合提古丽一沓钱，嘱咐她不要担心，买一些营养品给老阿肯补一补。巴合提古丽点点头说："我会的。"

后来，萨汗别克闻讯赶来看望老阿肯，许爷爷腿脚不好，骑马不便，萨汗别克专门套上马车拉着许爷爷。许爷爷开玩笑说，好多年没坐他赶的车了。萨汗别克非常高兴，甩着鞭儿赶起车来，跟年轻时一样。他们一路从马圈湾赶到医院，见到老阿肯，非常震惊：哦，几日不见，老阿肯消瘦了，那深邃的眼神，现在有些呆板了，让人非常揪心……

萨汗别克心里非常难受，他微笑着说："阿肯哥哥，你一直都是我们的榜样，没事的，养几天就好了。"他这么说着，心里却是明白，老阿肯恐怕……

老阿肯微微点点头，嘴唇动了一下，说："谢谢！"

许爷爷拉着老阿肯手说："老哥哥，这些年你为草原带来动听的歌儿，我们都喜欢听哩。你慢慢养着，等你养好了，我们还要听你弹唱哩。"

老阿肯内心有些激动，眼角流出浑浊的泪，他微笑着说："好啊，我唱……"

萨汗别克将带来的奶酪、酥油等营养品交给巴合提古丽，又掏出两百块钱，嘱咐她说："孩子，有啥情况就告诉我们，老阿肯是属于我们马圈湾的。"

许爷爷拿出一百块钱交给巴合提古丽说："孩子，坚强些，会好起来的……"

巴合提古丽向他们鞠了一躬，流着泪说："谢谢许爷爷！谢谢大叔！"

马圈湾亲人资助的这几百块钱，用了没多久就快用完了，而医药费每天都得交。巴合提古丽苦思冥想，却想不出解决的办法。卡丽坦妈妈一家也很困难，家里原本也没啥积蓄，麦赫苏提爸爸去世前一直重病缠身，治病花了不少钱。塔乌孜也没啥积蓄，他的工资大部分都资助牧区的孩子们了。

　　唉，现在该怎么办啊？她陷入绝望之中，感到非常无助。

　　一天，她去街上给爸爸买吃的，无意中看到了一张海报，是演唱队的，她眼前似乎一下子明亮了，或许可以试一试。巴合提古丽打听之后，找到了演唱队，自我推荐，想试一试唱歌。演唱队见是一位哈萨克族姑娘，就问她会唱什么歌儿？巴合提古丽也不管什么场合，亮开嗓子就用汉语唱了一首《燕子》。没想到她唱出第一句就把在场的人震惊了：哦呀，这么亮的嗓子，这么美的调子，这么感人的歌儿，真是仙女下凡啊！

　　歌儿一唱完，演唱队的负责人急忙走过来，冲巴合提古丽不住地点头说："哎呀姑娘，你唱得太好了！我们愿意收下你。"

　　随后，演唱队的负责人就跟她说了报酬和每天的工作时间，巴合提古丽同意了。

　　就这样，为了凑够高昂的医疗费，巴合提古丽晚上走进了城里的演唱队。巴合提古丽的演出非常成功，她那草原清风一般的歌喉立即引起了轰动，城里刮起一阵草原风，巴合提古丽一夜之间成了明星，许多人赶场就是为了看一眼这位来自草原的美女歌星。

然而，就在巴合提古丽一夜成名拿到了给爸爸治病的钱，兴冲冲地赶来时，老阿肯终因器官衰竭离开人世了。

　　临终前，老阿肯握着巴合提古丽的手，断断续续地说了一会儿话。老阿肯说："孩子，关于你的身世，我一直没有告诉你。"

　　巴合提古丽哭着摇摇头说："爸爸，我知道，我知道。"

　　老阿肯的眼睛湿润了，叹了口气说："不。孩子，还有些情况，你还不知道。"

　　巴合提古丽惊讶地看着爸爸，不知道他要说什么。

　　老阿肯说："可怜的孩子，其实，你是我在大石头草滩捡的弃婴。那天捡到你的时候，从包裹你的被单和小褥子来看，你是汉族人家的孩子。"

　　巴合提古丽瞪大眼睛看着爸爸，几乎不敢相信自己的耳朵，见爸爸在向自己点头，她一脸的惊恐。

　　"啊！真是这样的吗？"

　　巴合提古丽突然感觉眼前一片空白，陷入茫然。

　　小时候也听说过一些关于自己的传闻，她曾经问过爸爸，老阿肯一直没有正面回答，后来只说自己是抱养的孩子……

　　她记得问过卡丽坦妈妈，妈妈吞吞吐吐没有多说。她记得卡丽坦妈妈经常跟家里的孩子们说，一定要好好照顾妹妹，让她幸福快乐；她曾经埋怨过妈妈，那年为啥把药留给自己而没及时救治塔乌孜，从而留下遗憾；她记得老阿肯爸爸跟麦赫苏提爸爸私下里多次悄悄说起她的事情，只是她一出现，他们就不说了，感觉神秘兮兮的；她还记得有一次许爷爷跟麦赫苏提爸爸说话时，曾经说到过她，说她身世可怜；她还记得逢年过节，萨汗别克叔叔都特意给她带一些糖果来……

想到这里，巴合提古丽全明白了，一切都是真的。

啊，自己竟然是被丢弃荒野的弃婴……

巴合提古丽痛哭起来，眼泪哗哗地流着，内心无限悲痛。

见女儿痛苦的样子，老阿肯泪流满面，心如刀割，难过得低下了头。但是，这些事情，他不能不说啊。之前不愿意对女儿说出真相，原因很简单，他确实心存顾虑，怕她小小的心灵受不了，怕她伤心，怕她难受，怕她痛苦。他确实怕呀，怕孩子承受不起，怕她幼小的心灵接受不了这个残酷的现实！

然而，现在，他已经没有多少时间了，他不能再隐瞒下去了。这个真相，得让孩子知道啊。说不定将来什么时候，她还能遇见自己的亲生父母……

老阿肯心里这么想着，内心也着实有些安慰，他默默地看着女儿伤心欲绝，却不知道怎么劝说。

后来，巴合提古丽止住哭声，带着撒娇的口吻对老阿肯说：“爸爸，你又在给我讲离奇的故事了吧。”

老阿肯看着女儿，无助地摇了摇头，嘴角颤抖地说：“孩子，我多想这就是个传奇故事啊！”

巴合提古丽擦干了眼泪，莞尔一笑，坚定地说：“爸爸，我就是你的女儿，是阿肯的传人。”

听了女儿这番话，老阿肯激动不已，心里说，我的好女儿呀！他看着女儿的脸，顿时老泪纵横，他不住地点头，冲女儿笑了笑，内心非常欣慰。

是啊，长时间以来，他多么希望自己有一个传人，能够把自己积累了一辈子的弹唱艺术传下去。自从收养了小巴合提古丽，他确实有过这样的想法，虽然巴合提古丽是个女孩，但她非常聪明。她的聪明和歌唱天赋，让他惊喜，也让他坚定了信心，他带着她到草原四处游走，感悟草原生活，学习弹唱艺术。他还带她去大湖草原那边，跟师弟学习了全套的铁尔麦唱词。他真的希望巴合提古丽能把这门濒临失传的古老艺术传承下去啊。

然而，好景不长，巴合提古丽与塔乌孜的感情却让他再次犹豫，也陷入矛盾。要是巴合提古丽一辈子去传唱铁尔麦，那就会影响到两个年轻人的幸福生活。他甚至怀疑卡丽坦的顾虑也有这方面的原因。要是她不去传唱铁尔麦，那……唉，他陷入痛苦之中……后来，他思虑再三，下定决心，为了孩子们的幸福，他不再强求巴合提古丽这么做了。

现在，自己已经没有多少时间了，想起女儿的不幸身世，老阿肯心里一阵难受。唉，这个可怜的孩子，自己一旦离开人世，她就孤苦伶仃了。原本想着塔乌孜能够娶了她，可是，阴差阳错，总是事与愿违。现在，他们之间好像又出现了状况，缘分的事情也不能强求。要是将来能够找到她的亲生父母，那该多好啊！

想到这里，老阿肯难过起来，他甚至有些埋怨自己太自私。其实，当年他几次到大石头村子里打听，四处游走时也打听过，没有一点消息。有时候他也埋怨自己，当年应该下功夫再找一找，说不定能找到她亲生父母的音信。而今已过去二十来年了，还能找得到吗？

"唉！"老阿肯深深地叹了口气。

巴合提古丽并不了解老阿肯此刻的心思，看着老阿肯难受的样子，她心疼极了，含着泪说："爸爸，你放心，你的病一定会治好的，将来我还要跟着你去草原上弹唱呢，我一定把铁尔麦传下去……"

老阿肯看着懂事的女儿，脸上露出一丝宽慰的笑容，心里却更加难过，他摇了摇头，轻轻闭上眼睛，他的呼吸微弱，再也说不出话来，眼角流下一行浑浊的泪。

巴合提古丽感觉情况不对，抱着老阿肯放声大哭："爸爸呀，你不能走啊，你不能离开我啊……"

巴合提古丽伤心欲绝的哭声，让在场的人无不动容，人们心里说，哎呀，多好的女儿呀，好可怜啊。

卡丽坦妈妈难过极了，她原本想安慰一下女儿，可是，她搂着巴合提古丽就伤心不已，流泪不止，她不断地说："啊，我可怜的女儿，我可怜的女儿……"

老阿肯走了。

草原上的人们都闻讯赶来，用至高的礼仪悼念这位为弹唱艺术做出卓越贡献的阿肯，许多阿肯唱了颂歌，在场的人无不落泪，场面非常感人……

在大家的帮助下，巴合提古丽按照爸爸的遗嘱，将他安葬在马圈湾南坡离那棵老松树不远的山坡上，从那里可以一眼望见马圈湾牧场，仿佛老阿肯依然用他高亢的歌声拥抱着美丽的草原……

老阿肯的离世让巴合提古丽伤心不已，好几天吃不下饭。卡丽坦说："孩子，老阿肯爸爸虽然走了，还有我在，妈妈会照顾你的，放心吧！"

巴合提古丽抱着妈妈失声痛哭，那可怜样儿，让人心疼不已。

萨汗别克说："孩子，你已经尽心了。老阿肯把你收养，培养成阿肯，也是他的福分，他很满意……"

许爷爷说："孩子，你是老阿肯的骄傲，也是我们马圈湾的骄傲，老阿肯可以瞑目了……"

塔乌孜说："人死不能复生，你要多注意身体，否则，会辜负老阿肯大叔的心愿……"

巴合提古丽一直低头哭着，卡丽坦妈妈要她回家去住，她摇了摇头。

后来，巴合提古丽慢慢平静下来，她对卡丽坦说："妈妈，我没事，请放心，我会照顾好自己的。"

巴合提古丽心里到底是怎么想的，谁也不知道。其实，经历了这些痛苦，她已经有了自己的想法。

巴合提古丽离开马圈湾返回城里，正式加入演唱队，她的名气也越来越大。

二十七

在城里的演唱队，巴合提古丽参加每日的演出，慢慢从悲伤中解脱出来，人也变得开朗了许多。她除了唱一些拿手的草原歌曲，还尝试着把阿肯弹唱的一些经典曲目融入部分流行歌曲的曲调和词曲唱给听众，受到了人们的好评，也吸引了一群青年人的热烈追捧。这也增添了她的信心，她有了更多的想法。

一次在省城参加歌唱比赛，巴合提古丽遇到了省城歌舞团一位姓秦的姑娘，她非常喜欢巴合提古丽的歌，找到驻地来见她。两人一见如故，一起聊着弹唱艺术，谈着各自的感受。秦姑娘比巴合提古丽大几岁，她认巴合提古丽做妹妹，两个人聊得非常开心。

巴合提古丽不经意间拿出了自己的银镜子，秦姑娘见了吃了一惊，问道："哎呀，妹妹，你怎么会有我们朝鲜族的镜子？"

"啊！你说什么？"巴合提古丽非常吃惊，不知道秦姑娘在说啥。

秦姑娘拿起镜子，看了又看，肯定地说："对，就是我们朝鲜族的。"

巴合提古丽突然想起一件事：几年前，一次老阿肯爸爸拿着她的银镜子，端详了一会儿说，看这纹饰和式样儿，好像不是西北这边的物件，当时她并没有在意。她还记得麦赫苏提爸爸曾经说过，许爷爷可不是个简单的人，记得那时候村里遇到大事儿了，人们都少不了去找他，也难怪萨汗别克队长那么尊敬他……

巴合提古丽看了看手里的银镜子，自从许爷爷送给她，随身带了好些年，却从来没有仔细想过。

巴合提古丽有些疑惑地看着秦姑娘，慢吞吞地说："这是许爷爷送给我的……"

"许爷爷，他叫什么名字？住在什么地方？"秦姑娘急切地问道。

"许爷爷的名字，我不知道。我们打小就叫他许爷爷，他就在我们马圈湾……"巴合提古丽有些迟疑地说。

秦姑娘听了更加吃惊，忙问："他是干什么的？多大年纪了？"

巴合提古丽非常惊讶，不知道秦姑娘问这些干什么，不过，她知道许爷爷是个好人。她把许爷爷的情况一一告诉了她。

秦姑娘听后，若有所思地说："八成就是他。"

巴合提古丽更加疑惑了，惊奇地问："姐姐，你说的是谁呀？"

"妹妹，他可能是我爸爸的老战友。现在还不好确定，等我回家核实一下再告诉你。"秦姑娘说。

巴合提古丽疑惑地看着她，没有再说话。

秦姑娘回家就将许爷爷的事情告诉了父亲。她父亲是军区的一位首长，得知情况非常高兴，立即安排人跟县里联系，县里专门派人到马圈湾找到许爷爷，最终确认了他的身份。

原来，许爷爷是抗美援朝的英雄，负伤后复员回国，支援边疆建设。他从没有对人谈起过自己参加过抗美援朝，更没有谈起过自己立过战功的事。

后来，巴合提古丽回到马圈湾去看望许爷爷。巴合提古丽埋怨地说："许爷爷，你为啥要隐瞒自己的英雄事迹？"

许爷爷叹了口气说："唉，孩子，我的经历太复杂，曾经因为打死过伪军，上山当过土匪，又当过国军，后来投诚解放军，参加了抗美援朝。在战场上，我才真正实现了自我……"

许爷爷看着巴合提古丽，断断续续地说："那时候，我和秦姑娘的父亲在一个连队，他是我们的班长。秦班长很年轻，是个非常好的人，一次我们两人在执行爆破任务时，秦班长的腿部受了伤，我想背着他撤回阵地，他坚决不同意。秦班长大声吼道，我掩护你，你一定要把敌人的坦克干掉。说着，他拖着伤腿端着枪掩护我。秦班长的不顾生死让我很受感动，我流着泪冲了上去，炸掉了敌人的坦克。任务完成后，我背着昏迷的秦班长连滚带爬地往回撤，没有想到遭到敌机轰炸，我用身体护住秦班长，自己的腿却被炸伤致残……"

这个感人的故事让巴合提古丽热泪盈眶，一向朴素的许爷爷在她心目中顿时高大起来，他才是真正的英雄……

巴合提古丽问许爷爷，那块小银镜子又是怎么回事。许爷爷说，刚到朝鲜时，他们营地附近有一家朝鲜人，对他们很友好。一次，有军队来袭击，朝鲜人家的小姑娘发现了，悄悄来给他们报信。后来这一家人都被杀了。他们赶过去的时候，只发现了小姑娘的银镜子，许爷爷就带在身上，时刻提醒自己，要给他们报仇……

许爷爷后来说，那小姑娘约莫十岁，能歌善舞，非常可爱，经常来营地给他们唱歌跳舞，大家都很喜欢她……

巴合提古丽好像突然明白了什么，她拿出银镜子，端详了一会儿，她向许爷爷深深鞠了一躬，内心充满了敬意。

巴合提古丽的名气越来越大了。一段时间来，慕名前来找她的人很多，有的是来认老乡的，有的是来认朋友的，有的还来认亲戚，让巴合提古丽哭笑不得，因为她的亲人除了老阿肯，还有塔乌孜一家，除此之外，就没有了。

一天，一个南方人的一句话却让巴合提古丽大为吃惊。

那天下午，一个陌生男子突然找到巴合提古丽，问她小时候的事情，让她感觉莫名其妙。

那是个中年汉族人，个头不高，圆脸盘，浓眉大眼，看上去像个有文化的人。他说："姑娘，你家住在哪里？"

陌生男子一口的南方口音，并没引起巴合提古丽的注意，她就随便回他了几句："哦，我家在马圈湾。"

陌生男子眼前一亮，连忙说："姑娘，你还记得小时候的事情吗？"

巴合提古丽愣住了，奇怪地看着他，心想，这人是咋回事？怎么问起这个？她心里有些不痛快，没好气地说："你是谁？问那干吗？"

陌生男子紧张地说："姑娘，我有重要的事情需要核实一下。"

巴合提古丽更加奇怪了，心想，什么重要的事情要找我核实，这人是不是有啥企图？看着他也不像坏人，那他要干什么？她淡淡地说："你找我？什么重要的事情？"

陌生男子叹了口气说："姑娘，你是否知道你的身世？"

巴合提古丽有些恼火了，心想，这人到底要干啥？还要问我的身世。她气哼哼地说："你到底是谁？你问这些干什么？"

陌生男子见巴合提古丽生气了，急忙说："姑娘，我没有恶意，我就是想知道……因为，这件事跟我有关系……"

巴合提古丽大吃一惊，瞪着眼睛看着那陌生男子。眼前这个人，衣着朴素，目光和善，看上去确实不像坏人，他到底是谁呀？她心里充满了疑问。

巴合提古丽镇定了一下说："我的身世跟你有啥关系？"

那陌生男子平静了一下说："二十二年前，在大石头草滩上有一个汉族弃婴，后来被哈萨克族人收养了，现在长大了……"

巴合提古丽大惊失色，心里非常紧张，心想，这是自己的秘密，除了爸爸和塔乌孜一家，几乎没有谁知道，眼前这个人是怎么知道的？

她又仔细看了看那陌生男子。

这位陌生男子看上去不到五十岁，目光炯炯有神，说话很稳重，让人感觉很实在，不像是骗人的。不过，她心里还是很不痛快，自己的身世永远属于自己，怎能让外人随便说。她随口说了一句"不知道！"转身就走了。

那陌生男子呆呆地站在那里愣了一会儿神，表情非常痛苦。

这个陌生男子的话让巴合提古丽听得云里雾里的，总觉得他话中有话，或许有啥隐情？

然而，他怎么可能知道自己的身世呢？巴合提古丽无论如何也想象不出。

这个一口南方话的中年男子到底知道些啥？他找自己到底要说啥？巴合提古丽在心里问自己。他难道要图谋别的事情？这段时间找她的人实在太多了，都是为了借她的名气。而这个人到底有啥企图？想借她的名气赚钱，还是别的？她想了想，又觉得不可能。这件事让她迷惑了一整天。

　　第二天演唱结束后，那个陌生男子又过来了，他是专程来看她演出的。他跟巴合提古丽说："姑娘，你家里还有什么人？我想见一下你的家人。"

　　巴合提古丽一头雾水，甚至觉得这人有些无理取闹，她没好气地说："你到底是谁呀？见我的家人干什么？"

　　那陌生男子为难地说："看来，有些事情，只有找你家人才能说清楚。"

　　巴合提古丽摇了摇头说："我爸爸已经去世了，我再没有其他家人了。"

　　那陌生男子听了，脸色顿时黯淡下来，表情非常的痛苦，仿佛失去了自己的亲人一般。这让巴合提古丽非常吃惊，心想，这人到底是谁？

　　那陌生男子默默地站在那里，无助地摇了摇头，叹了口气，自语道："唉，看来，唯一知道详情的人已经不在了……"

　　那陌生男子的这句话又让巴合提古丽陷入迷茫，她不知道他在说什么，她再也忍不住了，生气地说："你这人真是奇怪，莫名其妙说了这么多，你找我到底有啥事？为啥要找我的家人？为啥说话总是吞吞吐吐……"

那陌生男子尴尬地看着巴合提古丽，很不自然地笑了笑。他的脸色很差，表情非常痛苦，或是因为悲喜交加的复杂心情。随后，他跟她详细说了许多年前大石头草滩弃婴的事情，就连当年孩子贴身包裹被单的颜色、花纹，以及包裹她的小褥子等等细节，说得清清楚楚，好像他亲眼看见了似的。

巴合提古丽惊呆了，这些细节怎么跟老阿肯爸爸说的一模一样？她心想，这些事情，爸爸只告诉了她一人，眼前这个人是怎么知道的。难道这人也见到过……

此时，她心里却紧张起来，甚至有些害怕，她瞪大眼睛问道："你到底是谁？你咋知道得这么详细？"

那陌生男子见巴合提古丽在问自己，脸上的表情更加痛苦，豌豆大的泪珠从眼眶里涌了出来。

"唉！此事说来话长。"

那陌生男子抹了一把眼泪，长长地叹了口气："这是一个凄惨的事情，骨肉分离，令人心碎……"

这个陌生男子叫刘海洋，福建南靖人，二十多年前他与表妹相爱。说是表妹，其实没有血缘关系，只能说是远房亲戚。可是，那年月，形势紧张，到处都在破四旧、打倒孔家店、破除封建迷信，因此虽说是远房表亲，恋爱也是不得了的事情，家里人反对，单位反对，还准备批斗他们。没有办法，他们只好逃了出来，到新疆投亲。他们只听说有个亲戚在木垒县一个叫大石头的地方当教师。

他们一路上逃荒，到了大石头，这里地广人稀，正缺劳力。经亲戚介绍，他们就在村里安定下来，参加了农业劳动。后来他妻子怀孕了，谁知孩子生下来没几天就夭折了。

当地人说，月娃娃没有魂，不能入土。他就按照当地习俗，把孩子抱到野外，丢弃在了草滩上。后来形势好转了，他们又回到了福建……

多年以后，亲戚回老家探亲，无意间说起了一件事，让他们放心不下。亲戚说，那年，马圈湾的老阿肯在大石头草滩捡到一个弃婴，还养活了，现在已经成大姑娘了，歌儿唱得非常好……

亲戚还说，后来还在草原上见到过，那姑娘长得白白净净，非常漂亮，跟他表妹，也就是他的妻子非常像。他妻子年轻时候就有一副好嗓子。

难道这是真的？真有奇迹发生？自己的孩子没有死？

听到这个消息，夫妻俩想了几天几夜睡不着，尤其他的妻子，想着想着就哭起来，毕竟是自己身上掉下来的肉啊！

这年夏天，妻子病了，可能是想孩子想的。他见妻子悲伤的样子，下决心一定要亲自到新疆找一趟。他到马圈湾打听了，情况跟亲戚说的差不多，人却没见着，听说那姑娘进城了，他又上城里来找……

那陌生男子端详着巴合提古丽，不由自主地点了点头，目光里充满了温暖，自语道："真像……"

巴合提古丽有些不知所措了，她突然想起老阿肯爸爸临终前说的话，心里不由得颤了一下："啊，难道是真的？"

那陌生男子和蔼地看着她，带着恳求的语气说："孩子，是你吗？"

巴合提古丽看着这个陌生男子，一时说不出话来。此时，她真不知道该说什么了。

那个陌生男子端详着她，微笑着点点头，和蔼地说："嗯，孩子，你真的很像你的妈妈，你就是我们多年前失去的女儿呀！"

巴合提古丽看着这个自称是自己亲生父亲的人，他身材不高，脸膛黑红，目光和善，他真的是父亲吗？可惜老阿肯不在了。

想起老阿肯，巴合提古丽心里一阵难受，不知不觉低下了头，眼里噙满了泪水。

巴合提古丽一阵头晕目眩，视线模糊起来。在那个迷糊状态里，她似乎感觉有个人在跟自己说话，好像是老阿肯，他轻轻地握着她的手说，孩子，他说的是真的，这个叫刘海洋的南方人，就是你的亲生父亲……

巴合提古丽刚想说什么，一睁眼，老阿肯就不见了。

巴合提古丽疑惑地看着刘海洋，张口想说什么，她的嘴唇动了一下，却没有说出来。

刘海洋再也控制不住了，眼泪唰唰地流着，他流着泪带着哭声说："孩子，这些年，你受苦了……"

巴合提古丽的眼泪哗一下涌出，她的视线有些模糊。眼前这个叫刘海洋的南方人就是自己的亲生父亲！这突然的消息让她不知所措，她几乎僵住了，不知道该怎么做了，呆呆地看着他，直流眼泪……

刘海洋一时也不知道说什么好了，他心情非常激动，也非常复杂。他确实没有想到真找到了自己的女儿，这个许多年前被自己误以为夭折、被遗弃又被好心人救活的可怜的女儿啊。现在，女儿就活生生地站在眼前，他却不知道该怎么认该怎么说了，他不知道该怎么办了。

时间的钟摆在这一刻停止了，两个人僵持在那里，四目相对，任凭眼泪流淌，谁也没有说话，仿佛谁多说一句，就将把这脆弱的一切打破……

刘海洋犹豫了一会儿，大着胆子说："啊，孩子，终于找到你了！"说着，走上前来，将巴合提古丽搂在怀里。

巴合提古丽再也忍不住了，失声痛哭起来。她的内心非常难过，自己这痛苦的身世，还有这些年来的遭遇。现在，老阿肯爸爸去世了，她孤苦伶仃，多么希望有个温暖的家啊。

此时的刘海洋悲喜交加，见女儿哭得这么伤心，内心非常自责，他怪自己当年心太急，没有再等一等，让女儿受了那么多苦，遭了那么多罪，他心疼不已。

他轻轻拍着巴合提古丽的背，安慰道："孩子，莫怕，我们找到了你，你有爸爸，有妈妈，还有弟弟妹妹……"

巴合提古丽哭得更加伤心，她一边哭，一边应着。

刘海洋说："孩子，这下好了，你就跟我回福建吧，你妈妈还在家盼着见你哩。"

巴合提古丽没有吭声，还在伤心地哭着。

刘海洋说："孩子，你真有出息，歌儿唱得真好，我看了两场，激动不已。我真为你自豪，感谢老阿肯爸爸培养了你……"

想起老阿肯爸爸，巴合提古丽更加难过了。过了好一会儿，她止住了哭泣，端详着刘海洋。这是个善良的人，从他温暖的眼神里，可以肯定，他就是自己的亲生父亲。这就是人世间的父女血缘吧。

此时，她真想抱着父亲好好痛哭一场，说说心里的痛苦。可是她止住了。她擦干眼泪，微笑着说："你们都好吗？"

刘海洋笑着说："都好，都好！爸爸妈妈，弟弟妹妹都好！全家人都盼着你回家呢！"

巴合提古丽开心地笑了，她想象着妈妈和弟弟妹妹的样子。有那么一瞬，脑子里闪过她跟随父亲回家与亲人相聚，就像小时候在卡丽坦妈妈家，一家人和和美美幸福快乐的场景。可是，她很快回过神来，麦赫苏提爸爸和卡丽坦妈妈把自己抚养长大，老阿肯爸爸把自己培养成一名阿肯，现在老阿肯爸爸走了，可是，他的心愿还未了啊。

　　想到这里，巴合提古丽冷静下来，她看着刘海洋，非常肯定地说："不，我哪儿也不去。"

　　刘海洋心里一惊，脸上现出失落的表情，他看着巴合提古丽，看着女儿因为伤心而苍白的脸色，心里难过极了，他喃喃地说："孩子，我是你的亲生父亲呀，你妈妈想你都想出病了……"

　　这时候，巴合提古丽再也控制不住了，她看着父亲刘海洋沧桑的脸庞，看着他疲惫的眼神，内心疼痛不已，眼泪唰唰地流着。她的身体不住地颤抖着，她在心里默默地喊着："父亲啊……"

　　刘海洋看着泪流满面的女儿，一把将她搂在怀里痛哭起来："我的女儿呀……"

　　巴合提古丽紧紧抱着父亲的肩头痛哭不止。父女俩痛哭了一阵之后，止住哭声。巴合提古丽说："父亲，谢谢你，也感谢妈妈生了我……"

　　然后，她向刘海洋深深鞠了一躬，非常平静地说："父亲，你回去吧，我的生命属于这片草原……"

此时，刘海洋已经明白，女儿决心已定，他已无能为力。作为父亲，他不能勉强女儿，这么多年女儿一直在这里生活，她离不开这里。作为父亲，他更不能打扰女儿的生活，这样才是对女儿好。他决定明日返程，尽快离开，让女儿平平静静地生活……

巴合提古丽带着父亲去了一家草原特色饭店，吃了哈萨克族特色手抓肉和抓饭，亲自教他草原上的吃法，介绍哈萨克族美食的具体做法。见女儿说得头头是道，刘海洋非常高兴，心里说，女儿已经适应了草原生活，那就放心了。

吃过饭后，巴合提古丽将父亲送到住处安歇。

第二天一大早，巴合提古丽提前赶来送父亲上长途车。她精心准备了一份礼品，有带给弟弟妹妹的奶疙瘩、包尔沙克等哈萨克族特色点心，还有她专门给妈妈做的一顶哈萨克族小花帽。

在去往汽车站的路上，刘海洋再三叮嘱女儿，一定要照顾好自己。巴合提古丽含着泪点头答应了。

临别时，刘海洋努力镇定了一下，微笑着对女儿说："女儿，你记住，你永远是爸爸妈妈的心肝。你要照顾好自己，有机会就到福建来看看，那里永远是你的家，爸爸妈妈会再来看你的……"

巴合提古丽早已泪流满面，她哽咽了一下说："爸爸，布包里有一块我亲手绣的马圈湾草原风情画，想女儿的时候就看看……"

　　风景如画的草原上，一位面容慈祥的白胡子老阿肯，手扶冬不拉，即兴弹唱。老阿肯身边还有一位年轻的哈萨克族姑娘，白衣白裙，头戴白色尖顶帽子，仙女一样漂亮。他们周围围拢着许多哈萨克族牧民，有老人，也有小孩，人们载歌载舞，幸福吉祥……

二十八

后来一段时间，草原上不断传来有关巴合提古丽的风言风语。有人说她傍了大款，说得有鼻子有眼，说是一个有钱有势的汉族人，就是之前带她去演唱队的那个南方来的黄头发老板。还说他们经常在一起鬼混，她还给他生了个孩子，后来搬到省城去了……也有人说，她跟城里的一个领导关系特殊，人家把她安排到一个文化部门工作了……还有更不堪入耳的，说她在城里干那些个见不得人的营生挣大钱……

简直太过分了！太丢咱马圈湾人的脸了！太丢咱哈萨克族人的脸了！

这怎么能行？

一些性格急躁的人说要进城找她，要把她捆绑到马圈湾牧场来，用传统的方式处理这个丢人现眼的祸害。谁让她丢马圈湾的脸，谁让她损害哈萨克族人的名声，犯下不可饶恕的罪，就该狠狠惩罚。不光年轻人这么说，一些年纪大的牧民也很生气。甚至有人翻起旧账，说她就是个假阿肯，是小妖女，说她欺骗了善良的老阿肯，甚至有人说她当年被丢弃就是个骗局……

事情发展得越来越严重了，一些人居然把她和这些年的草原蝗灾联系起来，说那就是假阿肯小妖女惹怒了上天，是老天爷在惩罚……

萨汗别克听到这些传闻，立即制止。萨汗别克跟大家伙儿说："哎呀，你们这是怎么了。老阿肯是草原人的骄傲，他一生都在草原四处弹唱，给人们带来了无尽的快乐，他的才艺，他的品德，大家有目共睹，难道你们连他都不相信吗？巴合提古丽是他唯一的传人，她的弹唱艺术，人人喜爱。她不是那样的人，也做不出那样的事，都是谣言。草原蝗灾几十年前就有，几年前就发生过，是自然灾害，与巴合提古丽毫无关系……"

萨汗别克说得有理有据，令人信服。

老扎汗说："萨汗别克队长说得对，刮风下雨是老天爷的事，跟人家姑娘有啥关系……"

是啊，狂风暴雨、严寒暴雪、旱涝蝗灾，这些年都经历过，这孩子来马圈湾之前也发生过，看来跟她没多少关系。也有人持怀疑态度，认为巴合提古丽现在在城里唱歌不成体统，不是在传承老阿肯的弹唱，而是一种亵渎……

后来有人说，这些乱七八糟的传闻跟撒合买提多多少少有些关系，一些谣言就是哈山私下里瞎说的。

之前，撒合买提见巴合提古丽长得聪明又漂亮，想给自己的侄子哈山提个亲，他跟麦赫苏提说，弟弟家牛羊成群很富足，就哈山一根独苗，巴合提古丽嫁过去衣食无忧，指定享福。没想到却被麦赫苏提婉言拒绝。

　　对于哈山，麦赫苏提太了解了，那小子打小就品行不端，整日不学无术，游手好闲，还干一些坑蒙拐骗的勾当，令人不齿。再说，巴合提古丽根本就不喜欢他，听说哈山几次纠缠，均被塔乌孜赶走了。你想想，麦赫苏提怎么可能答应把巴合提古丽嫁给这样的人。

　　那撒合买提碰了一鼻子灰，心里很不高兴，私下里说，麦赫苏提不过就是个穷教书匠，还瞧不起人。说那巴合提古丽就是个傻丫头，不识抬举……

　　其实，撒合买提心里清楚，自己与萨汗别克向来不和，而萨汗别克与麦赫苏提交情深厚，这中间一定有名堂。他气不过，就来阴的出出气，一些话就是他撺掇哈山传的，想灭一下巴合提古丽的威风，出口窝囊气。同时，也借机给萨汗别克出个难题，看他能怎么办。

　　这些年来，草原上确实出现了大麻烦。每年夏天都会遭受蝗灾袭击，损失惨重。也许有人不信，偌大的草原，小小蝗虫又能怎么着？可残酷的事实就摆在面前，别看这些小蝗虫，单个儿放在那里没啥了不起的。可是，这帮害虫一旦成千上万聚集成庞大的队伍，就成为巨大的灾难，就成了草原的灭顶之灾，它们一拥而上就是一场浩劫，三两天工夫把整片整片的草原牧草吃得精光，烈火焚烧一般干净，寒霜肃杀一般凄凉，太可怕了！太恐怖了！

草原蝗灾泛滥的时候，刚刚还是绿油油的牧草，眨眼间就消逝了，变成灰蒙蒙光秃秃的一片。那铺天盖地的蝗虫成群成群飞过来，像是一阵黑压压的大黑风掠过，暴风骤雨般吞噬草原，肥美的草原像被铁刷子刷过一样，绿色褪尽，惨不忍睹，一片荒凉惨淡景象。嫩绿的青草翠叶嫩枝被一扫而光，只剩下光秃秃的枯黄的草茎，豁牙一般残缺不全的枝干，东倒西歪，病恹恹的，惨兮兮的，满目疮痍……

面对这样的惨烈景象，世世代代靠草原生存的牧民们忧心忡忡，他们难过极了，一个个泪流满面，心如刀绞。他们不知道这到底怎么了，是老天爷在惩罚谁吗？是鬼怪在作乱吗？还是谁在作孽呀？

对于这些乱七八糟的谣言，萨汗别克非常生气，要找撒合买提当面问个清楚。老牧人扎汗说："这事你别着急上火，你们有隔阂，我先去跟他聊聊比较好……"

老扎汗来到撒合买提家，喝了一口茶，他们一起来到松树下。这是他们平日里喧谎[1]晒太阳的地方，今天就他们两个人。老扎汗笑了笑说："今儿个就咱哥俩，说话清净。"

"是啊，是啊。"撒合买提笑着说。

老扎汗掏出烟袋，给撒合买提抓了一撮，自己卷了一根点上，咂了一口说："咱马圈湾是个好地方，阿肯弹唱在草原上名声远扬，帐篷小学也在县里出了名，许多地方都很羡慕哩！"

"那是，那是。"撒合买提应付了一句，他不知道老扎汗今日叫他来干啥，也不知他为啥跟他说这些。其实，自家的孩子学习都不好，他心里清楚。

老扎汗说："唉，老阿肯这些年可不容易，费尽全力培养了一个弟子。说起来，巴合提古丽真的非常出色，又聪明，又漂亮，又真诚，弹唱水平又是那么的高，真不愧是老阿肯的弟子啊。"

撒合买提似乎明白了老扎汗的话外音，他吞吞吐吐地说："是啊，她确实不错，确实不错。"

老扎汗叹了口气说："老话说，苗壮的树苗怕生蛀虫，破旧的毡房怕刮大风，无能的人怕被人小看……"

撒合买提头上冒出了冷汗，他明白了老扎汗的意思，心里自然犯虚，急忙说："扎汗老哥，当年我跟麦赫苏提有

1　当地方言，即聊天。

些隔阂，那都是过去的事了，再说他已经走了。至于巴合提古丽那些事情嘛，我确实不知道……"

老扎汗没有应声，掏出烟袋又续了一根烟，给撒合买提也点上。他长长吐了一口烟，那烟雾像一团乌云，缓缓堆在撒合买提头顶，慢慢散开消失了。

老扎汗看着撒合买提不安的眼神，淡淡地说："老弟呀，我们相识一辈子了，在村里，低头不见抬头见，都知根知底。缺点能把人的路带偏，流言能把人的心伤害。"

撒合买提有些坐不住了，支吾道："是啊，羊肥了最先挨刀子，人出名了容易惹是非么……"

老扎汗笑道："毡房要是没有顶子，遮挡不住风霜雨雪，做人要是失了分寸，灾祸将会伴随一辈子……"

撒合买提还想说什么，老扎汗摆了摆手，自语道："泉水流到山下就回不了头了，奶酒倒在地下就收不回了，谎言说出去了会怎么……"

说完，他起身就往回走了，留下撒合买提孤零零地坐在那里发呆。

老扎汗回来就去找萨汗别克，老扎汗说："撒合买提这个人哪，就是小肚鸡肠。他嘴上不承认，十有八九……"

萨汗别克说："唉，这老家伙就是锤子货，年轻时候就不服我，跟我作对，现在又出这么蛾子，真想收拾他一顿。"

老扎汗劝说道:"唉,老话说,'可以割下头颅,但不可以割下舌头'。再说大家都在议论,是谁先说的,也没啥证据。"

萨汗别克生气地说:"那,就由着他们乱造谣瞎胡闹下去吗?"

这时卡丽坦过来了,她安慰萨汗别克说:"队长,不要动气,白的黑不了,黑的白不了。我相信巴合提古丽,她是我的女儿,是我从小养大的。唉,人们最终会明白的……"

萨汗别克感慨地说:"哎呀,你这文化人的妻子就是不一样,人家都欺负到自己门口了,你还这么大度。"

卡丽坦苦笑了一下说:"那又能怎么样,就算打死他,能平息这场灾难吗?那样只会让人更加怀疑,让事情越发不可收拾。现在唯一能做的,就是尽快救灾,减轻灾害损失……"

卡丽坦说着,从布包里拿出三千元钱,递给萨汗别克说:"这是我们支援救灾的。"

萨汗别克摆了摆手说:"不行,你家里也不宽裕,再说你身体也不好,留着治病吃药急用吧!"

卡丽坦说:"救灾是天大的事。这两千元是巴合提古丽带来的,这一千元是塔乌孜和我凑的,全部捐给牧场用以救灾……"

许大爷也捐了三千元钱,那是政府给他的退役军人补偿费，他说他用不上，现在牧场遭灾，正需要钱，他行动不便，不能去参加灭蝗行动，就用这些钱多买些药品，尽快救灾。

许多牧民听说了卡丽坦和许大爷捐款救灾的事，非常感动，纷纷捐款捐物，家庭生活好一些的，捐出一匹马、一头牛，家庭条件差一些的，捐出一两只羊，也有的捐出家里的药材……

面对灾难，队长萨汗别克心急如焚，他立即向县上求援，县上派农牧业专家过来，先后采取了几套方案，人工扑打、药物喷洒、修建隔离带等等。

萨汗别克进行全面动员，要求牧区男女老少全体出动，开展轰轰烈烈的灭蝗减灾行动，后来他们说是"灭蝗战役"，以显示此项行动的重要性和灭蝗工作的艰巨性。

萨汗别克队长亲自带领一帮年轻人冲到灭蝗第一线，牧区年轻小伙子们自告奋勇，沙迪克、胡尔曼、德里达西等骑手，都是抢着报名参战，就连玉山别克和哈山也悄悄参加了。

这次灭蝗战役，驻防边疆的战士也来援助，牧民们和战士们一起战斗。塔乌孜参加了各种灭蝗行动，包括人工扑打、药物喷洒、修建隔离带。沙迪克这个勇敢的骑手，少年时代曾经夺得过赛马冠军，身材敦实，一膀子力气可以轻易放倒一头犍牛。在第一次灭蝗战役中，他跟部队战士在一起，用马鞭子狠狠地抽打这些"侵略者"，这些凶残的"强盗"，这些可恶的"魔鬼"，这些可怕的"幽灵"。胡尔曼从小就跟爷爷放牧，从来没有看到过这么多的蝗虫，一个个张牙舞爪，横行霸道，他从来没有看到过这种阵势，蝗虫像一片黑云遮天蔽日。

萨汗别克非常困惑，这个草原上生草原上长大的牧人的后代，第一次感觉到了灾难带来的苦涩滋味。他的孙子德里达西在灭蝗战斗中意外翻车，腿受了伤，残疾了。德里达西经常自言自语，蝗虫是草原的梦魇，蝗虫不除，草原永无宁日。可是自己已经残疾了，再也不能参加灭蝗战役了……

这次救灾确实改变了许多事情。

撒合买提老汉不但为救灾捐出一匹马，就连玉山别克和哈山报名参加也是他默许的。或许这次行动也让他有了某种触动，毕竟这是关系到马圈湾生死存亡的大事，谁也不能袖手旁观，这是草原人的责任，每个人都要尽一份力。

这一年，老牧人扎汗去世了。驯鹰人叶尔江病了两年，听说了蝗虫祸害之事，一下子来了精神头，他不顾孙子胡尔曼的再三劝阻，拖着久病的身子上了山，参加灭蝗战斗，这让胡尔曼很受震动。据说因为这个，胡尔曼改变了以前的想法，准备跟爷爷学习祖传驯鹰术，他说不能让祖祖辈辈流传的手艺失传……

但是，这场声势浩大的人工灭蝗并没有取得最终的效果，几天之后，蝗虫反扑，又一波蝗虫兴起。蝗虫真是太顽强了，繁殖速度太快了，地里不断有虫卵孵化，毛毛丫丫的小虫蹦蹦跶跶，几天时间就成了气候，漫天飞舞，再次泛滥，人们惊恐不已。

老天爷呀，这到底是怎么回事？

后来，塔乌孜跟萨汗别克建议说，可以到城郊大型养殖场拉来鸡鸭进行啄食。萨汗别克认为可行，立即安排人去办。

通过鸡鸭啄食、药物喷射，甚至烧荒等一系列办法，确实收到了一些效果，但是，并没有彻底消灭蝗虫。

到底如何灭蝗？

现在社会越来越进步，如何有效地消灭蝗虫反倒成了一大难题，谁也拿不出好招，谁也没有好办法。专家们没有，草原人也没有，老天爷也没有，谁也没有。

后来，一些人又把矛头指向巴合提古丽，说都是她惹的祸。

关于巴合提古丽被人骂作妖女之事，塔乌孜非常生气。但是，蝗虫之祸到底怎么回事，他也非常困惑，塔乌孜查阅了有限的资料，没有任何发现。他又向城里的亲朋好友求助，购买了许多书籍，也是一无所获。

直到巴合提古丽意外去世后，塔乌孜才发现了一种叫红脖子山雀的鸟儿专吃蝗虫，牧区开始筑巢迎鸟，草原上的蝗虫之灾才有所缓解。这是后话了。

之后，塔乌孜教学之余坚持读书，他经常把读书得来的知识当作故事讲给孩子们。他给孩子们讲有关绿色环境、生态平衡、人与自然和谐相处的事情。

二十九

　　人们私下里传的巴合提古丽的那些污秽不堪的事情，塔乌孜自然不相信，他坚信那不是真的，因为他了解巴合提古丽，了解她的人品和性情。

　　可是，传言越来越多，责问他的人也越来越多。有人直接到他家，劈头盖脸就说："那个坏女人的事情你听说了没有，你管不管？"

　　塔乌孜解释说："唉，你们不要信那些鬼话，请相信我，巴合提古丽不是那样的人，一定是瞎传的……"

　　后来有一次，塔乌孜正在上课，几个人气势汹汹地冲进教室，当着孩子们的面指着塔乌孜的鼻子破口大骂："塔乌孜，你算什么男人？那个妖女在城里败坏马圈湾的名声，你还站在这里，真可耻……"

　　这群人当中，就有哈山和玉山别克，哈山阴阳怪气地说："哎，塔乌孜，你爸爸是马圈湾有名望的老师，也是马圈湾的骄傲，我们都很敬重他。你们一家人都当老师，都是有教养的。可是，你们家却养了一个败坏草原风俗的人，她让我们马圈湾的哈萨克族人丢人，她就是个十恶不赦的罪人，我们必须处理她……"

塔乌孜连忙说："哎，你们别信那些，不可能的，一定是别人瞎说的。"

"什么不可能？哎，塔乌孜，到现在你还要为她说好话，难道你想为这个败类开脱罪责吗？"

哈山气哼哼地骂着，玉山别克也在一边帮腔。

塔乌孜还想说些什么，胡尔曼一把推开他，一群人扬长而去。

塔乌孜实在气不过，骑着马就进了城。到了城里，找了一家旅店，给马喂上草料。塔乌孜出去一打听，巴合提古丽果然组建了演唱队，到处唱歌，名气响当当的，人人都夸她人长得漂亮，歌儿唱得好。当塔乌孜问起那些乱七八糟的事情，人们奇怪地看着他说，哎，你脑子有病吧？你是不是嫉妒人家有了名气挣到大钱了……

塔乌孜心想，估计都是传闻，巴合提古丽不是那样的人。不过，他想亲自去看看她的演唱。塔乌孜买了票，进入演唱大厅，在后排找了个地方坐下来。一阵喧闹之后，巴合提古丽上台了，唱了一首《黑眼睛》。巴合提古丽的歌儿唱得非常好，台下人不断地鼓掌，塔乌孜也情不自禁地鼓起掌。之后，换上另一个歌手，歌儿唱得也很好。后面又换上来一个小个子姑娘，唱得也不错。最后，还是巴合提古丽上场，连续唱了三首，最后一首是《燕子》。巴合提古丽唱得声情并茂，塔乌孜几乎能够感觉到她心中的苦衷。

演唱结束之后，塔乌孜看见有个汉族男子跟巴合提古丽打招呼，他们看上去很熟悉。后来，巴合提古丽就跟着那个汉族男子出去了。

塔乌孜一时紧张起来，难道他们有啥见不得人的事情？他决定看个究竟，立即跟了出去。巴合提古丽出去以后就上了一辆小汽车，跟那汉族男子一起走了。车子一闪就走远了，塔乌孜腿脚不便，哪里跟得上，他非常着急，也非常生气。

塔乌孜一瘸一拐找了半天，偌大的县城，那么多街道、楼房，他哪里能找得到啊。

转了半夜，他又累又困，坐在一栋楼的楼梯上休息了一会儿，不知不觉睡着了。睡梦中，他看见巴合提古丽和一个汉族男子进了房间，然后，两个人搂搂抱抱。塔乌孜大怒，抢起拳头要打那个汉族男子。可是，巴合提古丽却拦住了他，说我又不认识你，你凭什么打他。塔乌孜又羞又恼，他真想给巴合提古丽一个耳光……

这时他被人叫醒了，是打扫卫生的清洁工。塔乌孜这才清醒过来，原来是个梦，他揉了揉惺忪的眼睛，天已蒙蒙亮，塔乌孜出了一身冷汗。

塔乌孜突然想起自己的马，一瘸一拐往旅店走，一路上还在为巴合提古丽担心，她到底去了哪里？回到小旅店，看到马还在后院马槽上，他稍微放心了。他来到旁边一家小饭馆，要了一碗奶茶，吃了块馕饼，回到旅店睡了一会儿。迷迷糊糊中又出现了两个身影，是巴合提古丽，还有那个汉族男子，他们还在一起……哼，塔乌孜恼羞成怒，一定要找到她，让她说个明白。

塔乌孜来到昨天的演唱厅，询问巴合提古丽的住处，没有人知道。后来有人说，今晚她还来演唱。塔乌孜心想，好的，晚上我就在这里等你。

在返回旅馆的路上，塔乌孜看见一个人，感觉跟昨晚带走巴合提古丽的那个男子非常像，他仔细看了一下，嗯，果然是他。塔乌孜怒火中烧，大喊一声："哎，你站住！"

那汉族男子停下了脚步，转过头来，见是一个残疾的哈萨克族小伙子，感觉莫名其妙。塔乌孜一瘸一拐走到男子跟前，上下打量了他一番，这人身材魁梧，一身西装，看上去就是个有钱人，一副挺傲慢挺神气的样子。塔乌孜二话不说，一拳向他打去。旁边的人反应很快，一把拦住塔乌孜，骂道："噢哟，这瘸子还挺凶的。"

一群人正要动手教训塔乌孜，那男子却摆了一下手说："放开他。"

塔乌孜气哼哼地问道："你把巴合提古丽怎么了？"

"唉，你说什么？你是她什么人？"那男子非常生气地反问道。

塔乌孜一时语塞，吞吞吐吐地说："她是我……妹妹。"

很显然，塔乌孜说话犹犹豫豫，他没想好怎么说，也缺乏底气，"妹妹"二字几乎是挤出来的。

那男子轻蔑地看了塔乌孜一眼，冷笑了一声说："哎，小子，别见了漂亮姑娘就说是你妹妹，当心闪了舌头。"

塔乌孜抢白了一句："她就是我妹妹，打小在我们家长大……"

听了这话，那男子吃了一惊，回过头来，端详了塔乌孜一眼，心想，他说得那么认真，八成有啥关系，于是说："哎，小伙子，我没把你的妹妹怎么样。"

说完，那男子头也没回，转身就走了。

他的手下哼了一声，轻蔑地看了塔乌孜一眼，撂下一句话："癞蛤蟆想吃天鹅肉！"

几个家伙一阵狂笑，跟着那男子走了。

塔乌孜非常气恼，他真想追上去把他们痛打一顿。他生了一肚子闷气，自己也觉得好笑。以前，他跟巴合提古丽好的时候，也有人私底下说，一朵鲜花插在了牛粪上。塔乌孜觉得自己太丑陋太笨了，心里非常自卑。

回到旅店，他照看马吃了草料，饮了水，躺在床上休息，可心里还在为刚才的事情气恼，自己真的是一堆牛粪吗？真的是癞蛤蟆吗？哼，一定要向巴合提古丽当面问清楚！

塔乌孜在床上打了个盹，天刚擦黑，他匆匆忙忙吃了块馕，迫不及待地到了演唱厅门口，坐在不远处的拐角等候。

　　这时候，陆陆续续有青年男女说说笑笑朝歌厅走来，塔乌孜瞪大眼睛看着每一个人，生怕把她漏了，人们奇怪地看看他，并没有在意。一直等到天黑，巴合提古丽出现了，她是跟几个小姑娘一起来的。塔乌孜急忙站起来喊了一声："巴合提古丽！"

　　巴合提古丽吃了一惊，这熟悉的声音已经好长时间没有听到了。她循声看去，真是塔乌孜，她简直有点不敢相信自己的眼睛。

　　"塔乌孜！"

　　巴合提古丽喊了一声，不顾一切向他跑了过去。她跑到塔乌孜跟前，却愣住了。塔乌孜没有一点热情，相反，他表情冷漠，恶狠狠地看着她，跟见了仇人似的。

　　巴合提古丽心里一惊，忙问道："塔乌孜，你怎么了？"

　　塔乌孜没好气地反问道："怎么了？"

　　巴合提古丽更加摸不着头脑，急切地说："塔乌孜，到底发生什么事情了？你怎么这样看着我？"

　　"发生了什么事情，难道你还不知道吗？装什么装，你……"塔乌孜气哼哼地说。

　　"塔乌孜，你说啥呀？我没做错什么，一定有什么误会。"巴合提古丽急切地说。

"误会！昨天晚上，你跟那个人干啥去了？"

塔乌孜脸色铁青，两眼喷射着怒火，恶狠狠地瞪着她。

巴合提古丽一听这话，放下心来："哦呀，是这事呀！我以为出什么大事了。"

巴合提古丽笑了笑说："塔乌孜，你确实误会了，那个汉族人是城里一个做文化产业投资的商人，我们约好谈一个合作项目，开发草原原生态民歌项目……"

塔乌孜没好气地说："谈什么项目，非要晚上去吗？"

巴合提古丽拉了拉塔乌孜的胳臂，撒娇说："哎呀，塔乌孜，你别往那方面想，跟我们一起谈的还有许多人，包括县上文化部门的领导也参与了。"

塔乌孜还是有些不相信，他脸上的怒气未消，冷冷地看着巴合提古丽。

这时候，几个小姑娘过来了，其中一个红衣服的姑娘走上前来，看着塔乌孜，笑嘻嘻地说："你就是塔乌孜哥哥吧！"

塔乌孜不明所以，木木地点点头说："是啊。"

红衣服姑娘说："我们巴合提古丽姐姐一直惦记着你，经常在我们面前讲你的事。你真幸运，遇上了巴合提古丽姐姐这么美丽的姑娘。"

一个穿绿衣服的姑娘说："你应该相信巴合提古丽姐

姐，那么多人都追求她，可她心里只有你一个人。"

一个穿白衣服的姑娘说："昨晚上我也在场，我们谈完之后一起回到宿舍……"

塔乌孜有些不好意思了，面对这么多漂亮姑娘，觉得有些尴尬。巴合提古丽跟几个姑娘笑了笑说："没事，你们先进去唱吧。"

几个姑娘跟塔乌孜打过招呼就进了演唱厅。

巴合提古丽看着塔乌孜，情意绵绵地说："好吧，今天我就不去唱了，陪你看看县城。"

塔乌孜感觉有些不妥，他有些局促，急忙说："那怎么能行，你还是进去唱吧，别耽误演唱的事情。"

巴合提古丽想了想说："那好吧，我们一同进去。"

塔乌孜点点头。

巴合提古丽非常高兴，带着塔乌孜进入演唱厅，安排他在后台坐下，给他端来一杯茶。巴合提古丽没有上台去唱，坐在塔乌孜身边听姑娘们唱歌，一边听一边给他介绍每个唱歌的姑娘，还介绍了歌舞团的情况……

演出即将结束之时，在观众的一再要求下，巴合提古丽最后登场，唱了她的《燕子》。或许是因为塔乌孜在场的缘故，也或许是她今晚心情特别激动，巴合提古丽的演唱非常精彩，台下的观众爆发出一阵阵掌声，塔乌孜激动不已，站起来给她鼓掌。

演出结束后，巴合提古丽带着塔乌孜去了城里最好的餐厅。她点了一大桌菜，非常丰盛，塔乌孜却没心思吃。

塔乌孜问起那些传言，他说话慢吞吞的，似乎自己心里也没底儿。巴合提古丽听了，心里非常生气，不过，她很快镇定下来。

巴合提古丽说："唉，塔乌孜，现在我在城里唱歌走红了，确实有许多人追求我，不过我一个也没答应。"

巴合提古丽深情地看着塔乌孜，脸上泛起了红晕，她有些害羞了。

停了一会儿，巴合提古丽认真地说："塔乌孜，我的心思，你应该明白。"

塔乌孜也有些不好意思了，他觉得自己今天有些过分，心里不断地自责，一时紧张得说不出话来，让巴合提古丽很是着急。

过了一会儿，塔乌孜吞吞吐吐地说："巴合提古丽，其实我配不上你，你就是一朵鲜花，而我……"

还没等塔乌孜把话说完，巴合提古丽立即打断了他，大声说道："塔乌孜，你说什么呢！别人胡说八道的你也相信。"

巴合提古丽知道，有人说过鲜花插在牛粪上的事情，她也很气愤。巴合提古丽在心里说："塔乌孜呀，塔乌孜，别人不了解，难道你也不了解我吗？我的心思，你真的不懂吗？"

塔乌孜支支吾吾说不出话来，不知道该如何解释。

巴合提古丽给他夹了一块肉墩墩的牛排，心疼地说："塔乌孜，你瘦了，多吃点吧。"

她又倒了一杯啤酒递给他，塔乌孜拒绝了，塔乌孜生气地说："我不喝这种东西。"

巴合提古丽看了看他，也没再多说什么，塔乌孜也没再说话。

又过了一会儿，巴合提古丽轻轻地说："在城里这些日子，我尽力唱歌，我的歌声受到了城里人的欢迎，自然也引起一些人的不满，因为我抢了人家的名头，抢了人家的生意，人家心里嫉恨，说我的坏话，败坏我的名声，这样的事情我能怎么办……"

说着，巴合提古丽伤感起来，轻轻擦了一下眼角的泪滴。

塔乌孜非常心疼，心里说，原来她有这么多的难处啊，看来是我冤枉她了……

塔乌孜生气地骂道："这些人真是可恶……"

巴合提古丽叹了口气说："唉，这些人，不好好唱歌，不在唱歌上比拼，尽干些下三烂的事情，实在提不成。"

"可是，舌头在人家嘴里，他们要乱说你也没有办法。"

塔乌孜看着巴合提古丽，心里非常难受，眼泪几乎要流出来了。但是，他努力控制着。

塔乌孜说："以后你还是要多注意，尽量少得罪人，少给自己惹麻烦。"

巴合提古丽笑了笑说："我就是要唱，我就是要用歌声证明自己比他们都强，我要让人们知道真正的草原歌手，我要让人们了解真正的阿肯弹唱……"

看到巴合提古丽坚强而自信的样子，塔乌孜心里欣慰了许多。

塔乌孜说："还有个事情，也不知道怎么说。"

"什么事情？你就说吧！"巴合提古丽笑了笑说。

"妈妈，已经同意了。"

塔乌孜看着巴合提古丽，慢吞吞地说。

"什么，妈妈同意什么了？塔乌孜，你快点说呀。"巴合提古丽有些着急了。

"妈妈说，我们的事情，她不再反对了，让我们自己决定。"

塔乌孜不好意思地低下了头。

"啊，真的吗？"巴合提古丽高兴极了。

"是真的。"塔乌孜说。

这时候，巴合提古丽也有些不好意思了，羞答答地问："你打算怎么办？"

"还没想好。"塔乌孜支支吾吾地说。

"还没想好？"巴合提古丽有些吃惊地看着塔乌孜。

"是啊，这个事情来得突然，确实没想好。我们两个人应该一起好好想想……"

"哦，是应该好好想想。"巴合提古丽点点头笑了。

两个人终于和好了。塔乌孜在城里住了一夜，高高兴兴返回马圈湾。

回来的路上，塔乌孜遇到了一位县教育局的领导，他们认识，塔乌孜跟他打了招呼。那领导说他要去马圈湾做调研，塔乌孜非常高兴，两个人一路同行，聊了马圈湾这些年来的变化，尤其是教育方面的事情。

那领导听说巴合提古丽是塔乌孜的朋友，高兴地说："马圈湾真是出人才啊！"

那位领导跟塔乌孜讲了巴合提古丽的事，说她聪明能干，歌儿唱得好，人长得漂亮，还非常善良，很有发展前途……

塔乌孜心里美滋滋的。

三十

　　塔乌孜回到马圈湾，逢人就说巴合提古丽是好样的，她没做错什么，也没给马圈湾丢脸，更没有给哈萨克族人丢脸，说那些传闻都是假话，是谣言……

　　塔乌孜还跟大家宣布了一件大事。

　　塔乌孜心情非常激动，他站在高高的土台上跟大家说："我已和巴合提古丽确定了恋爱关系，择期举办婚礼。"

　　塔乌孜这么一说，人们就有些疑惑了，这到底是怎么回事呀？

　　没过几天，那位教育局的领导也来到马圈湾，他讲了许多巴合提古丽的事情，都是关于她唱歌的风采，说她歌儿唱得好，为人正派，是马圈湾飞出的金凤凰，是马圈湾的骄傲，是哈萨克族人的骄傲。

　　人们心中的疑云彻底消散了，大家相信了塔乌孜的话。

　　是啊，婚姻是大事，谁会跟一个坏女人结婚呢？塔乌孜说得对，巴合提古丽没问题，是好样的。

　　人们议论说，是啊，谣言就是谣言，女阿肯是老阿肯的徒弟，怎么会做出对不起老阿肯的事情，怎么会做出对不起马圈湾的事情？

　　是啊，多年以前她被遗弃荒野，是哈萨克族人收留了她，从小在哈萨克族人家长大，跟随老阿肯学习阿肯弹唱，她的心灵如山间清泉一样纯净，像蓝色月光一样透亮。

　　那年的赛马会上，她唱了一首《燕子》，名声大噪，每年的阿肯弹唱少不了她的身影，人们都喜欢听她唱《燕子》，她成了最受欢迎的女阿肯。她的歌声家喻户晓，人人传唱，就连她一身白色衣裙都成了姑娘们效仿的时尚。那时候，她是许许多多的小伙子的梦中女神。

　　哦，时间匆匆而过，现在她要跟塔乌孜成亲了，要做马圈湾的媳妇，这也是整个马圈湾草原人的幸福啊！想到这里，人们心里充满了快乐和自豪。

　　这年初冬落下第一场雪的那天晚上，巴合提古丽突然做了一个梦，梦见自己的亲生母亲，她从来没有见过，却认得真真切切，母亲搂着她使劲哭着，把她哭醒了。醒来之后，巴合提古丽就觉得有什么扯着自己的心，她思来想去，决定去一趟福建。

　　巴合提古丽从乌鲁木齐乘坐火车，一路辗转到了福州，根据亲生父亲刘海洋留下的地址，她几经波折，终于找到了亲生父母的家。

　　巴合提古丽站在远处看了许久，她看到了父亲刘海洋.

也看到了梦中见过的母亲，她激动不已，泪水止不住流了下来。她见父亲跟母亲亲热地说着话，大弟弟帮着父亲做活儿，小弟弟在院子里玩耍，小妹妹挽着母亲的胳臂撒娇，一家人和和美美非常幸福，她流下了幸福的泪水，她在心里默默祝福。

那天，她身穿汉族衣裳，没有人认出她来。

她远远地看着自己的亲人，轻轻地唱了一段铁尔麦，是唱给老阿肯爸爸的，也是唱给麦赫苏提爸爸和卡丽坦妈妈的，也是唱给心爱的塔乌孜的，也是唱给亲生父母和弟弟妹妹的……

她默默祝福一番，抹了一把眼泪，转身离去……

这是她唯一一次出行内地，也是唯一一次探望亲生父母。她不想打扰他们，也不想他们打扰自己，她用内心的歌儿祝福亲人们平平安安、幸福快乐。或许她是对的，于情不相合，于理却相符。

人世间，有些事情真的说不清对错啊，尤其是伦理亲情的事情。

哦，这就是人间！

时间过得真快，转眼就是一年。

这一年，巴合提古丽赚了一大笔钱，她非常开心，她拿出五千元现金交给塔乌孜，要给马圈湾建一座漂亮的教室供孩子们上课，对此塔乌孜非常赞赏。

对于未来的设想，两个年轻人再次发生分歧。塔乌孜希望巴合提古丽留在城里发展自己的特长。而巴合提古丽却说："我要组建一支新的阿肯乐队到草原上巡回演唱……"

塔乌孜却不赞成，他的理由也很充分。塔乌孜说："你以为你这样做是在报答老阿肯吗？其实你错了，你并不真正理解草原文化，只是一时心血来潮。如果老阿肯活着，他也不会答应的……"

一提起老阿肯，巴合提古丽心里就痛。经历了这些年的风风雨雨，她一直思考着，自己已经不是之前的小姑娘了，尤其是老阿肯的经历，让她更加想不明白……

老阿肯几十年来在草原上游走弹唱，风餐露宿，节衣缩食，提升了艺术，累垮了身体，最终连治病的钱都没有……他是草原上人人称颂的好阿肯。可是，弹唱艺术的传承只能这样吗？如果真是这样的话，可能……

现在，巴合提古丽有了自己的见解，有了自己的认识，她认准的事情就要去做。

巴合提古丽倔强地说："弹唱艺术就是需要传播。只要有人传唱，古歌就会流传下去……"

塔乌孜说："你这么做，不但不能传承铁尔麦，而且还很可能让人们产生误解。"

可是，阿肯阿依特斯到底是什么？老阿肯一生游走弹唱，又是为了什么？

对于这些，塔乌孜一时也解释不清。巴合提古丽呢，并不完全知晓。

或许这些问题原本就很深刻，就跟哈萨克族人为什么要逐水草游牧一样，本身就不是那么容易回答的。而现在，这些古老歌曲为什么要传承？如何传承？这些事情也一样，不是那么容易回答的。

作为一个阿肯，她应该像老阿肯一样，到草原上四处传播弹唱艺术。可是，她毕竟是个姑娘，她能要求塔乌孜放弃教学陪着她行走吗？她能做什么呢？她该怎么做呢？

哦，一切都是未知数。现在，她只能按照自己的想法去做了，尽管塔乌孜不认可。她想，总有一天会让塔乌孜明白的。

巴合提古丽回到城里就开始为实现自己的梦想努力，她把这些年的全部积蓄都投了进去，召集十几个能歌善舞的年轻姑娘，组建了一支"雪莲姑娘演唱队"，冠以"草原清风"之名进行宣传。一时间，许多地方发来邀请函，让他们去参加祝贺活动，或者开业大典，他们到处巡回演出，受到了人们的喜爱，演唱队赚了大把的钱。人们的追捧也让巴合提古丽有些兴奋，她不断扩大队伍，想拉着队伍到草原上巡回演出。马圈湾的许多小姑娘加入了她的演唱队，就连沙迪克、玉山别克、胡尔曼这帮小伙子也来为她助阵，她的队伍日益庞大。

但时间不长，城里又冒出了一些演唱队，什么"花帽少女演唱队""草原之鹰演唱队"等等，这些队伍将现代流行歌曲混入其中，甚至穿插了一些艳词俗语迎合人们。

现在，问题出现了，巴合提古丽的演唱队门票收入逐渐下降，那些杂七杂八的演唱队进入歌厅、酒店，甚至被一些交易会、联谊会等活动请了去。

巴合提古丽陷入苦恼，这是她完全没有想到的事情。这时候，她想起了老阿肯，她想起了马圈湾——这片养育了她的草原或许有新的解答。

就在她赶往马圈湾的路上，不幸遭遇一场车祸。

弥留之际，巴合提古丽交代了后事，她解散了自己亲手组建的演唱队，把积蓄全部捐给马圈湾小学。她给塔乌孜留下一句话，她说："塔乌孜，非常抱歉，不能嫁给你了……"

她要求塔乌孜给她戴上那顶花帽，把她安葬在老阿肯墓旁，她要追随老阿肯到另一个世界去弹唱……

女阿肯走后，她的故事在草原上传开了。

有人说这是天命，因为她遇难的地点离当年她被老阿肯发现的地点不远……

难道这些真的是巧合？

传说总归是传说，草原自然有草原的胸怀。她捐款修建的教室，孩子们正在那里读书。她把最后一笔钱也留给了马圈湾小学，这也是千真万确的。

好长时间，草原上的人们在听阿肯弹唱时，就会想起这位漂亮的女阿肯，就会想起她唱的《燕子》，好像人们并没特别在意她的汉族身份。每每想起她，人们就会心疼，哦，为什么她那么年轻就走了……

奇怪的是，就在女阿肯巴合提古丽遇难的地方，长出一丛青草，开着蓝莹莹的花儿，就像一道弯月落在草原上，闪烁着蓝莹莹的亮光。在辽阔的草原上，它是那么的孤寂，又是那么明亮，让人心疼，让人难忘。

巴合提古丽的突然离世让塔乌孜痛不欲生。有人问他后悔过没有，要是当年把她留下来，说不定就不会有那场意外。塔乌孜摇了摇头，什么也没说。要说真没一点后悔，那是骗人的话。可是，那时候他真的想让她在城里发展，他不想影响她的事业，耽误她的前程。他也责问过自己这么做是不是太自私，是不是自己的错误决定导致了巴合提古丽的不幸。

后来，塔乌孜把全部心思都扑在教学上……

一天，塔乌孜收到从福建寄来的一笔钱，说是代表巴合提古丽捐给马圈湾学校的。

塔乌孜心里久久不能平静，他写了一首歌，唱的就是女阿肯的故事。

在马圈湾草原
有一个好姑娘
她的名字叫幸运
也叫吉祥
她轻轻走来
让古老的草原
焕发春光
她匆匆离去
让天空的云朵
黯然失色
哦，亲爱的女阿肯
我的巴合提古丽
你心中的忧伤
清风为你抚平
你苦难的身世
燕子为你歌唱

哦，亲爱的女阿肯
我的巴合提古丽
你的名字叫幸运
也叫吉祥
你美丽的身影
就像蓝天上的云朵
你甜美的歌声
就像月光照亮草原

图书在版编目（CIP）数据

马圈湾 / 谢耀德著 . -- 郑州：海燕出版社；乌鲁
木齐：新疆人民出版社（新疆少数民族出版基地），
2024.10

ISBN 978-7-5350-8515-3

Ⅰ . ①马… Ⅱ . ①谢… Ⅲ . ①长篇小说 – 中国 – 当代

Ⅳ . ① I247.5

中国国家版本馆 CIP 数据核字（2024）第 087232 号

马圈湾
MA JUAN WAN

出 版 人：李　勇　　　　　　　美术编辑：郭佳睿
选题策划：李喜婷　　　　　　　责任校对：李培勇　郝　欣　王　达
出版统筹：周青丰　　　　　　　责任印制：赵梓森
责任编辑：彭宏宇　梁晴晴　　　装帧设计：微言视觉 | 乔　东
特约编辑：丁敏翔　刘　星

出版发行：海燕出版社
　　　　　地址：河南自贸试验区郑州片区（郑东）祥盛街27号
　　　　　网址：www.haiyan.com　邮编：450016
　　　　　发行部：0371-65734522　总编室：0371-63932972
经　销：全国新华书店
印　刷：肥城新华印刷有限公司
开　本：787毫米×1092毫米　1/32
印　张：10.75
字　数：200千字
版　次：2024年10月第1版
印　次：2024年10月第1次印刷
定　价：68.00元

如发现印装质量问题，影响阅读，请与我社发行部联系调换。